O
REI
LOBO

LEIA STONE
TRADUÇÃO ALDA LIMA

O
REI
LOBO

OS REIS DE AVALIER LIVRO 4

COPYRIGHT © FARO EDITORIAL, 2025

COPYRIGHT © 2023. THE FORBIDDEN WOLF KING BY LEIA STONE. PUBLISHED BY ARRANGEMENT WITH BOOKCASE LITERARY AGENCY.

Todos os direitos reservados.
Nenhuma parte deste livro pode ser reproduzida sob quaisquer meios existentes sem autorização por escrito do editor.

Diretor editorial **PEDRO ALMEIDA**
Coordenação editorial **CARLA SACRATO**
Assistente editorial **LETÍCIA CANEVER**
Tradução **ALDA LIMA**
Preparação **DANIELA TOLEDO**
Revisão **BARBARA PARENTE**
Adaptação de capa e diagramação **VANESSA S. MARINE**

Dados Internacionais de Catalogação na Publicação (CIP)
Jéssica de Oliveira Molinari CRB-8/9852

Stone, Leia
 O rei lobo / Leia Stone ; tradução de Alda Lima. — São Paulo : Faro Editorial, 2025.
 224 p. : il. (Coleção Os Reis de Avalier ; vol 4)

ISBN 978-65-5957-694-4
Título original: The Forbidden Wolf King

1. Ficção norte-americana 2. Literatura fantástica I. Título II. Lima, Alda III. Série

24-4721   CDD 813

Índices para catálogo sistemático:
1. Ficção norte-americana

1ª edição brasileira: 2025
Direitos de edição em língua portuguesa, para o Brasil, adquiridos por FARO EDITORIAL
Avenida Andrômeda, 885 - Sala 310
Alphaville — Barueri — SP — Brasil
CEP: 06473-000
www.faroeditorial.com.br

— Você não precisa fazer isso — disse Cyrus, meu irmão mais velho.

Ele andava de um lado para o outro pela casa que eu dividia com nosso irmão caçula, Oslo. Nossos pais já haviam falecido tempos atrás e agora éramos só os três. Cyrus tinha se casado e teve dois filhotes, e o pequeno Oslo morava comigo.

Olhei para ele.

— Preciso sim. É obrigatório, Cy. A convocação diz que a mulher mais dominante...

Cyrus me interrompeu, me olhando de cima com sua estatura imponente.

— Que se dane a convocação! Terá mulheres de sobra para o rei escolher. Não tem necessidade de você morrer tentando...

— Como é? — Fiquei na ponta dos pés e o cutuquei no peito; dessa vez eu que o interrompi. — Não acha que consigo vencer?

Cyrus pareceu um pouco envergonhado.

— Zara, eu mesmo treinei você. Sei que é uma guerreira poderosa, mas desafiar *todas* as mulheres mais dominantes de Lunacrescentis só para conquistar a mão do rei?

O silêncio se alastrou pela sala. Eu não queria aquela oportunidade, especialmente não com Axil Lunaferis. Tínhamos um passado que eu tentava esquecer todos os verões. Cyrus sabia disso, mas havíamos recebido uma ordem e eu não era covarde.

— Entrar nos Duelos Reais significa morte — disse Oslo do sofá, me olhando como um menininho assustado.

Já com doze anos, meu irmão caçula saberia se defender sozinho se eu morresse, mas eu era como uma figura materna para ele. Oslo não teria ninguém para colocá-lo na cama à noite ou lhe ensinar os costumes dos lobos.

— E o que as condições de uma vitória traria para nossa família? — perguntei aos dois. — E as posições de poder que você e Oslo obteriam se eu ganhasse?

Meus irmãos eram dominantes, embora não o suficiente para serem o alfa da nossa alcateia. No entanto, também não eram submissos o bastante para serem protegidos pelos outros integrantes do grupo. Eles lutavam por recursos e tinham que se defender sozinhos, como a maioria dos lobos intermediários. Se eu participasse dos duelos e vencesse, não só me tornaria rainha do nosso povo, como também levaria meus irmãos para um cargo onde seriam pagos simplesmente por respirar. Não faltava nada à família da rainha: peles novas todo inverno, casa e comida providenciadas pelo rei e postos de honra no exército real dos lobos.

Meu irmão mais velho cruzou os braços e me avaliou com o olhar. Eu tinha vinte verões agora; ele não podia negar que eu já era mulher feita. Capaz de encarar até os integrantes masculinos mais fortes da minha alcateia sem hesitação, meus músculos pareciam esculpidos em pedra. Também não era mais a pirralha briguenta que ele havia ensinado na margem do rio — era a terceira na liderança do bando, logo abaixo do alfa e do segundo. Isso não era pouca coisa para uma mulher.

— Zara, se você vencer, vai ter que se casar com o rei Axil. Poderia fazer isso? Com a história que vocês viveram juntos?

— Que história? — se intrometeu Oslo.

— Você não precisa saber — respondemos Cyrus e eu.

Eu jurava que ainda podia sentir os lábios de Axil nos meus ao fechar os olhos antes de dormir e pensar naqueles dois meses de verão no acampamento dos lobos dominantes, quando tínhamos quinze anos.

Meu primeiro amor. Ou o que eu pensava ser amor quando ainda era só uma filhotinha. Eu era basicamente uma mãe para meu irmão mais novo, sempre sobrecarregada com as responsabilidades das tarefas domésticas, e Axil foi um sopro de ar fresco. Na época, eu morava em um pequeno vilarejo longe da Montanha da Morte, onde habitava a corte real, e não sabia que ele era o príncipe. Ríamos juntos e conversávamos por horas, nos beijávamos sob o luar e dançávamos até nossos pés estarem dormentes. Por dois meses seguidos comi, bebi e respirei Axil Lunaferis. Mas quando seu irmão mais velho nos flagrou aos beijos, no último dia de acampamento, percebi quem ele era, e tudo acabou.

Eu ainda me lembrava da briga que eles tiveram bem na minha frente.

— Eu a amo — Axil tinha dito ao irmão.

— Você não ama mulheres assim, Axil; você dorme com elas e aí parte para alguém mais adequado, alguém da Montanha da Morte. Você é um príncipe, comece a agir como um. Vamos embora antes que alguém te veja.

Fiquei arrasada. Axil tinha falado sobre um futuro juntos, sobre me visitar e eu visitá-lo, sobre querer um dia se casar comigo. Eu esperava que ele mandasse o irmão para o Hades, mas, em vez disso, apenas abaixou a cabeça e foi embora sem dizer nada.

Ele simplesmente partiu, me descartando como a um saco de lixo. Não é como se eu tivesse ideia de que ele era o príncipe Axil, irmão do rei Ansel, ou que havia acabado de ter um romance com alguém da realeza que nunca mais se repetiria. Eu não era digna dele.

— Zara — disse Cyrus, me trazendo de volta ao presente.

Olhei meu irmão nos olhos, sustentando seu olhar.

— Sim, eu me casaria com ele. Para provar que uma aldeã das Terras Planas pode ser rainha — murmurei, com um rosnado crescente no fundo da garganta.

E para provar a Axil Lunaferis *e* ao irmão dele que eu era boa o suficiente. Não era status que fazia uma rainha em Lunacrescentis; era força bruta, domínio, astúcia e poder em batalha. Os Duelos Reais eram, no sentido mais literal, uma luta até a morte — ou até a desistência, mas ninguém com respeito próprio fazia isso. Quem fizesse seria despedaçado pela própria alcateia e envergonharia sua família pelas próximas três gerações.

Meu irmão me observava de um jeito diferente agora, me rodeando lentamente.

— Essa é a postura de que você precisaria para vencer.

Estávamos de volta aos nossos papéis de treinador e pupila. Comecei a praticar com Cyrus aos três anos, quando ainda estava aprendendo a me transmutar para a forma de lobo.

— Dorian ficaria triste em perder você. Vai precisar da permissão dele.

Ele estava falando do nosso alfa, e tinha razão. Como a integrante mais dominante do nosso bando, eu seria uma perda para a alcateia das Terras Planas. Eu mantinha todas as outras dominantes na linha, mas se fizesse isso, se ganhasse os duelos, traria grande honra para Dorian e todos os meus companheiros. Continuei olhando fixo para Cyrus, esperando sua aprovação. Em nossa pequena e estranha família, ele era como um pai para mim, e eu não faria nada sem sua aprovação.

A convocação era como um convite obrigatório, mas se o alfa da alcateia não quisesse deixar aquela fêmea específica ir, ou se ela já estivesse comprometida romanticamente, outra poderia ser enviada no lugar. Morgan poderia ir; ela era a próxima na linha de sucessão no que dizia respeito ao domínio.

— Vá pedir para ele. Se ele disser sim, treino você — disse finalmente meu irmão, quebrando o contato visual.

Cyrus era um treinador muito procurado. Podia não ser dominante o suficiente para ser um alfa, mas sua astúcia e estratégia em combate eram incomparáveis na nossa região. Ele até tinha viajado para a Montanha da Morte a fim de treinar alguns membros da Guarda Real. O que lhe faltava em músculos, sobrava em inteligência.

— Vou contar para ele, não pedir — corrigi o pensamento submisso de meu irmão.

Cyrus riu.

— Boa sorte.

Dorian era um alfa justo. Às vezes difícil, mas justo. A expressão "é para o seu bem" parecia ter sido criada para ele. Quando eu tinha treze anos, roubei um pouco de comida do depósito comunitário porque estava entediada, e ele me fez passar fome por quatro dias e quatro noites, vivendo apenas de água. Depois disso, nunca mais roubei comida. Dorian não pedia respeito, ele ganhava.

Acenei com a cabeça para meu irmão e peguei a convocação que havia chegado da Montanha da Morte. Cópias foram distribuídas por todas as cidades e vilarejos de Lunacrescentis, e aquela tinha meu nome. Eu me perguntei se Axil sabia que eu iria ou se haviam sido seus conselheiros que enviaram aquilo. Fazia cinco anos que eu não o via, um menino que agora era rei.

Me abaixei para bagunçar o cabelo do meu irmão mais novo.

— Volto já.

Oslo parecia triste. Eu sabia que ele não queria que eu fizesse aquilo porque poderia me afastar dele. Então me agachei e o olhei bem nos olhos, sustentando seu olhar.

— Se eu me tornar rainha, pode vir morar comigo no palácio da Montanha da Morte — prometi.

Seus olhinhos brilharam.

— Sério?

Fiz que sim, mas ele logo desviou o olhar, incapaz de me encarar. Oslo era o mais submisso da família, o que me fazia querer protegê-lo ainda mais.

— E se você morrer? — perguntou com a voz baixa.

Cyrus estendeu a mão e o segurou, sacudiu seus ombros com força e o obrigou a dar um soco nele para afastá-lo.

— Então que ela morra com honra e uivaremos o nome dela para a lua todos os anos em memória — disse.

Cyrus tinha razão, morrer durante os Duelos Reais era uma grande honra.

A disputa para se tornar rainha só acontecia quando o rei precisava de uma esposa. Minha mãe tinha viajado para a cidade e assistido aos duelos com o pai de Axil. Três anos atrás, eu mesma havia acompanhado de perto as notícias dos de seu irmão, Ansel, mas nunca consegui ver com os próprios olhos. Axil tomou a alcateia do irmão no ano seguinte em um desafio, deixando-o vivo por misericórdia.

Após sair de casa, atravessei a praça do vilarejo. A alcateia estava nas ruas. Algumas mulheres esfolavam uma presa fresca e alguns homens estavam em suas formas de lobo, lutando e praticando táticas de caça. Havia uma cabana nova sendo construída para um casal recém-casado e o sol estava a pino. Era um lindo dia em nossa pacata aldeia, mas eu sabia que se embarcasse naquela empreitada, seria arrancada do meu normal e levada para a movimentada capital da Montanha da Morte.

Bati à porta da casa de Dorian, que foi logo respondendo:

— Entre, Zara.

Sorri, seu olfato era sem igual. Quando abri a porta, o encontrei traçando um prato de carne com batatas. Sua esposa estava cuidando de uma panela no fogão e acenou para mim quando entrei.

Amara era a integrante mais submissa de nossa alcateia. Raramente fazia contato visual e evitava confrontos a todo custo. Ela era uma pacificadora, e eu adorava isso. Qualquer debate ou queixa era levado primeiro a Amara em busca do desfecho mais harmonioso possível. Se não fosse viável, o problema vinha para mim, a solucionadora de problemas mais graves. O povo me chamava de "justiceira", visto que eu gostava de aplicar penalidades como as que Dorian tinha me aplicado, tudo para ensinar aos lobos lições das quais jamais esqueceriam. Até sentir as dores da fome devorar seu estômago de dentro para fora, ninguém sabia como *de fato* era querer roubar comida. Era algo que nunca se faria por tédio. Aquilo me fortaleceu e me ensinou coisas mais úteis do que se tivesse apenas levado uma chamada de atenção.

Puxei uma cadeira, deixei a convocação na frente do meu alfa e me sentei.

— Também recebi — revelou, chupando um pedaço de carne, depois olhou para mim, que sustentei seu olhar.

Dorian era quase tão grande quanto um urso. Cheio de músculos, movia-se com a velocidade e a graça de um assassino treinado, embora já somasse mais de quarenta invernos. Seu cabelo curto era castanho-escuro, com fios grisalhos que escorriam pela barba grisalha. Mas eram seus olhos que me fascinavam agora, da mesma cor do cabelo, mas com manchas amarelas. Seus olhos pareciam penetrar minha alma quando eu o encarava.

Meu alfa e eu ficamos sentados ali por um minuto inteiro, apenas nos encarando, enquanto Amara assobiava sozinha e mexia o que quer que estivesse na panela. Era como se eu tivesse um grande peso sobre os ombros e, embora minha mente me incitasse a desviar o olhar, minha força de vontade era muito mais forte. Justo quando pensei que enlouqueceria se continuasse encarando, ele falou:

— Quer mesmo fazer isso?

Desviei o olhar para a convocação, recuperando o fôlego após o contato visual prolongado. Eu tinha que mostrar que era capaz, que era forte o suficiente para fazer aquilo.

— Sim. Quero honrar nosso povo e mostrar aos tão sofisticados rei e o irmão dele que uma garota da alcateia das Terras Planas pode acabar com qualquer uma das lobas da cidade.

Dorian sorriu, mas logo vacilou.

— E competir pelo coração de Axil Lunaferis não te incomoda?

Prendi um pouco a respiração. Foi Dorian quem me buscou naquele verão. Depois que Axil tinha me deixado em frangalhos, foram Dorian, Amara e Cyrus que recolheram os cacos. Ele sabia como aquela rejeição havia me abalado.

Encarei-o de novo, tentando esconder a vulnerabilidade que estava sentindo.

— Não é uma opção. Preciso mostrar a Axil Lunaferis que ele estava errado sobre mim.

Dorian concordou de leve.

— Tenho uma condição, Zara.

— Diga — respondi, endireitando as costas.

— Minha condição é que não desista. Quero que seja rainha ou morra tentando.

Calafrios dispararam pela minha espinha, e eu engoli em seco. Claro que eu também queria aquilo. Sempre me ensinaram que era desonroso desistir, mas... se fosse mesmo necessário, será que eu poderia simplesmente... me permitir ser morta para preservar a honra da minha alcateia?

Tive a nítida sensação de que se tratava de mais uma de suas lições. Para ver o quanto eu queria aquilo, o quanto estava pronta.

Ele se inclinou para a frente, seus olhos de repente brilharam de emoção.

— Zara, você sempre foi minha favorita. Mas se dobrar os joelhos para uma loba pomposa da cidade, eu mesmo terei que matar você. E eu não quero matar você.

Amara parou de mexer a panela e sufocou um gemido na garganta. No entanto, as palavras de Dorian me deram orgulho. Havia um elogio em algum lugar ali.

— Vencer ou morrer tentando, alfa — prometi.

Ele pegou a convocação e me devolveu.

— Então responda sim. Imagino que Cyrus esteja treinando você.

— Sim.

— Tem apenas duas semanas para se preparar. Também vou ajudar a te treinar. E Morgan vai se juntar a nós.

Senti o coração apertar de orgulho. Fazer o alfa tirar um tempo de todas as suas muitas atividades de administração de uma alcateia de mais de 50 membros não era pouca coisa.

— Obrigada. Você vai se orgulhar de mim — prometi, depois me levantei, apertando a convocação com força.

Ele me deu um breve aceno de cabeça e voltou a dilacerar a carne de alce. Quando me virei para sair, Amara atravessou o cômodo e me puxou para um abraço.

A princípio, fui pega de surpresa. Lobos dominantes não gostavam de demonstrações de carinho, então não era chegada em abraços, mas Amara era como uma segunda mãe para mim. Quando minha mãe morreu durante o parto de Oslo, eu tinha apenas oito anos. Papai, o último alfa de nossa alcateia, antes de Dorian, havia morrido alguns meses antes por causa de um ataque de urso em uma viagem de caça. Toda a nossa família ficou arrasada pela perda de nossos pais.

Mas a alcateia se uniu em torno de nós para garantir que teríamos tudo de que precisávamos até atingirmos a maioridade e podermos nos defender sozinhos. Levavam comida e cobertores, limpavam a casa, brincavam com a gente. Contudo, foi Amara, que tinha vinte e poucos anos na época e havia acabado de se casar com o alfa, que nos visitou todas as noites durante quatro anos e cantou para mim e Oslo até pegarmos no sono. Ela afagava nossas costas e cantava músicas antigas que minha mãe costumava cantar quando eu era bebê. Ela me ensinou a alimentar Oslo com um saco de leite e a trocar seus lençóis sujos.

Jamais esqueci a gentileza.

— Vou sentir saudade. — Sua voz falhou, minha garganta ficou apertada.

— Também vou sentir saudade, Amama — falei, arrancando dela uma gargalhada.

Como Amara havia se tornado uma segunda mãe para mim, quando eu era pequena chamei-a de Amama por um tempo, e era assim que Oslo a chamava agora.

Quando ela se afastou, estava chorando. Eu não conseguia me lembrar da última vez que chorei.

— Tudo bem, já chega. Vai amolecê-la demais — decretou Dorian para a esposa com um sorriso e eu também sorri.

Depois de sair da cabana, abri novamente a convocação e a li pela décima vez.

Para: Alcateia das Terras Planas

Os conselheiros lobos reais que servem ao rei Axil solicitam que sua loba fêmea mais dominante, Zara Lua de Sangue, compareça à Montanha da Morte daqui a duas semanas e ingresse nos Duelos Reais.

A vencedora ocupará o trono.

Envie sua resposta por um mensageiro imediatamente.

Uma substituta dominante poderá ser enviada.

Nome da concorrente ou da substituta:

Aprovação do Alfa:

Assim que entrei em casa, peguei uma pena e tinta na velha mesa de meu pai.

Sem dizer nada, Cyrus me observou escrever *Zara Lua de Sangue* no espaço reservado para o nome da concorrente, depois *Sim* sob o campo "Aprovação do Alfa", e entregar o papel a ele.

— Dorian e Morgan também vão ajudar a me treinar — contei.

Meu irmão pareceu impressionado, e graças a nosso vínculo de alcateia, senti seu entusiasmo misturado à apreensão pelo ingresso de sua irmã mais nova nos duelos. Entre lobos da mesma alcateia, havia momentos em que nem era preciso falar; dava para sentir os pensamentos ou emoções dos outros como se fossem nossos. E considerando que Cyrus era meu irmão, nosso vínculo era especialmente forte. Sendo uma alcateia, quando estávamos na forma de lobo, podíamos todos nos comunicar mentalmente, mas como humanos havia apenas fragmentos de sentimentos que acabamos intuindo.

Cyrus foi até o armário que ficava ao lado do sofá e continha todo o meu equipamento de treino, abriu e olhou para mim.

— Vou levar para um mensageiro. Já vá se preparando para começarmos agora mesmo.

Agora mesmo?

— Temos duas semanas — argumentei.

Treinar com meu irmão não era pouca coisa; ele levava a tarefa muito a sério.

— Já devíamos ter começado seis meses antes — rosnou antes de sair.

Dei uma olhada no meu irmão caçula, que me observava do sofá, e levantei o queixo, na esperança de parecer forte e destemida. Quando seu lábio inferior tremeu de tanto tentar segurar as lágrimas, suspirei. Ele era tão parecido com minha mãe, sempre pensando com o coração e transparecendo as emoções. Eu era mais como meu pai, fisicamente forte, mentalmente forte e emocionalmente meio morta por dentro. Era apenas minha forma de ser e de agir; uma técnica de sobrevivência.

— Escuta, garoto — comecei. — É assim que honramos o nome da nossa família e da alcateia. Não vou decepcionar a gente.

Oslo franziu a testa e dobrou os joelhos junto ao peito.

— Não ligo para honra. Só não quero que você se machuque.

Ali percebi que o havia mimado demais e que ele era sensível demais para sobreviver, até mesmo cercado pela alcateia. Oslo seria submisso como nossa mãe, e como consequência, relegado a tarefas servis na aldeia, o que me entristeceu. Mas quem sabe não fosse o que ele queria. Uma vida sem caçadas, e batalhas, e todas as coisas que faziam meu sangue pulsar. Ele tinha doze anos, a idade em que o lobo de cada um começava a se definir de verdade: dominante ou submisso.

Me aproximei e baguncei seu cabelo.

— Bem, independentemente disso, vou deixar todo mundo orgulhoso de qualquer maneira.

Era isso ou voltar em um saco para defuntos. Além disso, eu não era de desistir. Eu só dobraria o joelho se alguém o quebrasse.

Duas semanas se passaram e eu quase havia morrido uma dúzia de vezes, particularmente em uma noite de lua cheia na semana anterior, quando minha loba se recusou a deixar sua forma peluda para voltar à humana. Parecia que Dorian, Morgan e meu irmão estavam de fato tentando me matar. Eu deveria partir para a Montanha da Morte em instantes, mas meu irmão queria uma última lição comigo.

— Mas eu já me transformei.

Apontei para minha calça de couro limpa e meu impecável casaco de pele de urso, morto na estação anterior.

Meu irmão mais velho olhou para mim.

— Você está limpa demais. Chegue coberta de terra e sangue para mostrar o quanto tem se esforçado. Faça as outras temerem você.

Ele tinha razão. Era isso que tornava meu irmão o treinador principal dos alfas: os jogos mentais que ele ensinava as pessoas a dominar para vencer qualquer luta.

Me lembrei de um conselho seu: *entre na cabeça deles e distorça as coisas para distraí-los ou tirá-los do jogo.*

Suspirei e tirei o casaco de pele, mostrando a pequena tira de tecido sobre os seios. Como nos transformávamos, assumindo e deixando nossa forma de lobo com tanta frequência, era mais fácil apenas amarrar uma tira de pano sobre certos lugares do que rasgar incontáveis e custosas túnicas.

Os habitantes da aldeia estavam reunidos a nossa volta, batendo no chão para me incentivar.

Sorri, eles vinham me apoiando bastante ultimamente e era importante para mim vê-los defendendo minha candidatura para vencer os Duelos Reais.

Esperei que Morgan ou Lola entrassem no círculo e treinassem comigo, mas não aconteceu. Em vez disso, o círculo se abriu e o próprio Dorian entrou, sem túnica e usando apenas um pedaço de pano na virilha.

Por Hades.

Eu já havia lutado contra homens da nossa alcateia — pequenas disputas, lutas para fins de treinamento, mas nunca um embate com o alfa.

Engoli em seco.

Ele não desviou os olhos dos meus ao entrar no círculo. Em vez de reclamar ou perguntar o que estava acontecendo, estalei os nós dos dedos, me preparando para a ação. A alcateia foi à loucura, uivando mesmo na forma humana, e pisoteando com vigor e entusiasmo.

Que eu saiba, o alfa nunca havia disputado com uma mulher, provavelmente por medo de matá-la.

Dava para sentir as emoções de meu irmão sem ele sequer precisar falar. Afinal, compartilhávamos um vínculo.

Dorian era maior que eu, e mais forte. Assim, eu precisava tirar vantagem de ser menor e mais veloz.

Os Duelos Reais seriam uma combinação de lutas entre humanos, lobos e rodadas com armas. Eu não conhecia bem os detalhes, mas precisava estar pronta para todas aquelas categorias.

— Regras? — perguntei a meu alfa enquanto rodeávamos um ao outro.

Eu não queria machucá-lo ou que ele me repreendesse na frente de todos, muito menos que me atacasse com força se estivéssemos apenas demonstrando nossa técnica.

— Nenhuma — declarou antes de se lançar sobre mim.

Deixei escapar um grito de surpresa, mas meu irmão tinha me ensinado bem. Por instinto, caí de joelhos e estendi o braço, acertando o punho na virilha do alfa. Ele grunhiu e caiu para a frente, até o meu e o derrubei no chão com facilidade. Puxei seu tornozelo com força e ele caiu de bruços. A alcateia gritou e uivou de exaltação.

Então pulei nas costas de Dorian, passei o braço em volta de seu pescoço e tentei usar as pernas para prender seus enormes braços, mas não adiantou. Ele se levantou, comigo ainda nas costas, e caímos para trás. Seu corpo se chocou contra o meu, depositando todo o seu peso em cima de mim, e senti o ar deixar meus pulmões às pressas. Eu não conseguia respirar e meus braços estavam moles quando ele rolou de cima de mim e girou. Com os punhos, atingiu meu rosto, estômago e garganta; um ataque ininterrupto tão veloz que não consegui me orientar.

— Use o que você tem! — vociferou meu irmão.

Tateei a terra ao lado do corpo e peguei um punhado para jogar no rosto do alfa, que tossiu e cuspiu, me dando a chance de recuperar o fôlego e sair debaixo dele.

Hora de virar loba — era minha única chance. Eu ficaria vulnerável durante a transformação, mas ele continuaria cego pela terra pelos próximos segundos, então era agora ou nunca.

Meus ossos começaram a estalar e se transformar enquanto a dor me atravessava. Poder mudar de forma com frequência não aplacava o sofrimento envolvido no processo. Era sempre insuportável, o que naturalmente dava a nossa espécie uma alta tolerância à dor. Eu estava na metade quando Dorian agarrou minha perna e a puxou.

Meu tronco bateu no chão, depois fui erguida no ar ainda em meio à transformação. Rosnei e grunhi, mas ele me segurava como um cachorrinho, enquanto eu me estrebuchava e me contorcia diante de seu corpo. A dor da transformação dava a sensação de estar com a pele em carne viva, mas permaneci calma. Dorian acertava golpe após golpe em meu estômago, me tratando como um saco de pancadas. Ele não usou toda a força, já que era um treino, então minhas costelas não estavam de fato sendo quebradas, mas eu ficaria um bocado machucada.

Naquele momento, me lembrei de tudo que havia aprendido treinando com meu irmão ao longo dos anos e nas últimas duas semanas.

De repente, fiquei toda mole, minha cabeça de lobo pendeu para o lado como se eu tivesse desmaiado.

— Boa tentativa — retrucou Dorian, me atingindo de novo no estômago enquanto ainda me levantava pela perna.

Foi preciso todo o controle que eu tinha para não reagir. Eu sabia que Dorian era um lutador respeitado que valorizava a honra e que jamais bateria em uma pessoa inconsciente. Isso significava que ele já havia vencido. A única fraqueza que ele tinha era ser um homem de honra e nunca optar pelo caminho mais fácil.

Com um suspiro, ele me deitou no chão e se dirigiu à alcateia.

— Acho que ela...

De repente, saltei na forma de lobo e avancei direto na sua garganta, mordiscando-a de leve para que ele soubesse que eu poderia tê-la rasgado se não fosse um treino. Quando caí de volta no chão, olhei para cima e vi as marcas vermelhas de meus dentes em sua pele.

Segurei firme seu olhar. A alcateia aplaudia e gritava, ciente de que eu tinha vencido assim que cravei as presas em seu pescoço. Em uma luta real, ele estaria morto.

Dorian pegou minha silhueta de lobo pelas axilas e me levantou para que eu olhasse em seus olhos amarelos e flamejantes.

— Bom trabalho. Você é uma força da natureza, Zara Lua de Sangue. Sempre foi. *Nunca* se esqueça disso.

Era seu equivalente a *eu amo você e estou orgulhoso de você, garota. Não morra.*

Depois que acenei com a cabeça, ele me baixou para o chão.

Com a alcateia ainda pisoteando e uivando ao redor, me senti pronta para ir para a cidade com meu irmão.

Me despedi rápido de Oslo e de todos os outros. Eu não queria me emocionar logo antes da viagem.

— Obedeça à Amara até eu ganhar, depois mando buscarem você — prometi a meu irmãozinho.

Amara já havia se comprometido em ficar de olho nele, mas doze anos era a idade de responsabilidade em nossa alcateia. Ele precisava aprender a ficar sozinho. Chega de mimos.

Quando o vi fazer um breve aceno de cabeça e seus olhos se encherem d'água, meu coração apertou.

— E se você... morrer? — perguntou na porta de casa.

Cyrus já estava lá fora me esperando, então estávamos sozinhos.

Se ele tivesse dez anos, eu mentiria e diria que não iria morrer. Mas ele precisava da verdade.

Puxei-o para um abraço apertado.

— Se acontecer, é de você que mais vou sentir saudade. Você é meu favorito. — Ele me abraçou com um aperto mortal. — Você vai ficar bem sem mim. Seja forte e vá subindo no grupo até encontrar um lugar que pareça certo.

Ele acenou com a cabeça junto a meu ombro e engoliu um soluço.

Sem querer agir demais como sua mãe, me afastei. Oslo teria que ser mais resiliente se quisesse sobreviver ali sem mim, mas eu estaria mentindo se não admitisse que queria levá-lo comigo, abraçá-lo até que estivesse mais crescido e menos sensível. Éramos bebês quando perdemos nossos pais. Crescemos juntos. Os dois contra o mundo.

— Agora entre e vá preparar o almoço, combinado?

Ele concordou, secou os olhos e foi isso. Eu não podia ficar mais.

Dei meia-volta e fui encontrar meu irmão mais velho, que estava de pé no trenó amarrado com meia dúzia de integrantes da alcateia, prontos para puxá-lo.

Se eu não precisasse levar nada, poderia simplesmente ter me transformado e caminhado até a Montanha da Morte, mas como candidata com um treinador a tiracolo, precisava de roupas e armas que meu irmão e eu podíamos carregar sozinhos.

— Você o mima demais — repreendeu Cyrus quando me aproximei.

Revirei os olhos, cansada da velha discussão, e me sentei a seu lado no trenó.

— Mena vai ficar bem com os gêmeos enquanto você estiver longe?

Minha cunhada Mena teve gêmeos seis meses atrás, e eu tinha certeza de que ela não estava gostando nada de vê-lo partir tão cedo.

— Ela ficará bem. É forte e pode contar com a alcateia.

Quando ele se voltou para nosso pequeno vilarejo, segui seu olhar. Eu amava as Terras Planas. Sob a leve camada de neve que tínhamos agora, havia um mar interminável de lama rachada e nenhuma vivalma por quilômetros e mais quilômetros. Viver no meio do nada não era para qualquer um, mas eu adorava a solidão e a companhia apenas da alcateia. Outras alcateias tiveram que lutar por território, mas ali, em um lugar onde poucas pessoas queriam viver, tínhamos centenas de quilômetros só para nós. Não havia nada mais libertador do que correr na velocidade da luz pelas planícies lamacentas sem impedimentos. Éramos especialistas em sobreviver na natureza e eu não precisava de muita coisa para me deixar feliz ou confortável, algo que supunha ser uma vantagem nos Duelos Reais. Corria o boato de que, em um dos desafios, testariam nossa força de vontade e tentariam nos debilitar com acomodações pouco charmosas. O povo não aceitaria uma rainha fraca em nenhum aspecto.

Então nossos companheiros de alcateia atados ao trenó dispararam, me forçando a segurar firme nas barras das laterais para não cair. Eu estava cansada, coberta de terra e neve e meu lábio sangrava, mas meu irmão tinha razão: seria bom aparecer na capital assim em comparação com todas aquelas lobas chiques da cidade.

◆ ◆ ◆

A viagem durou o dia todo e parte da noite, visto que tivemos que seguir as trilhas comunitárias para não invadir as terras de nenhuma outra alcateia. Só chegamos aos portões da Montanha da Morte depois da hora do jantar e meu estômago estava roncando. Cyrus foi informado de que haveria algum tipo de banquete de boas-vindas e depois todas as candidatas receberiam acomodações para si e para os treinadores.

Eu nunca estive na Montanha da Morte — a cidade não tinha nenhum apelo para mim. No verão eu dormia ao ar livre, numa rede com Oslo, para podermos olhar as estrelas. E mesmo no inverno eu fazia longas caminhadas diárias para manter os músculos em forma e tolerar o frio. As pessoas na cidade não faziam isso. Eram boas demais para tal, os mais delicados de nossa espécie. Seus corpos eram mais roliços e tinham menos definição muscular. A comida lhes era trazida numa bandeja, suas fogueiras eram acesas e alimentadas por criados. Pois é, eles podiam pagar pelos treinadores mais requisitados, mas a crença de que uma rainha forte sairia daquele lugar estava além da minha compreensão.

Olhei ao redor quando passamos pelos portões da cidade, que era parcialmente escavada em meio à mineração de ouro empreendida pelos primeiros colonizadores. Quando os lobos assumiram o comando, construíram o palácio bem no planalto, no meio da montanha. Não havia exército que pudesse alcançá-lo sem ser visto e aniquilado antes mesmo de se aproximar.

Passamos por uma pequena vila de casas estreitas, mas altas, algumas com apenas três metros de largura, mas quatro andares. Não havia muito espaço para se construir na encosta de uma montanha.

Quando olhei para a opulenta cidade feita pelo homem, senti meus pensamentos em conflito. Meu lado loba considerava o descomunal e luxuoso castelo de pedra com incrustações de ouro reluzente uma zombaria para a nossa espécie. Éramos animais, dormíamos na terra, não em lençóis de seda. Mas meu lado humano reconhecia o desejo por tais necessidades. Passávamos metade do tempo no corpo humano, e esse corpo gostava desses luxos.

Toda a entrada principal estava repleta de tendas de viajantes vindos de cidades e vilarejos periféricos. Tendo deixado o trenó na base da montanha, subimos juntos em um bando de oito, todos representando as Terras Planas.

Algumas lobas saíram de suas tendas para avaliar os recém-chegados, e fiz questão de olhar para cada uma para colocá-las em seu lugar.

As submissas foram logo desviando o olhar, enquanto as dominantes me encararam por mais tempo.

O cheiro das fogueiras e da carne cozida me atingiu, e meu estômago roncou.

Cyrus olhou para o resto dos representantes de nossa alcateia.

— Encontrem um lugar e montem nossa barraca. Preciso fazer a inscrição da Zara lá dentro.

Eles acenaram com a cabeça e uma das mais dominantes, Sasha, estendeu a mão e apertou meu ombro.

— Que você nos traga orgulho — disse em tom sério.

Acenei com a cabeça, tentando não deixar essas palavras me intimidarem. Representar a alcateia das Terras Planas nos Duelos Reais era uma grande honra.

Alguns diriam que éramos menos propensos a pertencer a um palácio. Vivíamos no meio do nada, sem a água encanada e os banheiros da capital e de outras grandes cidades. Caçávamos a própria comida em vez de comprarmos nas barracas do mercado. No entanto, para mim, era isso que me tornava a mais propensa a vencer um desafio como aquele. Fui calejada pela vida e lutava todos os dias para manter meu terceiro lugar em uma grande alcateia cheia de lobos ambiciosos.

Enquanto Cyrus e eu contornávamos as numerosas tendas no grande gramado do palácio, pessoas olhavam e apontavam para mim. Algumas até seguravam cartões e marcavam coisas neles.

Olhei mais de perto, e meu estômago deu um nó.

Cartões de apostas. Para quem morreria primeiro. À primeira vista, pareciam conter mais de duas dúzias de nomes.

Cyrus estalou os dedos, chamando minha atenção, e começou a gesticular para se comunicar.

Nervosa para ver o rei? Meu irmão às vezes usava a linguagem de sinais para falar comigo, assim as pessoas ao redor não podiam entender. Tig, filho de um companheiro de alcateia, havia nascido sem audição, traço extremamente raro para um lobo. O menino não conseguia ouvir nem o farfalhar do vento, então criamos uma linguagem do bando das Terras Planas para podermos nos comunicar com ele. A invenção também se mostrou útil em festivais e eventos quando não queríamos que outras alcateias nos ouvissem com sua audição apurada. Na forma de lobo, podíamos compartilhar o que estávamos pensando, mas como humanos, essa era nossa melhor arma quando não podíamos falar.

Não. Por que estaria? Éramos crianças quando o vi pela última vez. Uma paixão tola.

Eu movia os dedos às pressas, e meu irmão me lançou um olhar que dizia "não acredito em você".

Só cuidado para não demonstrar nada. Não quero uma fraqueza explorada pelas outras concorrentes — gesticulou.

Concordei uma única vez, mas suas palavras me afetaram.

Eu não seria afetada ao ver Axil Lunaferis… seria?

◆　◆　◆

O Castelo de Lua Real era tudo o que imaginei que um castelo seria, cheio de criados, eletricidade, tapeçarias sofisticadas e mais comida do que eu já tinha visto em toda a minha vida. Cyrus e eu havíamos acabado de falar com os conselheiros reais dos lobos que garantia o cumprimento das regras durante os Duelos Reais.

— Aproveitem esta noite. Amanhã de manhã começa o primeiro duelo — informou um deles.

Os conselheiros totalizavam oito e descendiam de uma longa linhagem de guias do rei. Eram fáceis de identificar, pois tinham a cabeça raspada e usavam o manto vermelho que indicava sua posição. Axil era o rei alfa, mas não fazia nada sem a contribuição desses homens.

Dei um rápido aceno, então o conselheiro olhou para minhas roupas.

— Gostaria de ser levada aos seus aposentos? Pode se trocar antes do jantar.

Cyrus respondeu antes que eu tivesse chance:

— Não. Gostaríamos de comer. A viagem foi longa e não estamos preocupados com roupas.

O conselheiro pareceu ter levado um tapa, e tive que reprimir um sorriso. A guerra psicológica havia começado, e Cyrus estava todo à vontade.

— Claro. — O homem de manto vermelho gesticulou para duas portas abertas. — Ah, quase me esqueci. Seu número, Zara.

Ele me entregou um bilhete manuscrito com o número 1 escrito numa letra grande e pesada e um alfinete atravessado. Depois, olhou para meu peito como se indicando que eu o usasse. Alfinetei o papel à roupa e ele acenou com a cabeça, satisfeito.

A julgar pelo salão movimentado e cheio de gente, fui uma das últimas a chegar, mas ainda assim recebi o número 1. Interessante. O que isso significava? Éramos classificadas de acordo com nossas supostas habilidades ou os números eram aleatórios? As Terras Planas não recebiam muita atenção e, embora eu fosse a fêmea mais dominante em nossa alcateia, duvidava que fosse a mais dominante entre as reunidas ali.

Seriam necessárias todas as habilidades que meu irmão tinha me ensinado para sobreviver a essa coisa.

Assim que entramos no salão, percebi que Cyrus estava certo ao exigir que eu lutasse contra nosso alfa naquela manhã. E também ao insistir em não trocarmos de roupa.

O salão estava cheio de mulheres em lindos vestidos de seda, que se arrastavam pelo chão. Seus cabelos estavam presos no alto, as mechas sedosas se derramavam em cascatas, e seus treinadores de combate — fossem homens ou mulheres — também estavam vestidos para impressionar.

Quando entramos, todas as cabeças se viraram para nós, e pelo menos metade não conseguiu disfarçar o medo no rosto. Seus olhares corriam da minha roupa incrustada de sangue, para os hematomas amarelados em meu rosto e abdômen e para meu irmão, que parecia igualmente massacrado pela viagem.

Sem nos apresentarmos, fomos até uma mesa comprida e enchemos nossos pratos de carnes, batatas e pães. Tentei pegar alguns doces, mas meu irmão deu um tapa na minha mão.

Vai lutar amanhã. Nada de doces, justificou com os sinais.

Quis protestar, mas ele tinha razão. Meu corpo não se dava muito com doces: eram ótimos na hora, mas sempre me deixavam sem energia e com sede no dia seguinte. Vivíamos da natureza das Terras Planas e, além de algumas frutas silvestres, não tínhamos o tipo de doces que eram servidos na cidade, como bolos, biscoitos e iguarias trazidas dos mercados das aldeias periféricas. Meu corpo não estava acostumado com aquilo.

Começamos a abrir caminho entre a multidão, que continuava muda, em busca de uma mesa vazia. Enquanto caminhávamos, uma mulher de vestido verde com o número 3 preso na parte de cima tapou o nariz.

— Ora, ora, vejam só o que as Terras Planas arrastaram para cá — disse em tom de voz anasalado. — Com certeza ela não leu sobre...

Não esperei que ela terminasse; em vez disso, dei um soco na lateral de sua têmpora com a mão livre e a nocauteei. Ela caiu no chão como um trapo. Olhei para o homem elegantemente vestido parado ao lado dela, que começava a rosnar. Seu treinador.

— Controle sua loba, senão na próxima arranco o braço — declarei.

Uma série de pelos foram se eriçando pela lateral de seu rosto, mas ele não se mexeu. Eu estava no meu direito de me defender do desrespeito.

Algumas das outras mulheres ficaram boquiabertas, em choque com meu comportamento, mas não todas. Uma delas, usando o número 2 preso no vestido dourado, ficou apenas me observando como um caçador observa uma presa. Eu precisava estabelecer um precedente de que não seria ridicularizada por ninguém, mas me dei conta de que também havia revelado a todos quem era a principal concorrente ali. Agora eu seria o alvo principal.

Paciência.

Cyrus sentou-se casualmente diante de uma mesa vazia, como se minha explosão fosse uma ocorrência cotidiana, e me juntei a ele.

Boa menina, sinalizou com a mão. Sorri, pronta para devorar meu prato. Comi como um animal selvagem, quase faminto. Eu havia pulado o café da manhã e o almoço e, tirando algumas tiras de carne defumada que tinha beliscado, era minha única refeição do dia.

Enquanto eu rasgava um tenro pedaço de carne de alce, uma loira robusta de vestido azul sentou-se a meu lado. Ela cheirava a um perfume floral, que meu nariz de lobo odiava, e usava maquiagem demais. O número 24 estava alfinetado no seu peito.

— Bem-vinda. Sou Eliza Green, da alcateia da Montanha da Morte. Só queria reservar um minuto para me apresentar antes de tentarmos matar umas às outras amanhã. — Ela deu uma risadinha nervosa.

Continuei minha refeição sem responder.

— Caramba. Você mostrou mesmo para aquela garota quem é que manda. Nem sei se já podemos começar a lutar, mas foi muito legal — completou.

Tirei o olhar do prato e encarei seus olhos azuis. Eu sabia ler bem as pessoas: essa garota era gentil demais para sobreviver a essa coisa.

Além disso, ela não estava sendo calculista, tentando fazer uma aliança só para me matar mais tarde, o que era comum. Havia uma doçura em sua voz, além de um nervosismo subentendido. Ela era inocente.

— Vou acabar sendo uma das primeiras a sair — continuou tagarelando. — Mas pelo menos vou deixar minha família orgulhosa, não é? Desculpa, eu falo demais quando estou nervosa.

Cyrus estalou os dedos, chamando novamente minha atenção.

Não faça amigos.

Acenei com a cabeça para ele, embora não quisesse que a garota fosse a primeira a sair.

— Você quer morrer amanhã? — perguntei a ela, categórica.

Ela congelou com as palavras, talvez porque tenha sido a primeira coisa que falei desde que ela havia se apresentado com tamanha cortesia.

— Claro que não. Quero deixar minha alcateia orgulhosa. Este é meu território — respondeu toda séria.

Baixei o queixo e me aproximei.

— Então pare de ser tão gentil com as pessoas. Na verdade, quero que cuspa na cara da próxima pessoa que falar com você.

Ela pareceu chocada. Cyrus beliscou minha coxa para me impedir de ajudá-la mais.

— Agora *saia daqui* — rebati.

Com um grunhido do fundo da garganta, ela se levantou tão rápido que sua cadeira caiu para trás e tombou no chão.

E todos estavam olhando para nós outra vez.

Ótimo. Eu queria mesmo que se lembrassem do último rosto que veriam antes de darem o último suspiro.

Eu não queria matar ninguém, mas éramos assim. A rainha escolhida precisava ser a mais forte, e isso tinha que ser provado em batalha.

Com um movimento na frente do salão, todos se acalmaram e voltaram a atenção para lá.

Terminei de mastigar e me levantei, tentando ver o que ou quem estavam olhando. Quando a multidão se separou, lá estava Axil Lunaferis, entrando no salão com o irmão mais velho, Ansel, e dois conselheiros. Assim que meu olhar caiu sobre ele, foi como se tivesse levado um soco no estômago. Fiquei sem ar, meu queixo caiu e foi como se eu estivesse de volta ao acampamento, todos aqueles anos atrás.

Axil Lunaferis não era mais um menino, era um homem feito, e eu não estava preparada para isso.

A cena despertou uma lembrança repentina do tempo em que passamos juntos no acampamento: já faz um mês que éramos unha e carne e fomos nadar no lago com nossos amigos.

Joguei água de brincadeira nele, na época com quinze anos. Ele sorriu e fez o mesmo comigo. Dei um grito quando uma tonelada de água encharcou meu rosto e cabelo.

— Que exagero, Axil! — rosnei, correndo atrás dele para dar o troco.

Nossos amigos me aplaudiam e Axil nadava depressa em direção ao deque flutuante, que balançava no centro do lago. Estávamos todos lutando e treinando fazia um mês. Axil sabia que eu não deixaria aquilo passar batido sem levar pelo menos um bom caldo.

Ele ria feito louco, enquanto eu me esforçava para acompanhá-lo, visto que nadava melhor do que eu e sabia disso. Nossos amigos começaram a se tornar pontinhos na costa.

Axil alcançou o deque flutuante antes de mim. Me impulsionei com mais força dentro d'água, estremecendo ao sentir uma forte cãibra na perna. Embora eu nadasse razoavelmente bem, o lago era fundo demais e, de repente, tive que parar e apenas tentar não afundar.

— Axil! — gritei em pânico, abandonando a raiva que fingia ter dele.

Assim que ele olhou e viu como eu estava me debatendo, mergulhou e nadou na minha direção com mais vigor do que um peixe.

Minha perna. Cãibra estúpida. Tentei manter a cabeça acima da superfície, minha loba queria irromper para nos proteger.

De repente, Axil estava lá, me puxando para seus braços e me examinando freneticamente.

— O que foi? — perguntou enquanto nos puxava até o cais flutuante.

— Uma cãibra na perna — expliquei sem fôlego, sentindo o pânico se dissipar.

Quando chegamos ao cais e ele me içou, me acomodei em seu colo. Com as mãos nas laterais do meu rosto, ele me olhava nos olhos, parecendo apavorado.

—*Achei que… Não posso perder você, Zara. Estou apaixonado por você. Agora. Sempre. Até o fim dos tempos.*

Fiquei sem ar.

— *Eu também te amo* — *murmurei.*

Ele estendeu a mão, acariciou meu lábio inferior com o polegar, depois me inclinei para a frente e cobri sua boca com um beijo. Ele abriu os lábios e nossas línguas se entrelaçaram, enquanto eu me aproximava ainda mais. Desde a morte de meus pais, pouca coisa fazia sentido no mundo. Por que coisas ruins aconteciam com pessoas boas? Por que eu tive uma vida tão difícil enquanto outros tiveram uma vida fácil? No entanto, estar ali com Axil, na segurança de seus braços, parecia tão certo. Era como estar em casa.

Meu irmão pigarreou a meu lado, me despertando da lembrança e me trazendo de volta para aquele salão na Montanha da Morte. Corei, abri um sorriso de desculpas e olhei para Ansel Lunaferis, ao lado de Axil.

Seu irmão mais velho mancava sempre, a única reminiscência de sua luta para ser rei alfa dois anos antes. Axil havia vencido e agora eu entendia o porquê. Ele tinha ficado bem mais alto que Ansel, além de maior. Tinha uma barba desgrenhada que emoldurava seu queixo esculpido, e seus olhos azuis pareciam flechas em busca de carne ao examinarem o salão e se fixarem em mim.

Quando desviei o olhar por instinto, percebi que a mulher de vestido dourado me observava com um sorriso.

Droga. Eu havia mostrado meu jogo, incapaz de esconder que fui afetada ao ver o rei alfa.

Minha esperança era que ela pensasse que eu simplesmente o achava atraente, não que tínhamos um passado juntos.

Sentindo o olhar de Axil em mim, aproveitei para tirar o casaco de pele e mostrar meus braços esguios e esculpidos e os músculos abdominais. Eu ainda estava usando apenas a tira de pano sobre os seios e a calça justa de cintura baixa feita de couro de alce. Meu corpo estava salpicado de sangue seco, terra e hematomas ainda desbotando conforme minha cura de lobo cuidava das feridas daquela manhã. Eu parecia uma guerreira, forjada a fogo e sangue, muito diferente da garota que ele tinha conhecido aos quinze anos.

Quando me virei para encará-lo, Axil estava passando pela nossa mesa e parecia ter visto um fantasma. Sustentei seu olhar assombrado e levantei o queixo, para dizer que já não ligava para o fato de ele ter me deixado com o coração partido naquele acampamento, tantos anos antes. Eu queria que ele pensasse que era apenas uma lembrança para mim, um fragmento que havia desaparecido por completo.

Mas eu não estava preparada para ver a agonia estampada em suas feições. Uma profunda tristeza estava gravada em seu rosto, e eu engoli em seco, tentando processar qual o motivo dessa reação ao me ver.

Será que ele me reconheceu? Eu também tinha crescido, me tornado uma mulher, mas continuava sendo a mesma menina de cabelo castanho que ele havia chamado para dançar no acampamento.

O rei veio direto para mim. Seus conselheiros afastaram as outras mulheres e Ansel começou a conversar com elas, nos dando privacidade.

Me preparei para a interação, para a chance de falar com ele depois que ele havia me largado com tanta crueldade, sem dizer uma palavra.

Em todas as outras culturas, era preciso se curvar diante do rei.

Mas não na nossa.

Ainda que doesse, continuei sustentando seu olhar. E mesmo com a respiração irregular, encarei seus olhos azuis pelo maior tempo possível, enquanto ele continuou a encarar os meus. Assim que o conheci, soube, aos quinze anos, que Axil seria um futuro alfa, mas não havia imaginado que ele era um príncipe e que um dia seria o rei.

Minha vontade era mostrar a ele agora que eu não era a menininha fraca das Terras Planas que ele e o irmão pensaram que eu era na época. E eu queria que as primeiras palavras que saíssem de sua boca fossem, *eu sabia que seria você, eu sabia que você seria a mais forte da sua alcateia.* Eu havia conseguido chegar ao topo e agora tinha a chance de ser igual a ele.

— Zara. — Ele sussurrou meu nome como se fosse uma oração, e toda a racionalidade me abandonou. — Não sei se fico feliz ou horrorizado por você ter vindo.

Fiquei pálida, sem esperar aquela reação.

— Horrorizado? Você... não me convidou?

Ele engoliu em seco e se inclinou, seu cheiro familiar me invadiu e incitou um gemidinho, que engoli. Abaixando a voz para quase um sussurro, ele aproximou os lábios do meu ouvido e confessou:

— Agora me arrependo. Você não deveria ter aceitado.

Com isso, ele se afastou com um semblante arrasado e foi embora, me deixando em um emaranhado de mágoa e confusão. Não foi exatamente assim que eu tinha imaginado meu reencontro com Axil, mas o desgraçado sem dúvida havia mudado. Ele não era mais o doce adolescente que eu ficava beijando por horas sob o luar enquanto sonhávamos com um futuro juntos.

Horrorizado em me ver? Arrependido de ter me convidado? Aquele idiota ia se arrepender. Eu o faria amaldiçoar o dia em que me conheceu e todos os dias depois disso.

Agora eu queria vencer a disputa e me tornar sua esposa só para negar toda vez que ele pedisse para dormir comigo.

Quando lobos se acasalavam, era para o resto da vida, visto que eram monogâmicos. Eu forçaria o canalha ao celibato como vingança pela forma como me tratou.

Jamais subestime uma mulher desprezada.

Cyrus e eu recusamos as acomodações no castelo e escolhemos dormir na grande tenda ao ar livre com nossos companheiros de alcateia. Depois de vermos Axil, fomos embora, e eu dormi em uma das oito redes montadas no grande abrigo. Preferia mil vezes que meus companheiros de alcateia cuidassem de mim enquanto dormia a passar a noite sozinha num quarto bem na boca da fera.

Para falar a verdade, ouvir Axil dizer que eu não deveria ter vindo me abalou. Eu me senti tão indesejada quanto ele me fez sentir todos aqueles anos antes. Eu não deveria permitir que me incomodasse, mas aconteceu. Depois da maneira cruel como ele terminou comigo no acampamento, me dizer agora que eu não deveria ter vindo foi horrível e me fez odiá-lo. Fiquei remoendo suas palavras a noite toda, a ponto de ficar furiosa.

Como. Ele. Ousa?

Tomei o café da manhã quieta, enquanto meus companheiros de alcateia preparavam uma refeição de coelho fresco e ovos de codorna que haviam caçado naquela manhã.

Cyrus se inclinou para mim, olhando para uma mulher que não me era estranha, do outro lado do acampamento. Era a mesma que usava o vestido dourado na noite anterior.

— Ivanna Lagos. Alcateia de Cristaluna, segunda no comando — disse ele.

Os pelos de meus braços se arrepiaram. Segunda? Ela tinha chegado ao segundo lugar em uma alcateia cheia de machos dominantes! Cristaluna era conhecida por sua brutalidade. Um formidável grupo de lobos que vivia no clima mais severo de Lunacrescentis. Às vezes, enfrentavam até dois metros de neve no inverno e passavam dias sem comer. Havia boatos de que comiam a própria espécie em caso de escassez. Ela devia ser muito forte, provavelmente minha maior concorrente.

Além disso, também havia escolhido dormir com os companheiros de alcateia na tenda, não muito longe da minha. Observei-a caminhar com o treinador até a tenda das inscrições, do outro lado do gramado. E ela sustentou meu olhar o tempo todo, agitando minha loba.

— Venha, vamos registrar com os mantos vermelhos — disse Cyrus, sarcástico, gesticulando para os conselheiros lobos.

Abaixei o queixo e nos levantamos em meio aos votos de boa sorte de nossos companheiros de alcateia. Segui Cyrus até uma mesa de inscrição, onde um conselheiro me entregou um cartão azul e me disse para ir até a tenda do desafiante de cor correspondente.

— Te espero lá fora — disse Cyrus.

Dei um breve aceno e entrei na tenda azul.

Ivanna estava bem no meio da tenda, também segurando um cartão azul, e ficou me encarando quando entrei. Andei em círculo ao redor dela, com o instinto de caça à flor da pele.

Ela girou para acompanhar meus movimentos, sem me dar as costas. Mais alta que eu, magra, com quase a mesma massa muscular, era uma das mulheres mais bonitas que eu já tinha visto. Seu longo cabelo escuro descia pelas costas em cachos pesados e espelhados, e seus braços de pele dourada eram cheios de cicatrizes de lutas passadas, embora não fosse fácil deixar uma cicatriz em um lobo. Seu queixo era perfeitamente pontudo, assim como o nariz, e seus lábios rosados eram carnudos e estavam franzidos.

Havia duas tendas, vermelha e azul, o que significava que Ivanna e eu não íamos nos confrontar — pelo menos não naquele dia. Por ora, parecia que estávamos no mesmo "time".

Quando Eliza entrou na tenda, estava pálida. Interrompi o contato visual com Ivanna e olhei para a loba boazinha demais.

— Teremos permissão para usar armas — anunciou a loba da Montanha da Morte com um tom agudo de nervosismo na voz.

— Ótimo.

Me levantei e estiquei o pescoço. Eu adorava armas de todos os tipos. Espadas, adagas, estrelas ninja, uma clava pesada. Meu sangue acelerava só de pensar nisso.

Ivanna endireitou as costas, parecia não ter gostado da minha estatura ao lado dela.

— Eu já *sou* uma arma — anunciou para a tenda, que cada vez se enchia de mais mulheres. — Então dispenso.

A declaração deixou meus braços arrepiados. Ela havia dito aquilo para me provocar ou desperdiçaria mesmo a chance de ter uma arma?

Seria loucura, mas também algo que Cyrus aprovaria, afinal, ela *conseguiu* me provocar.

Será que eu deveria fazer o mesmo? Eu não queria parecer fraca na minha primeira luta, ainda mais se o rei estivesse assistindo. Depois do nosso encontro na noite anterior, eu queria mostrar o que ele tinha perdido esse tempo todo.

— O rei Axil está lá fora agora, indo para o ringue de combate — contou Eliza, como se estivesse lendo meus pensamentos.

Ivanna e eu nos entreolhamos e voltamos a nos encarar.

Posso fazer isso o dia todo, pensei.

Sem dúvida ela estava me olhando para ver se o comentário de Eliza tinha provocado alguma reação minha, mas mantive a expressão completamente neutra.

Mais adversárias entraram na tenda, seguidas por um dos conselheiros do rei, vestindo seu longo manto vermelho. Ivanna e eu só paramos de nos encarar quando o conselheiro se posicionou bem na minha frente, me forçando a olhar para ele. O homem segurava uma caixinha de madeira com minúsculas réplicas em pedra de mais de uma dúzia de armas.

— Zara, para os Duelos Reais, você foi classificada em ordem de domínio. Como é a número 1, pode escolher a primeira arma. Depois disso, siga para a tenda de armas, onde trocará a réplica escolhida pela versão em tamanho real.

Meu coração bateu forte com o anúncio. Então a classificação *era* baseada em dominância. E eu tinha ficado em primeiro? Como? Ivanna era a segunda no comando de sua alcateia. Será que Dorian havia dado a eles uma avaliação sobre mim ou algo assim?

Quem liga? Eu sabia o que Cyrus aconselharia. Se Ivanna, que era a número 2 e minha maior rival, não escolheria uma arma, eu também deveria recusar.

— Dispenso — declarei, me afastando da caixa.

Algumas mulheres arfaram e o conselheiro se aproximou de mim.

— Como é?

Olhei bem nos olhos dele.

— Dispenso. Não preciso de arma.

Ele se sacudiu como se estivesse saindo de um transe e caminhou até Ivanna.

— Ivanna Lagos, você é a segunda. Escolha sua arma.

Ela olhou para mim e sorriu, e me dei conta de que havia sido enganada. Ela se aproximou da caixa e tirou uma pequena réplica de uma clava, girou-a habilmente entre os dedos.

— Bela escolha — observou o conselheiro.

Mantive o semblante calmo, contive minha loba e comecei a torcer o cabelo castanho-escuro entre os dedos, fingindo tédio, como se o que ela havia acabado de fazer não tivesse me incomodado nem um pouco. Mas lá no fundo, eu estava furiosa... e, ao mesmo tempo, admirada com sua genialidade. Ela tinha acabado de fazer a primeira colocada entrar em combate desarmada e poderia basicamente me tirar da competição antes mesmo de começar, sem nem precisar me enfrentar! Eu queria odiá-la, mas ela conquistou meu respeito naquele momento.

Enquanto as outras escolhiam suas armas, Eliza se aproximou de mim. Senti uma pontada de tristeza quando me lembrei de que o número dela era 24 — provavelmente a última ou penúltima. As pessoas da cidade eram fracas, como todos sabiam.

— Algum conselho? — sussurrou. — Você é tão incrível... Eu adoraria chegar viva ao fim do dia.

Seus olhos estavam cheios de lágrimas. Levantei a mão e dei um tapa forte no rosto dela. Ela arfou e sua loba emergiu, deixando suas pupilas amarelas.

Ignorando as pessoas que viraram para nos olhar, a segurei de leve pela nuca e puxei sua orelha até meus lábios.

— Contenha sua loba quando estiver lutando em forma humana. Seu lado humano é emocional demais e isso vai te custar caro. Jogue sujo. Aproveite todos os ângulos que puder.

Ela acenou com a cabeça, sua pelagem cor de mel ondulou pelas laterais do rosto.

— Com quem você vai lutar? — perguntei em voz baixa.

Ela abaixou o queixo.

— Número 22.

— Não, eu perguntei com *quem*. Você a conhece?

Ela pareceu entender e fez outro gesto com a cabeça.

— Malin Águas Claras. Alcateia da Base da Montanha.

As lutas pareciam ter sido equilibradas: estavam nos colocando contra oponentes de força equivalente. Era uma boa e má notícia para mim. Boa porque quando eu matasse minha rival, estaria eliminando uma concorrente forte, e ruim porque não escolhi nenhuma arma.

— O que você pode usar contra ela? — questionei, soltando seu pescoço. — Ela tem algum ponto fraco? Medos? Uma mãe doente, um ex-namorado, alguma fobia?

Ela arregalou os olhos como se o que eu tinha acabado de mencionar fosse pura maldade, mas logo acenou com a cabeça.

— Ela... quebrou o osso da coxa no ano passado e nunca se recuperou por completo. Ela favorece uma perna. E... o namorado dela a traiu no verão.

— Bom. Qual é o nome da garota com quem ele a traiu?

O conselheiro estava quase chegando a Eliza, e eu sabia que ele só poderia oferecer a pior arma, visto que ela seria a última a escolher. Provavelmente uma pequena adaga.

— Alessia — murmurou, parecendo abalada.

— Então chegue, pergunte como está Alessia e depois chute a perna lesionada, quebrando de novo o osso da coxa — instruí.

Eu sabia que não deveria dar nenhum conselho a ela e que Cyrus me repreenderia por isso, mas algo sobre a inocência e fraqueza dela desencadeou meu desejo dominante de protegê-la.

Seu queixo caiu, em choque, sua loba foi recuando enquanto seus olhos voltavam ao azul natural. Eliza não respondeu. Dava para sentir o cheiro do medo nela e odiei que ela tivesse sido escolhida para competir. Seu lugar não era ali.

— Você quer viver? — perguntei sem rodeios.

Ela engoliu em seco, fez que sim, mas era tarde demais para responder. O conselheiro se aproximou e estendeu a caixa para ela, oferecendo duas opções.

Uma pequena adaga e uma faca de arremesso.

Ela olhou para mim.

— Adaga — falei.

Ela pegou a minúscula réplica de adaga, pronta para trocá-la na tenda de armas pela versão em tamanho original.

O conselheiro me avaliou mais uma vez, seus olhos castanhos se fixaram bem nos meus.

— Última chance — avisou, me oferecendo a faca.

Dava para sentir Ivanna me observando sem nem olhar para ela. Se eu aceitasse aquela arma insignificante, ela venceria.

Então balancei a cabeça e ele fechou a caixa.

— Venham comigo — declarou ele, depois saiu da tenda.

Em grupo, saímos em fila única atrás do conselheiro. O gramado diante do palácio estava abarrotado de lobos de todo o reino, mas eles se separaram quando passamos.

— Vai, Terras Planas! — alguém gritou.

Não pude conter um sorriso, reconhecendo a voz de um dos meus companheiros de alcateia.

— Sombra da Lua! — incentivou outro.

— Águia de Prata!

Mais gritos, uivos e em segundos a multidão se tornou ensurdecedora, torcendo por sua concorrente ou companheira de alcateia favorita.

Quando chegamos a uma grande área aberta delimitada por uma corda em círculo, procurei por Axil. O rei. Uma pequena descarga elétrica me atravessou quando o flagrei já me observando. Ele usava uma túnica de seda vermelha desabotoada no peito. O sol brilhava em sua pele bronzeada e ele estava sentado em um trono elevado diante da arena.

Ao ver o rei lobo e o ringue, fui tomada mais uma vez pela lembrança do nosso verão juntos.

— *Axil Lunaferis, você está pronto para treinar. Escolha seu oponente — disse o treinador Varryl.*

Era o segundo dia de acampamento e, embora Axil e eu tivéssemos passado a noite anterior dançando e nos beijando, eu não sabia se era só coisa de uma noite. Os alunos formaram um círculo em volta dos grossos tapetes de espuma onde a luta estava prestes a acontecer e Axil passou sem pressa por cada um. Alguns dos machos rosnaram para ele, como se implorando para serem escolhidos. Torci para que ele não fosse um daqueles caras que não lutava com garotas por medo de machucá-las. Eu queria que ele soubesse que eu não era uma flor delicada. Quando ele passou por mim, saí da fila e me aproximei, levantando o queixo como se o convidando a me escolher.

O sorriso torto que ele me deu foi tão lindo que minhas pernas ficaram bambas.

— *Eu escolho Zara Lua de Sangue.*

Prendi o longo cabelo e entreguei meus sapatos para um amigo antes de parar diante de Axil nos tapetes. Meu coração disparou conforme nos rodeávamos, nos avaliando. Dava para sentir o domínio vindo dele em ondas. Era difícil encará-lo por muito tempo, embora não impossível, e senti que para ele querer mesmo ficar comigo, precisava saber que eu era forte.

Quando o treinador apitou, avancei, dando uma rasteira para derrubar Axil, que caiu com um sorriso. Em seguida, pulei em cima dele, montando em sua cintura, enquanto nossos amigos e colegas de acampamento iam à loucura, incitando a luta. Assim que me posicionei em cima de seu corpo, ele levantou o quadril e segurou meus braços, me jogando para o lado e se reposicionando para ficar por cima. Aconteceu tão rápido que mal consegui entender. Ele estava sentado sobre meu tórax, prendendo meus braços, e os gritos inflamados a nosso redor eram ensurdecedores.

— *Tudo bem se quiser desistir — provocou.*

— *Nunca — rosnei, vendo um fogo se acender em seus olhos.*

Axil havia subestimado minha flexibilidade. Como estava sentado na minha caixa torácica e não nos meus quadris, consegui jogar as pernas para cima e cruzar os tornozelos na frente do pescoço dele, o empurrando para trás e o afastando de mim. Ele caiu com força e eu rolei, prendendo-o em um estrangulamento. Eu tinha certeza de que ele iria desistir, mas ele levantou a mão e arrancou meus braços de seu pescoço.

Rosnei de frustração, e ele se virou e se abaixou para me pegar e me jogar por cima do ombro como se eu fosse uma boneca de pano. A multidão foi à loucura enquanto Axil caminhava até o treinador.

— Interrompa — implorou. — Ela é minha futura esposa e não posso machucá-la.

As meninas do acampamento soltaram um suspiro coletivo e eu não pude deixar de sorrir. Axil era um sedutor e eu estava todinha sob seu feitiço.

O treinador apitou e soltou uma risadinha para nós dois.

— Ah, o amor juvenil — murmurou.

Voltando ao presente, me obriguei a espantar aquela lembrança e a desviar o olhar, não estava gostando do efeito que Axil exercia sobre mim e não queria que Ivanna suspeitasse daquele romance do passado.

A área gramada onde aconteceria a luta era bem grande, ampla o suficiente para assumirmos nossa forma de lobo e corrermos em círculos ao redor da oponente sem nos sentirmos oprimidas.

Depois que as combatentes da tenda vermelha se enfileiraram ao longo da corda a nossa frente, o rei se levantou e pigarreou.

— Por gerações acreditamos que uma rainha não merece servir ao lado do seu rei, a menos que seja a mais forte entre nós! — bradou, e os lobos ao redor entoaram e uivaram para concordar. — Assim como tive que lutar para chegar a este posto, minha futura rainha deverá fazer o mesmo!

Ele gesticulou para o irmão, a quem quase havia matado para se tornar rei, e foi outra vez recebido com entusiasmo pela multidão. Observei o rosto de Ansel, a mandíbula e os punhos cerrados, e percebi que ele não havia superado a derrota. Nunca entendi por que Axil não o matou. Era raro dois irmãos brigarem e um desistir. Seu irmão mais velho devia ser um ponto fraco.

◆ 41 ◆

E ter pontos fracos não era nada bom.

— Esta primeira luta nos ajudará a reduzir o número de concorrentes para deixar só as mais fortes. Embora seja *permitido* que uma luta termine por desistência, isso não é bem-visto.

A multidão vaiou e Axil riu.

Pois é, era permitido desistir, mas a alcateia acabaria com qualquer um que fizesse isso por envergonhá-los dessa forma. Eu preferia morrer a ceder nos Duelos Reais. A desonra que eu carregaria me mataria se eu sobrevivesse.

— Devem estar prontas para morrer pelo povo, assim como eu estou — acrescentou quando a multidão se acalmou.

— Obrigado, milorde — agradeceu um dos conselheiros, parando ao lado do rei na plataforma elevada. — Agora às regras! Permaneçam na área demarcada. Devem começar a luta na forma humana, mas podem se transformar. Usem apenas a arma que lhes foi atribuída. A luta começará quando o apito tocar. Isso é tudo!

Os lobos ao redor não perderam tempo em entoar:

— Luta, luta, luta!

Então, o conselheiro principal foi até Eliza, depois até a mulher que presumi ser Malin, e convocou as duas para o ringue.

Estavam começando com as mais fracas.

Estendi a mão e puxei o pulso de Eliza, forçando-a a olhar para mim.

— Seja rápida. Elemento-surpresa.

Ela engoliu em seco e concordou. Eu esperava que ela levasse a sério o que eu havia dito. Embora soubesse que era cruel e não gostasse de explorar a fraqueza de alguém, se ela quisesse sobreviver, teria que jogar sujo.

Eliza usava um elegante traje de guerreira da cidade: uma armadura de couro completa com braços acolchoados e ombreiras que poderiam atrapalhar se ela mudasse para loba. Pela maneira como ela segurava a adaga com força, vi que devia ser experiente com uma espada. Todas as mulheres da alta sociedade da Montanha da Morte eram. Contudo, não durariam um dia na periferia ou numa luta real com poucas — ou nenhuma — regras.

• 42 •

Eliza rodeou a oponente, que agora notei estar segurando a mesma adaga. Ótimo, elas se nivelavam bem.

— Como está Alessia? — perguntou Eliza.

Malin arregalou os olhos com a alusão à amante do ex-namorado. Ela era linda, de cabelo loiro-mel, olhos verdes e, agora, um rosnado furioso no rosto.

O apito tocou, Eliza avançou com mais velocidade do que imaginei. Com a bota esquerda, atingiu em cheio a coxa direita enquanto golpeava o rosto da adversária com a adaga.

O som de ossos sendo triturados viajou por todo o espaço, levando a multidão à loucura. Uma pontada de orgulho por Eliza brotou em meu peito. Ela era uma boa aluna e fez tudo o que eu havia aconselhado.

Malin caiu no chão, chorando de dor, e soltou a arma. Quando Eliza a chutou para longe depressa, entendi o que aconteceria a seguir. É o que eu faria.

Sim, nossa magia nos permitia regenerar feridas, mas não podíamos produzir mais sangue se o perdêssemos muito depressa.

Eliza aproveitou o momento de fraqueza de Malin e rasgou a garganta da oponente até o sangue começar a escorrer por sua túnica.

Malin levou a mão ao pescoço para estancar o ferimento, mas era tarde demais.

Quando ela tombou, os lobos ao redor começaram a entoar o nome de Eliza.

Foi uma das mortes mais rápidas que eu já tinha visto.

Não pude deixar de sorrir. Eu mal conhecia a moça e ainda assim me orgulhava dela, que venceu sua primeira luta em casa. Deve ser emocionante. Quando ela se virou para mim e retribuiu meu sorriso, fiz um leve gesto com a cabeça.

Mas quando ela se voltou para o rei e lançou para ele um sorriso e uma piscadela, meu orgulho morreu e deu lugar a um nó no estômago. Uma onda de ciúme ganhou vida dentro de mim, mas a afastei. Eu não deveria dar a mínima, eu odiava Axil.

Aquele sentimento era uma fraqueza que poderia ser explorada e eu precisava lembrar que cada mulher ali estava competindo pelo coração do rei, para ser amada por ele.

A luta seguinte acabou, depois mais duas. Os combates seguiam uma ordem de força e ficavam mais brutais com o passar do tempo. Eu sabia que meu irmão e os companheiros de alcateia estavam por perto, mas foi só quando fui chamada que Cyrus apareceu.

— Cadê sua arma? — perguntou, olhando para minhas mãos vazias.

— Longa história.

Olhei para Ivanna, que tinha acabado de entrar no ringue.

Ele ficou a meu lado e a observamos juntos. Ela era minha concorrente mais forte e agora eu entendia por quê. Seu estilo de luta era cruel e perfeito. Cada soco atingia um órgão principal ou quebrava um osso. Cada golpe de sua espada rompia um ligamento. Ela até transformou parcialmente uma pata para golpear o rosto de sua rival, o que não era tarefa nada fácil. Se transformar parcialmente era como prender a respiração por muito tempo. Era preciso muita habilidade.

Ao matar a número 4 na classificação, ela tinha ganhado meu respeito como lutadora e deixado claro que, se me vencesse, seria uma rainha forte.

Eu estava tentando não olhar para o rei, mas era difícil, pois toda vez que fazia isso, ele estava olhando para mim. Será que era eu que sentia toda vez que ele me olhava ou ele estava passando o tempo todo fazendo aquilo?

Não podia ser.

Podia?

— Pois bem, chegamos ao embate final do dia! — anunciou o conselheiro. — Nossa concorrente número 1, Zara Lua de Sangue, da alcateia das Terras Planas, que optou por não usar uma arma…

Ao ouvir aquilo, o rei rosnou alto, fazendo algumas pessoas se virarem de repente para ele.

— Ela pode fazer isso? — perguntou, interrompendo o conselheiro e me olhando torto.

O conselheiro pareceu ofendido com a interrupção.

— É claro, milorde.

Uma pelagem preta como carvão se eriçou no pescoço do rei, me fazendo franzir a testa.

Que importância tem para ele? Eu sabia que ele e o irmão prefeririam que eu morresse logo, assim não precisariam se preocupar com a possibilidade de eu manchar sua linhagem com a lama das Terras Planas, como Ansel havia dito com tanta propriedade cinco anos antes, quando era rei.

— E nossa combatente número 3, Arin Luz da Lua, de Sombra da Lua, lutando com a espada longa!

Em meio aos gritos e aplausos, sorri e entrei no ringue.

Foi Arin quem havia dito que eu estava fedendo na noite anterior e a quem nocauteei.

— A soneca no chão ontem à noite foi boa? — provoquei.

Ela rosnou, mostrando todos os dentes com a espada em riste.

Dava para sentir os olhos de Axil cravados em mim, mas me obriguei a tirá-lo da cabeça.

Quando o sino tocou, em vez de explodir e avançar como em geral faria para pegá-la desprevenida, recuei depressa até a corda.

Arin franziu a testa, como se estivesse confusa com meu comportamento.

Eu estava desarmada e minha rival tinha uma espada de um metro. Apressá-la me custaria um golpe e, embora eu pudesse me curar, levaria tempo. Eu não sabia se a próxima luta seria em uma hora ou na manhã seguinte, então preservar minhas tripas no ventre era prioridade máxima.

Mantive as mãos para trás e decidi que, já que Ivanna havia se exibido com sua transformação parcial, eu também faria isso.

Quando corri para trás e a confundi, fazendo-a avançar em minha direção, eu já havia transformado ambas as mãos em patas gigantescas de garras afiadas. Era preciso ter uma impressionante destreza para sustentar uma mudança como essa, e eu ficaria um pouco distraída, evitando que o resto do corpo assumisse a forma de lobo também. Me transformar por completo me deixaria numa posição vulnerável e ela provavelmente decaparia minha cabeça antes que eu estivesse de quatro.

— Vamos, sua covarde!

Arin disparou com a espada em riste, indo direto para meu pescoço. Quando a lâmina estava a poucos centímetros do meu corpo, levantei uma pata e bati na lateral da espada. A força do golpe foi muito maior do que eu poderia desferir na forma humana e enérgica demais para Arin. Ela deixou cair a arma e soltou um grito de guerra enquanto se lançava na minha direção, colocando as mãos em volta do meu pescoço ao tentar me puxar para o chão num acesso de fúria.

Ela era emotiva e havia se deixado levar pela raiva, sem nenhum calculismo. Estendi a pata e acertei a lateral de seu rosto, levando junto uma tira de carne. Seus dedos se soltaram do meu pescoço e seu gemido de dor reverberou pelo ringue, enquanto ela tropeçava para trás. Mudando as patas de volta para mãos, me abaixei e peguei sua espada caída.

Quando Arin percebeu o que eu tinha feito, eu já havia cravado seu coração com a ponta afiada da lâmina.

A multidão gritou em aprovação e, quando olhei para o corpo de minha oponente, esperei sentir orgulho... mas não senti. Em vez disso, fiquei com um pouco de vergonha. Eu sabia que era nosso costume e que sempre lutávamos pelo domínio da alcateia, mas envergonhar uma mulher por desistir para preservar a própria vida era um erro. Arin não precisava estar morta por um golpe meu; ela poderia ter se ajoelhado se soubesse que não haveria vergonha nisso e que sua alcateia a deixaria viver. Encarei o vazio nos olhos sem vida de Arin e me dei conta de que estava lutando por um homem que nem queria mais e por uma coroa que não sabia se era digna de usar.

Parecia errado.

Meu irmão saltou para dentro do ringue e me levantou, comemorando e me tirando daquele transe.

Foi quando olhei para o rei. A raiva anterior não estava mais lá. Axil me olhava com compaixão, como se tivesse visto alguma coisa em meu rosto que lhe havia mostrado que eu não estava me sentindo muito bem com a situação toda.

— Me põe no chão — rosnei para meu irmão mais velho.

Cyrus enrijeceu e me baixou, mas a multidão continuava enlouquecida.

Dei meia-volta de repente e saí correndo do ringue, atravessando aos tropeços a multidão até estar de novo caminhando entre as centenas de tendas.

Por que eu estava ali? Por que em nome de Hades tinha me inscrito naquilo? Para rever Axil e provar que eu era tudo de que ele precisava e que ele nunca deveria ter me deixado todos aqueles anos antes? Ou foi mesmo para trazer orgulho a minha alcateia? Será que eu estava matando outras mulheres só para me vingar de Axil Lunaferis?

Com a cabeça a mil, continuei andando para liberar um pouco da adrenalina da luta. Minha caminhada se transformou em uma corrida e, antes que eu me desse conta, estava correndo a todo vapor. Eu adorava correr — na forma humana ou na de lobo, não importava. O vento soprava meu cabelo, meus músculos relaxavam e minha respiração ficava ofegante. Eu precisava disso. Passei por todas as aglomerações de gente e, quando cheguei ao castelo, virei à direita e dei a volta para ver o que havia atrás. Fui recompensada com uma floresta densa que se estendia por algumas centenas de metros antes de mergulhar em um penhasco íngreme montanha abaixo.

Quando cheguei à fileira de árvores, minhas pernas queimavam daquele jeito bom que só um treino pesado faz, mas continuei. Desviando dos troncos e dos arbustos densos, corri até a beira da montanha e parei.

Meu peito subia e descia ao observar o penhasco abaixo. Então ouvi o estalo de um galho atrás de mim.

Virei o corpo, já levantando os punhos, prevendo um ataque furtivo de Ivanna. Eliminar a concorrência antes mesmo de ter que enfrentá-la. É o que eu faria.

Mas quando vi Axil se aproximando, baixei os braços e abri a boca, um pouco surpresa.

— Eu não estava fugindo, só precisava de um tempo sozinha — expliquei, caso ele pensasse que eu poderia estar fugindo de minhas obrigações.

Porque era disso que se tratava tudo aquilo: uma obrigação. Se Dorian não tivesse me enviado, teríamos que escolher uma substituta. Cada alcateia enviava uma fêmea, por mais fraca que fosse. Como Eliza, a doce menina despreparada que pedia conselhos aos outros concorrentes para não morrer. Me deixava doente.

Ele não parou, e eu engoli em seco quando ele já estava a meio metro de mim e foi diminuindo a velocidade.

◆ 47 ◆

Prendi a respiração quando ele se aproximou, ficando cara a cara, e me encarou. Ao ver suas narinas dilatarem, tive que reprimir um gemido. Ele cheirava a domínio e a más escolhas, como o Axil de quinze anos que conheci. A lembrança de beijá-lo queimou na minha língua e de repente me perguntei se ele ainda tinha o mesmo gosto.

— Não quis receber uma arma? Lembro de você sendo mais esperta do que isso, Zara — rosnou, aquela raiva voltou aos seus olhos.

Pus a mão na cintura.

— Estou surpresa por você se lembrar da minha existência, considerando a facilidade com que me deixou — retruquei, embora não tivesse certeza se era verdade.

Uma das coisas que Axil havia me dito foi que jamais se esqueceria de uma única sarda da minha pele, que ele tinha traçado todas as noites, sob a luz das estrelas, por todo o verão.

— Eu... — Seu semblante mudou. — Zara, deixar você...

— Não quero falar sobre isso. Passado é passado. — Apertei os lábios. Ele olhou para as próprias mãos por um segundo e de volta para mim.

— Olha... Zara, estive pensando. Você pode quebrar a perna. Diga que foi durante uma caminhada, e eu te dispensaria do combate de amanhã. Dorian pode enviar uma substituta.

Estreitei os olhos, sentindo a raiva crescer.

— Tem *tanto* medo assim de me ver ganhar e ter que ficar comigo pelo resto da vida? — Joguei a cabeça para trás e soltei uma risada sincera, do fundo da garganta.

Quando o olhei de volta, sua ira havia desaparecido por completo e seus olhos estavam fixos em meus lábios.

— Droga, eu tinha me esquecido de como sua risada era sexy. — As palavras me deixaram sem ar. Quando ele se inclinou para meu pescoço, inspirando fundo, congelei. — Mas ainda lembro de como seu cheiro era bom. — Sua voz ficou mais grave.

Minha mente ainda estava tentando descobrir o que estava acontecendo quando ele passou os dedos pelos meus lábios. O gemido que eu estava reprimindo foi liberado e Axil se afastou para olhar para mim.

— E enquanto eu viver, *nunca* vou me esquecer do seu beijo, Zara Lua de Sangue — afirmou, deixando minhas pernas bambas a ponto de quase me fazer desabar. — Não é medo, eu *sonho* em ter que ficar com você para sempre.

Não havia palavras para o momento. Sem nada a dizer, fiquei apenas olhando para ele. Por que Axil estava murmurando todas essas coisas incrivelmente românticas para mim? Ele me largou depois que o irmão o havia lembrado de seus deveres para com o trono. Eu era um lixo das Terras Planas, não era boa o bastante para ele.

Com a recordação de como tudo tinha acontecido borbulhando dentro de mim, me aproximei um passo, pressionando o corpo contra o dele. Meus seios tocaram seu peito e seus olhos se arregalaram um pouco.

— Axil Lunaferis, rezo para que se lembre do meu beijo pelo resto da sua vida. — Me aproximei ainda mais e deslizei os lábios de leve nos dele, encantada ao ouvir um gemido de prazer lhe escapar. Então me afastei e o olhei nos olhos. — Porque você *nunca* mais vai provar estes lábios. Vou vencer os duelos, me tornar sua esposa e deixar você sozinho na cama até o dia da minha morte.

Com um grunhido de raiva, me afastei e o contornei, caminhando depressa de volta pela floresta.

Pensei ter ouvido o som de ossos se quebrando e, quando cheguei à colina coberta de grama atrás do castelo, um uivo atormentado se propagou pela floresta que eu havia deixado para trás.

Fosse lá o que Axil estava sentindo agora, era pouco perto do que, aos quinze anos, senti quando ele me rejeitou.

Agora, mais do que nunca, eu estava determinada a vencer a competição. Só para ver sua reação quando eu batesse a porta do quarto na cara dele em plena noite de núpcias. Eu não me importava com quem precisaria matar para me vingar. Era assim que as coisas eram, e foi tolice minha questionar tais tradições.

Pela manhã, me banhei às pressas na casa de banho comunitária ao ar livre e vesti roupas limpas. Cyrus contou que tinha se embriagado com um dos conselheiros do rei na noite anterior, que havia deixado escapar que o próximo duelo seria um para o qual eu estava bem preparada, já que morava nas Terras Planas, embora talvez tivesse que passar fome por alguns dias. Ficar sem comer não me preocupava, a menos, é claro, que eu fosse chamada para um combate ainda me sentindo fraca. E visto que estavam testando nossa força, provavelmente fariam isso. Então, em vez do café da manhã leve que costumava tomar, comi carne e frutas até ficar bem cheia.

Quando cheguei à tenda azul das campeãs, percebi restarem apenas 12 de nós.

A rapidez com que fomos reduzidas pela metade me escandalizou, mas logo superei quando Ivanna sorriu para mim.

Ela sem dúvida ainda estava deliciada com sua inteligência de me fazer não aceitar nenhuma arma no dia anterior.

Fui direto para ela e a olhei nos olhos.

— Eu ainda assim ganhei — lembrei.

Ela estreitou os olhos, mas não disse nada.

— Olá, campeãs! — exclamou uma voz familiar atrás de mim.

Quando me virei, era o mesmo conselheiro do dia anterior. Ele segurava um grande saco de lona, que nos estendeu. Eliza entrou na grande tenda por último, com um ar sonolento e de quem tinha passado a noite toda chorando. Fiquei imaginando se sua primeira matança havia sido no dia anterior e como ela estava reagindo.

— Coloquem aqui quaisquer armas ou itens pessoais, exceto as roupas que estão usando. — Ele balançou o saco de lona e nós nos entreolhamos, confusas. — Serão revistadas — acrescentou.

Enfiei a mão na bota e tirei minha pequena faca. Ivanna e algumas das outras fizeram o mesmo. Já Eliza tirou uma presilha de cabelo de suas madeixas loiras e a levantou.

— Poderei pegá-la de volta? — perguntou.

Revirei os olhos. A garota estava implorando para morrer.

— Claro — disse ele, enquanto ela soltava o acessório com receio na sacola, que ele fechou e jogou no chão, no canto da tenda. — Na próxima prova, serão vendadas e deixadas num local desconhecido.

Algumas ofegaram, o que o fez gesticular com a cabeça.

— Vocês vão ter que voltar para cá, vivendo da terra para sobreviverem. Uma rainha dos lobos precisa conseguir viver da terra.

Minha atenção foi logo se voltando para Eliza e observei como seu rosto ficou pálido e ela cambaleou um pouco. Esse não era um desafio habitual dos Duelos Reais. Pelo menos não dos quais eu tinha ouvido falar.

Seria assim. Seria assim que ela morreria. Encharcada, com frio e de barriga vazia, um puma gigante arrancaria suas tripas enquanto ela dormia. Suspirei quando ela me olhou, aterrorizada.

Não faça amigas.

A lembrança do conselho de meu irmão me fez desviar os olhos dela.

Então, dois guardas entraram na tenda para nos revistar em busca de quaisquer luxos escondidos que pudessem facilitar nossa sobrevivência na selva. Eles pegaram meu cinto de couro, o que só me fez revirar os olhos, sabendo que eu poderia entrar no desafio nua e ainda me sair melhor que Eliza e a maioria das outras.

Eu sabia que, como Ivanna era da alcateia de Cristaluna, saberia sobreviver aos elementos. Olesa, que eu tinha conhecido no dia anterior e descoberto ser da alcateia de Pico dos Lobos, também. O clima lá era melhor que o de Cristaluna, mas não eram tão modernizados quanto as outras alcateias.

Todas as outras estavam ferradas. Eram nove e foram criadas em cidades ou vilarejos extremamente protegidos, com barracas de mercado de onde comprar comida. Dava para garantir que nenhuma delas tinha pegado uma única fruta da árvore a vida toda, muito menos esfolado um urso.

Quando estávamos completamente despojadas de qualquer objeto útil, fomos intimadas a sair da tenda. A multidão aplaudiu feito louca ao nos ver, depois seguimos até um conjunto de três trenós puxados por lobos. Meu olhar percorreu a massa de gente até pousar em meu irmão.

Encontre água primeiro, sinalizou com a mão.

Fiz que sim.

Faça alianças. Pode haver assassinatos, acrescentou, fazendo meu estômago embrulhar.

Claro. Ivanna poderia rasgar minha garganta enquanto eu dormia e dizer que morri de um ataque de urso.

Concordei outra vez para expressar que tinha entendido.

Quando percebi que poderia ajudar Eliza sem sentir que estava traindo a ordem do meu irmão de não fazer amigos, um alívio se espalhou pelo meu peito. Estiquei o braço e peguei sua mão, trazendo-a para perto.

Ela parecia apavorada e, quando a puxei, olhou para mim com expectativa.

Ficamos alguns passos para trás, enquanto todo mundo caminhava a nossa frente e eu esperava para ter certeza de que o barulho da multidão era alto demais para alguém me ouvir.

— Quer fazer uma aliança? Posso te ajudar a sobreviver se você vigiar enquanto durmo. Podemos descansar em turnos alternados — ofereci às pressas.

O alívio tomou conta de seu rosto, e Eliza apertou minha mão.

— Sim. Eu não queria morrer no meu aniversário.

— Hoje é seu aniversário?

Ela fez que sim, sem jeito.

Então fui tomada por uma sensação doentia. Ela não deveria estar ali. Por que ela foi indicada para isso? Ela era doce demais. Dominante, sim, mas também bastante amorosa, e inocente, e todas as coisas que *não* dava para ser para sobreviver a tais provações.

— É a festa de aniversário mais horrível a que já fui — comentei.

Ela caiu na gargalhada, o que a fez parecer uma adolescente.

— Obrigada. Eu precisava disso.

Inclinei a cabeça e continuamos em frente, seguindo os outros até os trenós. Chegando lá, uma trupe de guardas se aproximou, com o rei entre eles. Todos seguravam tiras grossas de pano para tapar nossos olhos. Os guardas se aproximaram de cada mulher e eu me preparei quando o rei se aproximou de mim.

Ele levantou as mãos, cobriu meus olhos com a venda e apoiou os braços nas laterais do meu pescoço.

Você irá para o norte. A voz grave de Axil se infiltrou em minha mente, me fazendo arfar de leve. Claro. Ele era rei agora e, como tal, tinha todos os poderes do rei lobo, e se comunicar mentalmente ainda na forma humana em contato com a pele era um deles.

Estará nas profundezas das Terras Mortas, sem árvores ou arbustos para se abrigar. Não há presas pequenas ou frutas silvestres para se alimentar. A única água que encontrará será numa planta redonda cheia de bulbos que parece estar morta, mas não está.

Caramba. Como é que é?

Por que está me contando isso?, pensei, esperando que a mensagem fosse recebida.

Senti seus dedos percorrerem meu pescoço muito brevemente enquanto ele se afastava devagar.

Porque a simples ideia de você não voltar me faz esquecer de respirar.

E com isso ele se foi, se afastando com os soldados.

Fiquei com raiva naquele momento. Axil Lunaferis estava quebrando as regras para me ajudar, o que não era justo com as outras. Não só isso, mas ele estava agindo como se quisesse que eu ganhasse aquela coisa, me enfurecendo mais ainda. Axil teve sua chance comigo quando tínhamos quinze anos. Mas ele disse não e cavou a própria cova, então agora eu o faria arcar com as consequências.

O trenó avançou com um solavanco e estendi a mão para me segurar à alça, enquanto Eliza gritava a meu lado. Mesmo com o vento frio e forte açoitando meu rosto e braços por horas, eu não conseguia parar de pensar no que Axil havia feito. Será que ele me tinha dado informações privilegiadas porque achou que eu era fraca demais para vencer nas mesmas condições que as outras? Não era justo! E me deixou furiosa. O sujeito não fala comigo durante cinco anos, me convoca para lutar a fim de ser esposa dele, diz que se arrependeu de ter me convidado e depois me dá informações para me ajudar a vencer? Que homem confuso! Onde ele estava com a cabeça?

Cavalgamos a manhã e a tarde toda até o cair da noite. O frio gelado transformou-se num calor que só era possível nas Terras Mortas. A região abrangia grande parte do nosso território e alcançava a fronteira de Obscúria e a costa do mar. Era um canto estranho do nosso reino que recebia uma rajada de ar quente do mar e uma forte luz do sol, de modo que nada crescia ali.

As Terras Mortas se estendiam por centenas de quilômetros, então saber onde estávamos não ajudava em nada. No entanto, saber que tínhamos ido para o norte, adentrando as Terras Mortas, indicava que, para voltar à Montanha da Morte, eu precisava ir para o sul. Eu ainda estava remoendo a injustiça do rei em me contar aquilo quando os trenós finalmente pararam.

— Saiam! — gritou um guarda, me tirando na hora do trenó. — Não se mexam!

Ouvi um baque forte, como um corpo caindo no chão.

— O que foi isso? — perguntou alguém.

Depois outro.

Bum. Bum. Bum. Um após o outro, ouvi minhas adversárias sendo desarmadas e tudo o que pude fazer foi me preparar.

Quando senti um pano frio tapar minha boca, nem lutei. Respirei fundo um aroma agradável enquanto a tontura me dominava e tudo escurecia.

Bum.

◆　◆　◆

— Não toque nela! — rosnou Eliza.

De uma só vez, me sentei de costas bem retas, a tempo de ver Ivanna vindo na minha direção com uma pedra afiada na mão. Eu ainda estava tonta, os efeitos de seja lá qual droga usaram ainda no meu sistema. Eliza estava agachada na minha frente e o som de ossos se quebrando encheu o ar. Ela estava se transformando para me proteger e honrar nossa aliança. Se ela não tivesse feito isso, eu poderia já estar morta.

Agora que Ivanna viu que eu havia acordado, vacilou. Fiquei de pé, um pouco instável, mas cerrei os punhos já pronta para lutar.

Havia meia dúzia de mulheres ainda desmaiadas no chão e mais três ao longe, espalhadas e correndo em direções diferentes. Estava claro, já era manhã pela posição do sol. Havíamos dormido a noite toda.

Foi um milagre que nada tivesse vindo nos devorar, considerando como as Terras Mortas eram conhecidas por serem repletas de ursos.

Conforme as outras acordavam, grunhidos e gemidos abafados começaram a repercutir. Ivanna e eu nos encaramos, depois abri um sorriso doentio.

— Podemos fazer isso agora, se quiser — desafiei, inclinando a cabeça de lado.

Eu adoraria matar Ivanna: ela não tinha um pingo de honra se pretendia me espancar com uma pedra enquanto eu estava inconsciente. Perdeu todo o respeito que tinha ganhado de mim.

Eliza tinha se transformado totalmente em loba. Fiquei surpresa com seu tamanho, era bem mais alta que a minha forma e também parecia mais forte. Sua boca se abriu num sorriso ameaçador enquanto rosnava para Ivanna.

— Mas pode acabar tendo problemas ao lutar contra nós duas — continuei, sorrindo.

Ivanna engoliu em seco, soltou a pedra e levantou as mãos em um gesto despreocupado. Agora que todas as outras estavam acordadas e olhando para o amplo terreno aberto, eu não me sentia bem em saber o que Axil havia me confidenciado e guardar só para mim.

— Meu irmão encheu a cara ontem à noite com alguém que deu informações privilegiadas para ele — anunciei para todas. — Eles trouxeram a gente para o norte, para as Terras Mortas. Não vamos encontrar nenhum alimento e a única água vem de uma planta bulbosa que parece estar morta.

Era só isso mesmo? Eu não me lembrava mais.

— Por que está nos contando? — indagou uma garota, se levantando sem muita segurança.

Dei de ombros.

— Quero vencer com um jogo justo.

— Ela pode estar mentindo — opinou Ivanna, com o cabelo escuro preso em um lindo coque, enquanto me encarava. — O irmão dela é um mestre em manipulação mental. Pode ser um truque para levar a gente para o sul e não perder tempo procurando comida.

Revirei os olhos.

— Como quiserem.

Me abaixei para pegar as roupas que Eliza havia deixado cair antes de se transformar e as recolhi, pensando que ela poderia precisar mais tarde. Então bati em seu ombro e comecei a caminhar depressa em direção ao sul. Eu apostaria minha faca de caça da sorte que nenhuma das mulheres da cidade sabia para onde ficava o sul. Se tivéssemos viajado apenas por uma ou duas horas, farejariam o cheiro de casa na forma de lobo, mas eu calculava termos viajado 12 horas num trenó em ritmo acelerado, o que significava que possivelmente demoraríamos dois dias para chegar em casa a pé. Isso *se* não nos perdêssemos. A falta de alimento diminuiria o ritmo e, se não encontrássemos água, também teríamos menos resistência. As outras três que partiram cada uma numa direção ficariam ali por uma semana e, por fim, sucumbiriam aos elementos.

Eliza permaneceu na forma de lobo, o que achei bem inteligente.

— Você é uma loba enorme. Deveria lutar todas as suas lutas restantes assim se conseguir se transformar rápido o suficiente.

Agora eu entendia por que o nome dela foi colocado no ringue como uma das principais candidatas. Ela era tão grande quanto os machos, uma vantagem fenomenal na hora de lutar contra uma fêmea menor.

Ela olhou para mim e abriu um sorriso lupino, parecendo satisfeita com o elogio.

— E obrigada por ter me protegido agora há pouco. Te devo uma — acrescentei enquanto ela trotava alegremente a meu lado.

Dei uma espiada para trás e vi que as mulheres haviam se reunido em um pequeno grupo e pareciam estar deliberando sobre alguma coisa

— provavelmente se deveriam ou não acreditar no meu conselho. Bom, não era problema meu. Contei o que sabia e logo elas se dariam conta.

— Precisamos encontrar água. Me avise se vir alguma planta, mesmo que pareça seca e morta — avisei.

Ela colou o focinho no chão e partiu, dez passos a minha frente, em direção ao sul, cheirando a terra como um lobo farejador.

Precisaríamos cronometrar nosso retorno para a Montanha da Morte, mas, devido à densa neblina ao longe, eu não conseguia ver nada além de alguns quilômetros. Poderíamos até ficar sem comida, mas precisávamos de água.

Depois de caminhar por uma hora, me virei e vi quatro vultos atrás de mim, seguindo meu rastro. Pelo visto, ao menos quatro das garotas acreditaram no que eu havia dito. As outras estariam mortas se não caíssem logo em si. Não dava para saber, no entanto, se uma das que estavam ali era Ivanna.

Quando a loba de Eliza soltou um uivo agudo e animado, me virei para encará-la. Ali, no chão, entre as rachaduras da terra e os arbustos secos, havia fileiras de uma planta comprida e aparentemente sem vida, com bolinhas presas à videira. Pareciam algas-marinhas.

A euforia vibrou pelo meu corpo ao me agachar para olhar mais de perto. Estava coberta por um pó branco que a fazia parecer morta, mas quando a peguei, sorri. Era pesada, e o pó branco saía em meus dedos, revelando uma planta bulbosa, verde-escura e saudável, parecida com uma fruta por baixo.

Espremi um dos bulbos e ri quando a água limpa e fresca esguichou deles.

Eliza girou em círculos como se estivesse perseguindo o próprio rabo e eu peguei um pedaço gigante de quase dois metros de comprimento da planta e a arranquei do chão, colocando-o em volta do pescoço para a viagem.

Eliza choramingou e olhou para mim, e eu balancei a cabeça.

— Ainda não. Vamos racionar, caso a gente não encontre mais.

Eu também estava com sede, mas não tão desesperada.

Esses lobos da cidade, pensei, balançando a cabeça.

Depois de mais algumas horas de caminhada, havíamos encontrado mais dez plantas daquela. Agora eu já colocava sem rodeios os bulbos na boca depois de tirar o pó sem gosto e sugava o líquido frio. As raízes deviam ter alcançado o fundo de um reservatório subterrâneo de água, pois estavam saturadas de água fresca. E mesmo após dar bastante à loba de Eliza, ainda tínhamos mais que suficiente em volta do meu pescoço para sair dali.

Não pude deixar de pensar no que seria de nós se Axil não tivesse me contado sobre aquelas plantas. Seus olhos azuis, as coisas que ele me havia dito nos últimos dois dias... elas ficavam se repetindo na minha cabeça, me lançando em um abismo de confusão.

Rumamos para o sul em um ritmo decente até o sol começar a se pôr, minhas pernas perderem as forças e meu corpo implorar por descanso. Humanos que se transformavam em lobo conseguiam ficar sem comida por cerca de sete dias, mas em troca de muita energia, ainda mais se estivesse mudando de forma, como Eliza tinha feito. Eu sabia, pelo modo pelo seu andar, com as patas traseiras cedendo, que ela precisava descansar.

— Vamos acampar aqui hoje. — Apontei para três arbustos secos que nos dariam zero proteção contra predadores ou os elementos, mas era apenas fácil de apontar para lá. Ela caminhou até eles e desabou, ofegando, então olhou para mim como se esperando a próxima instrução. — Pode dormir primeiro. Acordo você em algumas horas, quando for minha vez.

Ao ouvir a ordem, ela deitou a cabeça na lama seca, fechou os olhos e apagou.

Averiguei o solo de nosso pequeno acampamento antes que o sol se despedisse de vez e encontrei algumas pedras lisas e um graveto grande, armas inúteis se fôssemos atacadas.

Eu não queria mudar para a forma de lobo e consumir energia, ainda mais sem comida. Era por isso que Eliza havia permanecido na dela, pois já tinha feito aquilo uma vez, e ficar se transformando a mataria de fome mais depressa. Nós duas sabíamos, mesmo sem vocalizar.

Eu estava confiante de que Axil não tinha mentido para mim e certa de que estávamos indo para o sul. O que eu questionava agora era se nos perderíamos ou desacelerariámos a ponto de demorarmos mais para chegar à Montanha da Morte do que minha previsão.

Meu lado racional brigava com meus instintos, tentando calcular quando tinha me alimentado pela última vez. Havíamos passado 12 horas viajando no trenó, depois 12 horas nocauteadas, e mais 12 horas de caminhada. Considerando que minha última refeição havia sido na manhã anterior, com Cyrus, fazia quase dois dias.

Mudar para a forma de lobo para nos proteger de predadores durante a noite tornaria a caminhada do dia seguinte mais lenta, visto que eu poderia ter que voltar à forma humana para pegar e carregar os longos e pesados bulbos d'água. Se eu os levasse nas costas de minha loba, de quatro, sem os ombros largos o bastante para equilibrá-los, poderiam cair enquanto eu andava.

Quando ouvi um uivo ao longe, meu instinto venceu. Afastando da cabeça o desperdício de energia e a futura falta de comida, tirei a roupa depressa e caí de quatro, enquanto meu corpo acolhia a transformação. Alguns lobos não gostavam de ficar na forma animal por mais do que algumas horas, outros podiam passar dias sem mudar de forma.

Eu estava no segundo grupo, assim como a maioria dos dominantes. Adorava permanecer na minha poderosa forma de lobo. E se eu mudasse agora, provavelmente teria que continuar nela ou talvez não tivesse energia para voltar a ser humana.

Mas o que eu pensava não importava, pois já havia começado a transformação. Músculos rígidos, ossos estalando, eu respirava fundo em meio à dor.

Ainda com sono, provavelmente despertada pelo barulho, Eliza levantou a cabeça para me olhar, mas a abaixou de volta quando percebeu que eu estava fazendo aquilo só por precaução e que não estávamos sob ameaça iminente.

Depois que minha transformação terminou, me senti muito melhor. Se algum perigo surgisse durante a noite, eu estaria pronta para afastá-lo.

Embora estivesse cansada, não queria adormecer, então fiquei de pé. A cada meia hora, mais ou menos, dava uma pequena volta ao redor da silhueta adormecida de Eliza para manter meu sangue correndo e me forçar a ficar alerta. Entediada, me permiti divagar até a época em que conheci Axil.

Nunca fui de usar vestido, mas minha amiga Maxine tinha me convencido a usar um no dia da inscrição do acampamento. Era, em grande parte, um encontro com os outros dominantes. O vestido era branco e tinha florezinhas cor-de-rosa bordadas, meio feminino demais para meu estilo habitual, mas ainda assim me senti linda nele. Considerando como muitos adolescentes iam para o acampamento de verão no território da Águia de Prata para namorar, eu esperava encontrar um garoto em quem pudesse dar o primeiro beijo, mas o que eu não imaginava era que encontraria o amor da minha vida.

Eu tinha quinze anos, era dominante e incrivelmente ingênua.

Após me inscrever, fui até a barraca de comida. Havia uma banda e quando o sol se pôs na primeira noite, dancei com Maxine como se não houvesse amanhã. Atirava os braços para cima, jogava os quadris de um lado para o outro e ria com uma alegria despreocupada que não sentia desde a morte dos meus pais.

Foi quando Axil fez sua jogada.

A primeira coisa que me atraiu foi sua confiança. A maioria dos homens dominantes tinha um nível de confiança irritante, mas a de Axil era equilibrada com outra coisa. Algo que eu não conseguia identificar na época.

Respeito. Ele me respeitou antes mesmo de tocar na minha cintura e parar na minha frente, me encarando com aqueles penetrantes olhos azuis.

— Dança comigo.

Foi mais uma ordem do que uma pergunta, mas eu sabia que poderia recusar se quisesse. Ele era o garoto mais bonito que eu já tinha visto, então concordei e pus os braços em volta de seu pescoço.

Foi quando ele se inclinou para a frente e me cheirou. Ele aproximou o nariz de meu cabelo e suspirou. Eu nunca tinha conhecido um rapaz tão atrevido na vida! Na minha alcateia, não se fazia aquele tipo de coisa no primeiro encontro, mas com ele... parecia certo.

— Qual é o meu cheiro? — perguntei do alto da inocência dos meus quinze anos.

Ele se afastou e disse uma coisa que nunca esqueci.

Uma coisa que me atormenta até hoje.

— Da minha futura esposa. — E sorriu.

Naquele momento, me apaixonei. Como o amor de filhote, sem profundidade, mas amor mesmo assim. O primeiro amor. O tipo imprudente e descuidado de amor em que mergulhamos sem pensar duas vezes ou temer as consequências.

Fui eu quem o beijou primeiro, bem ali na pista de dança, depois que ele me disse que eu tinha o cheiro de sua futura esposa. Reivindiquei sua boca com a minha e nossas línguas dançaram. Alternamos beijos e danças durante horas, até que os organizadores do acampamento finalmente nos mandaram voltar para nossas tendas.

O acampamento duraria dois meses, e Axil me fez prometer encontrá-lo no dia seguinte.

E eu encontrei. E mergulhamos mais fundo. Depois das aulas, ele me levou ao rio e pescamos e conversamos até o sol se pôr. Contei tudo sobre minha infância e ele compartilhou algumas coisas, mas nunca sobre ser um príncipe.

Na quinta semana, ele trançou um barbante e o enlaçou no meu dedo anelar, prometendo um dia me tornar sua esposa. Disse que precisava voltar para a Montanha da Morte e cuidar dos negócios da família, mas quando fosse adulto, mandaria me buscarem. De qualquer maneira, Dorian não permitia que nos casássemos até termos no mínimo dezessete anos, então eu sabia que teria que esperar a hora certa para obter o aval do meu alfa.

Concordei com entusiasmo. Eu teria concordado com qualquer coisa, perdidamente apaixonada por ele. Planejamos nos encontrar no acampamento do ano seguinte e passamos o resto da noite dançando.

Naquela noite, escapamos de nossas barracas e nos deitamos em um cobertor sob as estrelas. Não fizemos sexo, só queríamos dormir lado a lado. Fizemos isso durante as últimas duas semanas, saindo de fininho de nossas tendas e adormecendo juntos sob as estrelas. E foi assim que seu irmão mais velho, Ansel, na época o rei, nos surpreendeu pela manhã.

Fui tomada pela náusea e pela raiva ao repassar a cena dolorosa na cabeça. A maneira como o irmão dele falou de mim, como se eu fosse um lixo. O modo como Axil não disse nada para me defender. Vê-lo se encolher diante do irmão e ir embora sem nem olhar para mim. O episódio me deixou louca. E nunca mais o vi.

Aos dezesseis anos, fui para o acampamento seguinte, planejando dançar com outro só para deixar Axil com ciúme, mas ele nunca apareceu.

Desde que o canalha partiu meu coraçãozinho inocente em mil pedaços, nunca mais amei. Tive dois namorados, mas os via como alguém para aquecer a cama, não alguém com quem eu pudesse imaginar uma vida. Meu coração continuou em carne viva por cinco anos e nunca se curou o suficiente para se abrir com alguém outra vez.

Agora, ali estava eu, lutando para ser esposa de Axil. Que ironia.

Então Eliza se mexeu a meu lado, me despertando daqueles pensamentos. Ela se levantou, se sacudiu e indicou com a cabeça para eu me deitar.

Se fôssemos companheiras de alcateia, poderíamos conversar pela mente uma da outra, mas não éramos, então teríamos que nos contentar com sinais de cabeça.

Concordei e caminhei até o local quente onde ela estava deitada, me acomodando de imediato.

Quando concluí que ela estava totalmente acordada e andando por aí, e que provavelmente não seria surpreendida numa emboscada, fechei os olhos e tentei afastar o Axil de quinze anos da cabeça. Fazia anos que eu não me permitia pensar nele tão a fundo. Voltar àquelas lembranças doía, e percebi que não ter tido um ponto final, nunca ter contado como ele havia me magoado, foi o que me deixou arrasada. Eu tinha me sentido de mãos atadas e amordaçada, incapaz de dar minha versão. Quando o sono começou a me subjugar, finalmente tirei Axil da cabeça, mas aqueles olhos azuis penetrantes volta e meia ressurgiam.

Minha futura esposa.

Será que ele tinha alguma ideia de que um dia eu estaria concorrendo para aquela posição? Não. Como poderia? Com um profundo suspiro, abaixei a cabeça e apaguei.

Fui acordada por um rosnado grave. Eu estava exausta. Considerando como meu corpo estava mole, devia ter dormido no máximo uma hora. Pisquei depressa, me apoiando nas quatro patas, e olhei para os lados.

Essa não.

Eliza estava com os pelos eriçados, agachada na minha frente, encarando o grupo de lobos que se aproximava. Eram quatro.

Deviam ser Ivanna e sua nova turma. Na hora fiquei excessivamente atenta, o sangue pulsava em minhas veias enquanto toda a sonolência desvanecia. Dei um passo à frente, parei ao lado de Eliza e a olhei.

Ela parecia assustada, e eu sabia por quê. Lutar contra quatro sem poder se comunicar era uma sentença de morte.

Se ao menos ela fosse da minha alcateia.

Então tive uma ideia louca e, antes que tivesse tempo de quebrar a cabeça com isso, me lancei para a frente e mordi de leve sua pata traseira, apenas o suficiente para tirar sangue.

Eliza ganiu e tentou se afastar de mim.

— *Reivindico você, Eliza Green, para a alcateia das Terras Planas* — declarei mentalmente.

Então a soltei e mordi minha própria pata em seguida. Assim que nosso sangue se misturou em minha boca, invoquei todo o poder dominante que possuía. Eu não era alfa, mas poderia ser um dia, se quisesse. Dorian estava me treinando para ser uma e tinha me mostrado como reivindicar um lobo. Em geral era um poder que apenas um alfa ou o segundo no comando possuía, mas eu esperava ter magia suficiente para conseguir e torcia para que Dorian não se importasse.

Uma camada de luz azul recaiu sobre meu pelo, brilhando como vaga-lumes, depois Eliza me encarou com os olhos arregalados.

— *Você acabou de me reivindicar?* — reverberou seu grito em minha mente.

Funcionou!

— *Sim. Lá vem elas.*

Quase não tive tempo de avisar antes de o grupo nos alcançar. As lobas se espalharam em círculo, nos cercando, e agora que estavam mais próximas, farejei qual delas era Ivanna. Uma loba preta e cinza de tamanho médio.

—*Atacamos juntas. Se a gente derrotar cada uma separadamente, vamos assustar as outras* — falei.

— *Certo.* — Sua voz estava trêmula, até mesmo na minha mente.

Eu não queria atacar Ivanna primeiro porque, sendo ela a mais dominante, as outras logo avançariam para protegê-la. Em vez disso, mirei na menor, à esquerda de Eliza.

— *Ela.*

Abaixei a cabeça e rosnei baixo enquanto as feras circulavam, tentando nos intimidar.

Sem dizer mais nada, Eliza avançou e puxou a pequena loba pela pata traseira, arrastando-a para dentro do círculo. As outras três partiram para cima de Eliza, mas entrei na briga primeiro. Enquanto Eliza arrastava a lobinha, que uivava de dor e tentava fincar as garras no solo para sair correndo, mirei na jugular.

Mordi sua garganta e arranquei um pedaço de carne em segundos e seu corpo ficou mole. Ela nem entendeu o que havia acontecido. Era a tática que minha alcateia usava para caçar pumas.

De repente, uma loba aterrissou nas minhas costas. Sacudi o corpo vigorosamente para afastá-la antes que ela pudesse me morder e a senti escorregar.

— *Socorro!* — gritou Eliza.

Eu me virei e Ivanna estava atacando seu flanco. Eliza mantinha a cabeça baixa no chão, protegendo a garganta, enquanto outra loba puxava sua orelha, tentando fazê-la expor o pescoço.

Saltei e caí com força nas costas de Ivanna, derrubando-a de lado. Ela rolou três vezes para fora do caminho.

— *Ataque!* — comandei Eliza, que, sem hesitar, se levantou de onde estava encolhida para se proteger.

Partimos as duas para cima da loba que estava puxando sua orelha. Dessa vez, puxei sua pata traseira para prendê-la no lugar, enquanto Eliza rasgava sua garganta. Tudo aconteceu em questão de segundos. Nada como lutar com uma companheira de alcateia. Não só podíamos nos comunicar, mas eu compreendia as coisas. Seu flanco estava doendo e ela estava morrendo de fome, mas também vibrava com a energia do combate, além de haver agora uma confiança entre nós.

Ela faria o que eu pedisse, me deixando assumir a liderança.

Nós duas nos viramos bem na hora em que Ivanna e a outra última loba apareceram diante de nós, já com os dentes escancarados. Ivanna olhou para as duas lobas mortas e depois para nós.

Então ela soube. Ela soube que éramos uma alcateia. Era a única explicação para um ataque tão coordenado.

Ivanna recuou dois passos, depois três, e já estava longe do local da briga antes que sua amiga percebesse o que estava acontecendo.

Elas iam recuar.

Parte minha queria acabar com as duas ali mesmo. Juntas, como uma alcateia, provavelmente conseguiríamos, mas dava para sentir que Eliza também estava ferida.

— *Qual a gravidade do seu ferimento?*

— *Quem liga? Vamos acabar com elas.*

Eu me virei e abri para ela um sorriso lupino. Eu sabia que tinha gostado dela logo de cara por um motivo. Contudo, quando vi o pedaço de pele e de carne pendurado em seu peito e a poça de sangue abaixo, meu medo falou mais alto.

Ivanna e sua loba aproveitaram minha distração para abaixar o rabo e disparar rumo à terra plana e aberta a nosso redor.

Sabendo que tinham ido embora e provavelmente não voltariam, corri até Eliza e usei meu focinho para levantar a camada de pelo sobre sua caixa torácica exposta.

Ela choramingou.

— *Deita* — ordenei.

Depois que ela se sentou no próprio sangue, usei o focinho para colar a pele de volta em seu flanco, de modo que pudesse sarar adequadamente.

Ela precisava de comida. Carne crua, de preferência.

Olhei para as duas lobas mortas a nosso redor e Eliza olhou para mim.

— *Não estou com tanta fome assim* — garantiu.

— *Eu não disse nada* — aleguei, fingindo inocência.

— *Mas pensou.*

Droga, ela já me conhecia bem. Eu nunca tinha me alimentado da minha própria espécie, não conseguia nem imaginar aquilo — até agora.

— *Vou ficar bem com um pouco de repouso e água.*

Peguei um dos cordões de bulbos d'água e o arrastei até ela, que espremeu os bulbos na boca e começou a ofegar.

Ofegar era um indício de dor, e eu estava prestes a piorar as coisas, já que meu instinto me alertava de que estar ferida perto de dois corpos fresquinhos era uma péssima ideia.

— *É melhor a gente sair daqui. Esses corpos vão atrair animais.*

Ciente de que ela faria o que eu pedisse, me odiei por dizer isso. Com os olhos arregalados de pavor, Eliza concordou e tentou se levantar. Mas caiu duas vezes e eu me senti péssima.

— *Posso me transformar e carregar você.*

— *Não se atreva* — retrucou. — *Guarde energia. Elas podem voltar e ainda precisamos sair daqui.*

Na terceira tentativa, usei meu focinho para ajudá-la a se levantar, ela tropeçou para a frente, saindo da poça de sangue e se afastando da carnificina.

— *Alguns poucos metros já ajuda. Qualquer coisa para criar distância entre a gente e os corpos* — garanti.

Eliza mancava e choramingava a cada passo. Uma vez longe o bastante, pedi que parasse. Ela obedeceu e logo caiu no chão com um ganido.

Fui logo esfregando o focinho em seu pescoço, morrendo de medo. Me senti tão dividida. Eliza havia se tornado minha companheira de alcateia, alguém com quem eu tinha uma conexão. Eu podia *sentir* a dor dela. Eu não podia simplesmente deixá-la morrer. Mas agora eu via que ela estava mais ferida do que havia deixado transparecer. Uma poça de sangue se formava a seu redor e eu sabia que, sem comida, sua magia de cura seria lenta. Muito lenta.

— *Me desculpe por não ter protegido você* — falei.

O fato de estarmos as duas em uma competição para vencer os Duelos Reais não importava mais. Só esse vínculo importava, ela era uma irmã de alcateia agora.

Cyrus ia me matar, porque naquele momento eu soube que jamais poderia machucá-la. Se nós duas conseguíssemos voltar para a Montanha da Morte vivas e me colocassem para lutar contra ela, seria incapaz de aceitar.

O que foi que eu fiz?

Ela olhou para mim.

— *Se eu não melhorar até amanhã de manhã, me deixe.*

Rosnei como se aquilo fosse uma coisa absurda.

— *Companheiras de alcateia ficam juntas.*

Ela balançou a cabeça.

— *Não quero que Ivanna se case com o rei e lidere meu povo. Me deixe aqui e vá vencer a competição.*

Com um nó na garganta, caí no chão ao lado dela e me aconcheguei à lateral de seu corpo que não estava ferida.

— *Me conte uma história* — pediu. — *A distração ajuda com a dor e a fome.*

E foi o que fiz. Contei a ela meu segredo, um segredo que poucas pessoas sabiam.

— *Eu já conhecia o rei Axil. Foi quando ele ainda era adolescente. Eu o amava.*

Eliza arfou e soltou um uivo baixo. Então acenei com a cabeça e contei a história toda. Por que não? Ela poderia acabar sangrando até a morte ali mesmo, no meio do nada, e eu queria compartilhar com alguém o peso que carregava. Eliza ouviu tudo em silêncio. Terminei contando sobre quando ele foi embora com o irmão, depois que o rei Ansel disse todas aquelas coisas terríveis sobre mim.

— *Isso explica tanta coisa* — constatou, sonolenta, quando terminei. Franzi a testa.

— *Como assim?*

Ela olhou para mim com os olhos amarelos e lupinos penetrando minha alma.

— *Minha irmã trabalha no palácio como assistente pessoal de Axil, e uma vez questionou por que ele nunca teve amantes.*

Meu coração batia feito louco contra a barreira do meu peito.

— *O que ele disse?*

— *Que ele já havia entregado o coração quando tinha quinze anos e qualquer outra coisa seria insignificante em comparação* — respondeu Eliza com voz fraca.

Meu focinho se abriu quando suas palavras me atingiram como pedras. Ele... disse aquilo sobre *mim*? Não fazia sentido; foi ele quem foi embora.

Quando a olhei de novo, estava de olhos fechados, dormindo.

Eu não disse mais nada. Meu estômago estava embrulhado pelo estado de Eliza e eu ainda estava processando o que ela havia revelado sobre Axil. Só podia ser algum engano, ela tinha ouvido errado. Axil não diria aquilo a meu respeito... Então me sacudi, afastando isso tudo da cabeça.

Mesmo ciente de que precisávamos seguir viagem e manter a maior distância possível dos corpos das lobas, me forcei a vigiar, enquanto Eliza dormia. Ela precisava de um descanso regenerador mais do que qualquer coisa.

Algumas horas se passaram. Fiquei me levantando e andando em círculos toda hora para continuar acordada. Estava fazendo o centésimo círculo ao redor de Eliza quando senti o cheiro.

Congelei, levantando o focinho para poder respirar fundo.

Não.

Urso.

Ele deve ter encontrado as lobas mortas. Precisávamos sair dali. Do jeito que Eliza estava coberta de sangue, ele também a farejaria e acabaria com nós duas. Eu já havia enfrentado muitos ursos com minha alcateia, mas nunca sozinha. Lobos solitários eram abatidos por ursos.

— *Liza.* — Eu a cutuquei com meu focinho, encurtando seu nome. Quando sua cabeça pendeu para o lado, mole, choraminguei.

Não.

Pressionei o focinho com força em seu pescoço e quase chorei de alívio ao sentir a pulsação forte. Ela só estava desmaiada, o que não era bom, mas pelo menos não estava morta.

O jeito seria me transformar de volta para minha forma humana e carregá-la até a Montanha da Morte. Ela era da família. Da alcateia. Por mais que Cyrus tivesse me aconselhado a deixá-la para trás, eu não podia agora. Eu tinha me vinculado a ela e não a abandonaria e a deixaria morrer.

Droga, Zara.

Eu estava prestes a me forçar a me transformar quando ouvi passos pesados atrás de mim.

Droga droga droga.

Tarde demais.

Girei o corpo e me vi cara a cara com o urso preto. O único ponto positivo era que ele era menor, um macho mais jovem — ainda com quase o dobro do meu tamanho, mas nada como os machos adultos que eram quatro vezes minha loba.

Cada instinto meu me incentivava a correr, mas logo me lembrei de como Eliza tinha ficado a meu lado quando eu estava acordando de fosse lá qual droga nos haviam dado. Como tinha me protegido quando Ivanna tentou acabar comigo. Ela era leal, e eu não mancharia minha honra deixando uma companheira de alcateia para trás. Era melhor morrer ali, protegendo o corpo dela, do que voltar correndo para a Montanha da Morte como uma covarde e traidora.

Quando o urso se ergueu nas patas traseiras e rosnou, assumi uma posição de ataque e soltei um rosnado profundo. Vi as manchas de sangue em sua boca, na certa um vestígio de nossa matança anterior, mas ele sem dúvida não estava saciado. Eu precisava que ele entendesse que, se mexesse comigo, se machucaria. Assim talvez o fizesse fugir.

Então ele atacou e, em vez de pensar em algum plano inteligente, mergulhei na mais perigosa luta da minha vida, seguindo meu instinto.

Meu adversário era maior e mais lento. Quando se lançou sobre mim, saltei, planejando cair em cima dele.

Infelizmente, o urso era mais esperto. Estirou a pata gigante e me acertou ainda em pleno voo, como se eu fosse uma mosca.

Minhas costelas se quebraram com o impacto de sua pata e voei para longe. Mesmo me preparando para o golpe, quando meu corpo atingiu o solo, choraminguei de dor. Minhas costelas já quebradas latejaram de agonia com o impacto. Uma nova onda de angústia me tirou o fôlego, mas me levantei depressa. Eu esperava que a fera viesse atrás de mim de novo, mas, para meu horror, estava indo atrás da ensanguentada e inconsciente Eliza.

Do ponto onde havia caído, disparei atrás do animal antes que ele pudesse alcançar Eliza, ainda deitada, sem forças e indefesa. Pulei nas costas do urso, mirando a lateral de seu pescoço. Assim que dei uma boa mordida, ele endireitou as costas para me sacudir dali. Quando caí, em cima das costelas quebradas outra vez, quase desmaiei com a dor lancinante. Tive que me lembrar de que a sensação era temporária e simplesmente precisei superá-la. Naquele momento, nada importava mais do que continuar viva.

Percebendo que eu era a maior ameaça ali, ele me encarou com tudo. Mas o desgraçado tinha me irritado ao ponto de me fazer espumar. Eu sempre soube que morreria em combate. Ou esperava que sim. Era a maior honra. E morrer com aquele grau de dor, protegendo uma nova amiga e companheira de alcateia, me parecia um ótimo fim.

Ataquei como um animal raivoso, rasgando sua carne e arrancando tufos de seu pelo, enquanto ele cravava as mandíbulas na minha perna e mastigava.

Soltei um uivo agonizante do fundo da garganta, mas não desisti, me certificando de que o covarde pelo menos ficaria marcado para o resto da vida antes de eu morrer. Quando abocanhei sua pata traseira e ouvi o gratificante estalar de ossos, ele foi logo me soltando e tropeçou para trás, mancando.

Mantive a pata traseira machucada levantada para não exercer qualquer pressão sobre ela e olhei para meu adversário. Ele estava fazendo o mesmo, apoiando as outras patas enquanto dobrava a que eu havia mutilado junto à barriga.

Estávamos nos encarando.

Posso fazer isso o dia todo. Vou lutar até a morte, seu bostinha, e arrancar seus olhos a caminho de Hades.

Por instinto, rosnei e me lancei sobre o urso de novo, pulando na pata traseira que estava boa. Ele deu meia-volta e saiu correndo.

O alívio tomou conta de mim ao observá-lo partir, mas me mantive firme, de pé, enquanto a ameaça se tornava um pontinho no horizonte. O sol já havia nascido e precisávamos sair dali antes que mais predadores chegassem.

Ouvi um gemido vindo de trás e pulei até Eliza. Ela estava consciente, mas quando encostei o focinho no dela, senti a febre.

Infecção.

Suas habilidades de cura tinham estancado o sangramento, mas ela precisava de comida e de descanso de verdade para combater a infecção.

Então soube o que era preciso fazer.

Forçar uma transformação com ossos quebrados poderia resultar em lesões permanentes. O certo era sempre esperar até que os ossos estivessem fortes, mas não havia tempo para isso. Eliza morreria se não voltássemos para a Montanha da Morte — assim como eu, que nunca tinha sentido tanta dor na vida.

Desejei ter tido energia para matar o urso, já que sua carne nos daria sustento, mas também estava grata por tê-lo espantado. Choramingando e uivando em meio à dor lancinante da minha transformação, finalmente me apoiei em uma perna só, nua em pelo e ainda com medo demais para exercer pressão sobre meu outro pé. Tendo esquecido nossas roupas há muito tempo, no local da briga, teria que superar a vergonha de uma caminhada de mais de 12 horas de volta para a Montanha da Morte do jeito que vim ao mundo. A nudez não era grande coisa entre meu povo — um seio aqui, uma nádega ali. Vivíamos alternando entre nossas formas, mas caminhar por uma multidão de humanos vestidos estando totalmente nua...

Balancei a cabeça, disposta a ignorar algo tão trivial. Então me abaixei para enroscar os bulbos d'água em volta do pescoço, fui até

Eliza e a levantei sobre os ombros como se ela fosse uma presa, tudo isso ainda sem me apoiar no pé quebrado.

— *Não* — disse ela baixinho em minha mente. — *Me deixe aqui e se salve.*

— *Sem chance* — respondi, estremecendo com o desconforto de seu peso em minhas costelas quebradas.

Eliza não discutiu. Embora ciente de que ela estava muito fraca, agora que estava pendurada em meus ombros como uma echarpe de pele, senti como também estava quente. Pelando.

Eu ainda tinha que dar o primeiro passo. Estava com muito medo de como seria apoiar meu peso mais o de Eliza num tornozelo quebrado, mas sabia que ou dava o fora dali, ou morria.

Dei um passo e tropecei para a frente com um grito. Foi muito pior do que eu pensava; uma dor quente como fogo lambeu meu tornozelo e fez o suor escorrer pela minha testa.

A dor é temporária. Continue apesar dela, veio a voz de Cyrus. Era como se ele pudesse sentir minha angústia lá da Montanha da Morte e estivesse tentando me aconselhar.

Olhei em volta às pressas e quase chorei de alívio quando vi um galho comprido e robusto para usar como bengala. Pular até ele com Eliza nos ombros exigia talento, mas fui em frente e me abaixei para pegá-lo. Era grosso e não inteiramente reto, mas reto o bastante. Arranquei os galhos desnecessários, segurei firme uma ponta e bati a outra no chão, começando a caminhar com cuidado.

Ainda doía, mas tirava peso suficiente do meu tornozelo para tornar a dor suportável. Embora eu tivesse que manter Eliza equilibrada nos ombros com apenas uma das mãos, estava conseguindo. O terreno plano ajudava. Fiquei feliz por não ter que pular nenhum tronco caído ou pedra gigante, mas depois da segunda hora comecei a surtar um pouco.

Eliza estava quente demais e cada vez mais pesada, e embora minhas costelas parecessem estar cicatrizando, agora meu estômago parecia estar virando do avesso, implorando por comida. Como alguém que mudava de forma, em um dia normal eu já queimava mais calorias do que um humano, mas ferida como estava, seria capaz de comer o suficiente para vinte humanos.

Meu pé latejava sem parar e parecia levar uma facada aguda quando eu apertava o passo.

Após quatro horas, eu já queria morrer. Eliza tinha desmaiado de novo e estava com a cabeça caída no meu pescoço. Por alguns instantes nebulosos, cogitei abandoná-la. Seria muito mais fácil andar sem uma loba gigante nos ombros.

A dor é temporária, repeti para mim mesma.

Exceto quando não é. Quando se prolonga por horas e mais horas e em meio à fome, a dor parecia *muito* permanente.

Então comecei a cantar. Baixinho, para não desperdiçar energia, mas eu precisava fazer alguma coisa para não enlouquecer de vez.

— *O lobinho queria sozinho subir a colina...* — Sorri ao me lembrar de meu irmãozinho Oslo e das músicas que eu cantava para ele dormir.

— *... e a mamãe loba sozinha havia ido à campina...* — continuei, me espantando quando uma lágrima escorregou pelo meu rosto e caiu no pelo de Eliza.

Eu tinha oficialmente surtado.

Eu nunca chorava. Chorar era coisa de submissos fracos que precisavam de proteção, não eu. Não Zara Lua de Sangue, filha de um alfa.

Dei um tapa na própria bochecha e balancei a cabeça.

Controle-se, Zara.

Eu só sobreviveria se usasse cada resquício de força que possuía. Não era hora de amarelar.

Sem saber como, caminhei por mais seis horas, fazendo o mínimo possível de paradas, até me sentir morta por dentro e por fora.

Olhei para o sol, verificando pela centésima vez que estava indo para o sul, depois para o horizonte. Quando avistei a parte de trás da Montanha da Morte, deixei escapar um soluço. Ainda distante, mas lá estava.

Conseguimos.

— Estamos quase lá. Aguenta firme, Liza — anunciei, seguindo em frente com forças renovadas.

Pelas minhas estimativas, demoramos mais duas horas para finalmente chegarmos à base da montanha. Fazia mais de 12 horas que eu vinha andando, o sol estava se pondo e meu corpo estava nas últimas, mas de alguma forma continuei. A terra árida e rachada se transformou de repente numa floresta exuberante, e logo eu estava tendo que caminhar por árvores caídas e encostas acentuadas.

Tudo doía. Queimava, latejava, pulsava como um batimento cardíaco no meu pé, mas nada era páreo para o meu desejo de nos levar para um local seguro, comer e descansar.

Subir a parte de trás daquela montanha me testou até o limite. Caí duas vezes. Deixei Eliza cair uma. Chorei, gritei, uivei e, finalmente, quando cheguei ao cume... eu tinha conseguido, coberta de sangue e terra, o pé preto, e roxo, e dobrado em um ângulo estranho. Eliza parecia estar morta, exalando um cheiro podre e com a pele mais quente que o núcleo do sol, mas eu ainda ouvia seus batimentos cardíacos.

Os som do povo da Montanha da Morte atiçou minha audição e eu segui o som, quase me arrastando pela floresta densa até a colina coberta de grama localizada na base do castelo.

As pessoas me encaravam conforme eu mancava, nua e quase morta, em direção à tenda azul da campeã. Então, de repente, ouvi gritos.

— As campeãs voltaram!

— Pegue água para ela!

— Médico! — gritou uma senhora, desesperada, ao perceber meu estado.

Eu não aguentava mais. Ao ver que estava em segurança, minhas forças me abandonaram. Quando a multidão se separou, Axil correu até nós com os olhos arregalados de pânico, me avaliando de cima a baixo. Tropecei, sem força nos próprios pés.

Depois que a mulher que pediu ajuda tirou Eliza de meus ombros, tentei me endireitar e ficar de pé, mas minhas pernas pareciam feitas de um líquido sem nenhuma capacidade de sustentá-las.

De repente, eu estava olhando para o semblante aterrorizado de Axil, e logo depois, estava desmoronando. Ele me segurou nos braços e me envolveu com seu cheiro.

Pelo Criador, como eu tinha sentido falta daquele cheiro. Havia sentido falta de como me sentia protegida em seu peito musculoso.

— Ela trouxe outra loba! — comentou alguém.

— Por que ela faria isso? Poderia tê-la deixado! — disse outro enquanto atendiam Eliza e minha visão embaçava.

Axil delineou meu queixo com os dedos, como tinha feito uma centena de vezes, e me olhou nos olhos.

— Porque é assim que a Zara é. Ela é leal. — Ele disse isso como se conhecesse minha alma todinha. Ser vista daquela forma fez com que uma parte minha ganhasse vida outra vez. Uma parte que pensei ter morrido.

Então tudo ficou preto e perdi a batalha contra a mais absoluta inconsciência.

Acordei com o barulho de pessoas discutindo.

— Eliza diz que é da alcateia dela! — gritou um homem mais velho.

— É contra as regras. Só é permitido uma loba por alcateia nos Duelos Reais — argumentou outro.

Pelo visto os conselheiros mais velhos estavam brigando. Meu corpo ainda doía e eu queria ouvir o que estavam dizendo, então continuei deitada em silêncio, com os olhos bem fechados.

— *Eu* sou o rei — rosnou Axil. — E eu digo que não. As duas entraram na competição pertencendo a alcateias diferentes. Dissemos que deveriam sobreviver à tarefa e elas fizeram o que era necessário para isso.

— Mas… — começou a contestar um deles, então parou, provavelmente vítima de um olhar incisivo de Axil.

— Elas teriam uma vantagem robusta na próxima tarefa, milorde — acrescentou com um tom de voz mais razoável.

— Que seja. Vocês querem que eu me case com a mais forte da nossa espécie. Pois bem, acho que uma mulher *que nem é alfa* e conseguiu forçar um vínculo de alcateia é bastante forte — disse o rei.

Senti um quentinho na barriga. Ele estava falando de mim.

Após o som de passos se arrastando, eles se retiraram da sala e eu abri os olhos. Eu estava em uma cama de cura feita de cristal élfico com lençóis brancos sobre o corpo. Então percebi que nem todos haviam ido embora, e olhei para cima, dando de cara com Axil olhando para mim.

— Como está a… — comecei, mas ele me dispensou.

— Ela está bem. Você salvou a vida dela. — Suas palavras foram curtas e diretas ao ponto.

Por que ele parecia chateado? Levantei o corpo, me apoiando nos cotovelos, e rosnei:

— E você ficou bravo com isso? Pelo visto não mudou nada. Continua sendo o mesmo menininho egoísta que só liga para própria reputação real!

Eu não estava nem aí que ele fosse rei agora, Axil Lunaferis precisava de uma lição. Ele não tinha o direito de ficar com raiva de mim por ter salvado a vida de alguém.

Ao ouvir minhas palavras, ele recuou como se tivesse levado um tapa.

— É isso que você acha?

Toda a dor que jurei ter superado quando era adolescente veio à tona.

— É, Axil. Você estava dormindo quando a gente terminou? Seu irmão disse que eu não passava de um lixo das Terras Planas. Você concordou, foi embora e nem voltou no ano seguinte. Nunca enviou uma carta. *Nada*.

As bochechas dele ficaram vermelhas de vergonha, o rubor se espalhou pelo pescoço.

— Eu não concordei. — Sua voz estava baixa e ele parecia horrorizado, com olhos arregalados enquanto começava a retorcer as mãos.

Soltei uma risada, um som cortante.

— O silêncio e as costas que você me deu quando se afastou me disseram que concordou o suficiente.

Ele franziu a testa.

— Você me odeia. Passei todos esses anos amando você, e você me *odeia*?

Ele parecia surpreso, e suas palavras foram como uma flechada no meu coração. Me sentei ereta agora, satisfeita por não sentir mais dor nas costelas, apenas a dor na alma com o que havia sido dito. Eu estava usando uma bata branca de cura, então escorreguei da cama e caminhei até ele, testando meu tornozelo. Continuava dolorido, mas nada como antes. A constatação me deixou curiosa para saber quanto tempo eu havia dormido, mas naquele momento, isso pouco importava.

— Me amando? — Em vez de feliz, nunca fiquei tão chateada na vida.

— Acha que ir embora depois daqueles dois meses no acampamento...

— Eu...

— NÃO ME INTERROMPA! — gritei como uma lunática enlouquecida, impondo minha força dominante na voz e fazendo Axil arregalar os olhos. — Esperei cinco anos para te dizer isso, Axil Lunaferis. Você vai me deixar falar a minha verdade!

Ele parecia estar com medo de mim, e isso me deixou satisfeita. Eu queria que ele sofresse. Aproximei-me para poder olhá-lo diretamente nos olhos enquanto descrevia o que ele fizera comigo. E ele já parecia angustiado antes mesmo de eu abrir a boca.

Ainda um pouco sem fôlego, sustentei seu olhar.

— Estou morta por dentro por sua causa, Axil.

Um tormento atravessou seu rosto e o fez tropeçar para trás, até suas costas baterem na parede. Avancei, me aproximando para poder estender a mão e tocar seu peito. Coloquei a palma da mão sobre seu coração, assim como tinha feito tantas vezes naquele verão, e gostei de sentir seus batimentos cardíacos frenéticos e caóticos.

— Eu te amei com toda a minha alma. Ela era todinha sua. Você fez promessas, sabendo o quanto eu estava destruída por ter perdido meus pais tão jovem. Você falou que *você* seria minha família — lembrei.

A vergonha queimou suas bochechas de novo, mas ele continuou quieto, me deixando dizer tudo o que tinha a dizer.

— E aí você me largou. Me jogou fora feito lixo! — gritei na cara dele, afastando a mão. — E todo homem que veio depois de você só encontrou uma sombra de quem eu era, porque não sobrou nada!

Bati forte no peito enquanto minha loba vinha à tona. Então Axil fez algo que eu não esperava.

Ele cobriu o rosto com as mãos e começou a chorar de soluçar.

A emoção crua e sincera me abalou fundo; eu não sabia o que fazer com ela. Axil Lunaferis, o *rei dos lobos*, não chorava. Ele não era fraco. Ele não começava a chorar por uma mulher.

Ou chorava? Seria uma fraqueza?

Fiquei observando em choque conforme ele desabava. Parte minha queria puxá-lo para meus braços e abraçá-lo com força até ele parar, mas a maior parte queria que ele se machucasse. Então dei meia-volta e saí do quarto, batendo a porta e deixando meu passado para trás.

Quem me machuca uma vez, aprende a lição. Quem me machuca duas vezes... Nunca vai acontecer; não sou tão burra assim.

Axil Lunaferis estava morto para mim.

◆   ◆   ◆

Saí correndo, atravessei o labirinto de corredores e encontrei meu irmão.

Ele começou a me criticar sobre ter trazido Eliza para nossa alcateia, mas quando viu meu rosto, parou e me ofereceu um grande pedaço de pão com manteiga e minha boca foi logo salivando. Arranquei da sua mão, passei por ele e me deitei na rede sem dizer mais nada. Eu queria ficar sozinha, só eu, meu pão e meus sentimentos tolos. Adormeci pouco depois e acordei cedo na manhã seguinte. O fogo estava se apagando e o sol mal havia nascido.

Ao sair da tenda, constatei que meu tornozelo agora conseguia suportar todo o meu peso.

Cyrus estava colocando mais lenha no fogo, sem olhar para mim.

— Ivanna e outra loba voltaram ontem à noite. Pareciam famintas, mas não tão feridas.

Acenei com a cabeça e lhe entreguei mais lenha sem falar nada. Eu sabia que Ivanna sobreviveria, mas no momento não ligava. Passei a noite toda remoendo as palavras de Axil.

Passei todos esses anos amando você e você me odeia?

Durante todos esses anos, ele acreditou mesmo que me amava? O som de seus soluços assombrava minha alma. Talvez ele acreditasse.

Eu nunca tinha visto um homem desmoronar daquele jeito. Por Hades, nenhuma mulher que eu conhecia chorava daquele jeito, a menos que fossem submissas ou tivessem acabado de perder um parente em batalha. Ele chorou como se eu tivesse morrido. Talvez eu tenha ficado de luto por ele todos aqueles anos atrás e, por algum motivo imbecil, ele tenha mantido a esperança? Era como se ele só tivesse me perdido na noite anterior.

Não fazia sentido.

Eu não via como Axil poderia ser tão delirante, mas, infelizmente, os homens às vezes eram tolos assim.

Meu irmão finalmente falou:

— Você a trouxe para a alcateia? Ficou louca, Zara?

Eliza. Eu precisava ver como ela estava.

— Pode ser que sim — respondi, e ele enfim olhou para mim com um pouco de compaixão.

— Está tudo bem? Foi difícil lá fora?

Suspirei.

— Se você considera difícil matar dois lobos enquanto estamos lutando contra outros dois, depois ser atacada por um urso e ainda ter que carregar Eliza com um tornozelo quebrado... então, sim, eu diria que foi.

Ele se levantou e se aproximou, titubeando, antes de me puxar para um abraço estranho e desconfortável.

Meu irmão não era de abraçar. Estava na cara. Ele era horrível nisso. Na verdade, o abraço doeu de tão forte que ele apertou minhas costas, mas eu não disse nada. Provavelmente levaria mais dez anos até que ele me abraçasse de novo, então passei os braços em volta dele e o apertei de volta.

— Fiquei tão orgulhoso de você quando saiu daquela floresta, Zar — confessou, recuando. — Mamãe e papai também teriam ficado.

Os olhos dele estavam mesmo marejados?

— Você está chorando? — provoquei.

Havia alguma coisa no ar, com todos esses homens chorando por mim.

— Não! — retrucou, secando os olhos e socando meu ombro com força, só para garantir.

Sorri.

— Tive ajuda. Eliza me manteve segura. Temos uma aliança.

Ele ficou desanimado.

— Isso só vai funcionar até a rodada final. Depois, se ela ainda estiver viva, você vai ter que matá-la.

Meu corpo se contraiu com a ideia.

— Ela é da alcateia, Cyrus. Eu a reivindiquei.

Ele cerrou os punhos.

— Eu sei. Posso *senti-la*. Todos nós podemos. — Ele gesticulou para meus companheiros de alcateia, que estavam saindo da tenda e bocejando de sono. Eles acenaram com a cabeça.

É claro que podiam senti-la, ela era da família agora. Da alcateia das Terras Planas. Dei de ombros.

— Devo minha vida a ela. Eliza ficou na minha frente e me protegeu quando eu estava inconsciente e Ivanna tentou me atacar com uma pedra afiada.

Cyrus pareceu decepcionado.

— Não tem como duas pessoas vencerem, Zara.

— Eu sei! — esbravejei. Eu não queria falar sobre isso, não queria pensar em matar minha nova amiga e companheira de alcateia. Eu não podia mais ouvir.

— Vamos nos concentrar em eliminar Ivanna. Aquela megera cismou comigo e eu a quero fora do jogo.

Depois que Cyrus concordou, avisei que queria tomar um pouco de ar fresco e comer. O pedaço de pão que havia devorado na noite anterior não estava mais dando conta.

Ciente de que Eliza não dormiria em tendas ao ar livre, fui até o castelo e, quando o guarda da frente me viu, fez uma profunda reverência.

— Zara Lua de Sangue. É uma honra.

Congelei. Ele sabia meu nome?

— Ah, obrigada.

Ele pareceu ler minha expressão chocada.

— Eliza é da alcateia da Montanha da Morte. Você não precisava trazê-la para casa nos ombros daquele jeito. Tem todo o nosso respeito.

Sorri.

— Mas eu trouxe. Ela salvou minha vida. Falando nisso, sabe onde fica o quarto dela?

Ele apontou para um longo corredor.

— Vire à esquerda e siga até o último à direita.

Entrei no castelo de pedra e caminhei pelo longo corredor, virando à esquerda na bifurcação até chegar à última porta. Levantei a mão, bati os nós dos dedos à porta de que o homem havia falado, e a senti.

Ela estava lá dentro, uma pilha de nervos. Quando a porta se abriu, a vi diante de mim com o tórax enfaixado e um top curto. Havia olheiras sob seus olhos e ela cheirava a carne crua, mas estava viva. Ficamos nos entreolhando, depois corremos uma para os braços da outra. Abracei-a com cautela, tendo em mente que ainda estava ferida, e ela fez o mesmo.

— Obrigada — disse, com a voz embargada. — Você salvou a minha vida.

Eu me afastei.

— Você salvou a minha antes. Ivanna teria triturado meu crânio com aquela pedra.

Ela sorriu, indicando que eu entrasse no quarto. Ao entrar, admirei o luxo do aposento.

— Por que foi que recusei isto aqui e escolhi dormir numa barraca mesmo?

— Não faço ideia — disse ela, rindo.

Não era um quarto, era uma casa! Ou tão grande quanto uma, de qualquer maneira. Havia uma grande sala com uma pequena cozinha e o que pareciam ser dois quartos. Os pisos eram de uma madeira exuberante com manchas marrons, e as paredes eram pintadas de amarelo-claro.

Minha piada melhorou o clima, mas percebi, pela expressão em seu rosto, que ela estava prestes a dizer algo que me derrubaria de novo.

— Você será uma rainha incrível — falou e eu congelei.

— Pare com isso.

Ela balançou a cabeça.

— Como acha que isso vai acabar, Zara? Acabei de ouvir que a próxima rodada será uma luta em dupla. Eu e você contra Ivanna e Charlize. Depois a dupla vencedora vai lutar entre si.

Suspirei. Não sabia disso. Será que Cyrus sabia? Talvez fosse isso que ele estava tentando dizer perto do fogo.

— Eu… não posso te matar, Eliza. Sou muitas coisas, mas não sou capaz disso.

Fiquei surpresa ao descobrir que era verdade. Eu me considerava mais durona do que isso, ainda mais considerando que fazia apenas alguns dias que conhecia essa garota, mas havia alguma coisa nela, um vínculo de irmã que eu não conseguia explicar.

Ela deu de ombros.

— Ou você me mata, ou desisto e minha alcateia me trucida. A escolha é sua.

— Pare com isso! Nem vamos falar sobre isso. A gente pode acabar morrendo no próximo desafio.

Eliza balançou a cabeça, espalhando os cachos loiros.

— Você sabe muito que não vamos. Temos uma vantagem como alcateia. Você lidera, eu sigo.

A lealdade dela me deu um aperto no peito.

— Não devíamos ter ficado amigas — falei, me sentindo mal assim que as palavras saíram. Eu não quis dizer isso, mas meio que quis, sim. Teria sido mais fácil. Em algum momento, nas últimas três experiências de quase morte que tive com Eliza, forjamos um vínculo inabalável. — Eu não quis dizer isso.

Ela estendeu a mão e pegou a minha.

— Entendi o que você quis dizer.

— Axil disse que ainda me amava — disparei para mudar de assunto, desacostumada a ter uma amiga com quem conversar, já que tinha crescido com dois irmãos.

Ela prendeu a respiração e se aproximou mais, sorrindo de orelha a orelha.

— E?

— E eu o repreendi e ele chorou de soluçar.

Ela ergueu bem as sobrancelhas.

— O rei Axil chorou de *soluçar*?

Confirmei com a cabeça.

— Puxa vida. O que foi que você disse para ele? — Vendo como ela parecia preocupada, me perguntei se havia ido longe demais em algumas das minhas falas.

— Só aquela coisa pós-término de sempre, que eu estava morta por dentro, que ele partiu meu coração e eu tinha me tornado uma sombra de quem costumava ser — provoquei.

Ela caiu na gargalhada, mas logo apertou a lateral do tronco que estava enfaixada, estremecendo.

— Tudo bem aí? — perguntei, esperando que ela estivesse bem o suficiente para nossa luta em dupla. Ela fez que sim.

— Ainda me recuperando. Você já comeu?

Assim que ela perguntou, meu estômago ressuscitou. Aquele pão não havia mesmo sido suficiente, sem contar que eu estava quase inconsciente quando o comi. Agora que sentia o cheiro da carne vindo da cozinha dela, meu estômago roncou alto.

— Me alimente agora mesmo — ordenei com falsa seriedade.

Com um sorriso, ela caminhou devagar até a cozinha e voltou com um prato repleto de carnes defumadas, pães e queijos. Ataquei sem nem esperar que me oferecesse. Como uma lunática, enfiei a carne e o queijo na boca, mastigando um pouco antes de engoli-los. Era picante, e salgado, e muito, muito bom.

Eliza olhou para mim, horrorizada.

— Retiro o que disse. Você seria uma péssima rainha sem modos assim.

Levantei para ela o dedo do meio e ela sorriu.

Nos dávamos tão bem que era como se ela fosse a melhor amiga que nunca tive nas Terras Planas. Todas as mulheres ou estavam competindo para serem as mais dominantes — e, portanto, evitando umas às outras —, ou eram tão submissas que mal falavam comigo. Com Eliza era uma amizade fácil, ela sabia que sua hierarquia na alcateia estava abaixo da minha, mas era dominante o suficiente para me criticar, o que eu admirava.

— Você pode desistir? — sugeri. — Está ferida.

Ela riu.

— Acha que eles ligam para uma lesão? Uma desistência seria vista como traição. Eu seria morta e lembrada como alguém que envergonhou toda a alcateia. A alcateia do *rei*.

Perdi o apetite na hora, me sentindo mal com a possibilidade de, em algum momento, ter que lutar contra Eliza.

— Obrigada pela comida, mas acho que é melhor eu ir.

De repente, eu não queria mais estar ali, criando laços com ela e acabar tendo que enfrentá-la mais adiante.

Embora parecendo triste, ela acenou com a cabeça, me entregando um copo d'água para terminar de engolir toda a comida. Bebi, agradeci e saí pela porta do quarto.

Enquanto atravessava os corredores do castelo não parei de pensar em Eliza. *Como você é burra, Zara. Devia ter mandado ela dar o fora no dia em que a conheceu.* Eu nunca deveria tê-la ajudado a vencer luta nenhuma nem lhe dado conselhos. E eu *nunca* deveria tê-la trazido para minha alcateia. Agora eu estava presa a ela. A melhor parte dos Duelos Reais era que havia apenas uma concorrente por alcateia e não conhecíamos nenhuma delas. Era mais fácil matar quem não conhecemos. Como Ivanna.

Eu estava tão imersa nos próprios pensamentos que demorei a perceber que acabei me perdendo. Havia tomado a direção errada e, quando me virei para refazer meus passos, bati no peito de alguém.

Axil.

Todo o meu corpo congelou.

Ele me olhava de cima e, depois da emoção do dia anterior, eu não estava preparada para ver a máscara de raiva que vi em seu rosto.

Respirei fundo, e ele flexionou a mandíbula e passou por mim. Dei um passo para o lado, acompanhando seus movimentos, mas indo para a frente dele. Suas narinas se dilataram e uma raiva pura e desenfreada o percorreu. Deu para *sentir*.

Como ele ousava?

— Você *não* tem o direito de ficar com raiva de mim — espumei, sem me esquivar de seu olhar dominante.

— Você nem me deixou falar — respondeu Axil, apesar dos dentes cerrados.

Bufei.

— E o que você poderia dizer que explicaria como simplesmente me largou? Depois de todas as promessas que fez?

Ele olhou mais adiante no corredor, de onde ecoava o som de passos, e estendeu a mão, me puxando pelos ombros e me levando até uma porta aberta.

Rosnei, mas permiti que ele me levasse a um cômodo e fechasse a porta. Olhei ao redor e vi que era um tipo de biblioteca. Livros enfileirados em estantes de madeira escura iam do chão ao teto.

Então ele se aproximou do meu rosto com a mesma raiva que senti em nossa última conversa. Olheiras marcavam sua pele, e eu me perguntei se ele tinha pregado os olhos na noite anterior.

— Você não está falando sério sobre eu ter ido embora, está? Pois deveria saber que foi contra a minha vontade.

Bufei, olhando-o como se ele fosse uma aberração.

— Contra a sua vontade? Assim que seu irmão apareceu e começou a me chamar de lixo, você se fechou e foi embora sem nem tentar...

No instante em que disse isso em voz alta, a ficha caiu. Por que eu nunca tinha pensado naquilo antes? O irmão dele era rei na época e, portanto, tinha o dom que todo rei lobo tinha de...

— Ele controlou você — constatei em absoluto choque, me sentindo mal pela forma como o havia tratado, pensando durante todos esses anos que ele tinha ido embora de bom grado.

— Sim — admitiu ainda com os dentes cerrados —, e nunca me permitiu voltar ao acampamento. Não posso *acreditar* que você pensou que eu te larguei assim.

Meu coração começou a bater forte com a confissão, e uma parte minha, lá no fundo, se curou. Ele não me largou. Foi *tomado* de mim. Havia uma diferença.

Axil encostou a testa na minha, como fazia quando éramos jovens.

— Como pôde pensar que eu passaria um único dia longe de você por vontade própria?

Choraminguei, sentindo o próprio colapso logo abaixo da superfície.

— Milorde! — gritou alguém no corredor, o som abafado pela porta fechada.

Axil rosnou e se afastou. Eu me virei, lhe dando as costas assim que a porta se abriu. Tive que morder o lábio para não cair aos prantos ali mesmo.

— Tenho um assunto urgente que precisa de sua atenção, senhor — continuou uma voz masculina lá fora.

Axil hesitou, devia estar olhando para mim e esperando minha reação.

— Só um momento — respondeu.

— É muito urgente, milorde — pressionou o guarda. — Temos notícias de guerra.

Minha loba se eriçou com a informação.

Guerra?

Axil estendeu a mão para mim e segurou meus ombros.

— Conversamos mais tarde. Ainda não terminei com você.

Ainda não terminei com você. Havia algo mais. Claro que havia. Foram cinco anos de ausência.

Ouvi seus passos se afastando, e a porta se fechou. Não consegui mais segurar. Desabei no chão e comecei a chorar, me lembrando da noite em que Axil me largou. Lágrimas quentes e pesadas escorriam pelo meu rosto, enquanto eu revivia o que havia dito a ele na noite anterior, como coloquei toda a culpa nele.

Ele foi levado. Forçado a ir embora. Fazia sentido ter se fechado assim que seu irmão nos pegou aos beijos na grama. Ele pareceu estar tão inexpressivo que pensei que fosse vergonha de ter sido encontrado comigo, mas agora eu sabia que ele esteve sob o controle do rei. Um poder que Axil agora carregava nas veias, o poder de manter qualquer um dos lobos sob seu controle absoluto, como uma marionete.

Foi isso que Ansel fez com ele.

Era coisa demais para processar tão rápido. Axil me quis por todo esse tempo, mas foi impedido de me ver?

Que loucura. E por cinco anos?

Então chorei como nunca. Chorei por todos os anos em que o culpei, por todos os beijos que nos foram roubados. O choque da nova informação penetrou fundo no meu âmago.

Ele não foi embora, mas ficar afastado por cinco anos? Ele já era rei há dois anos. Por que não foi atrás de mim depois? Apesar das inúmeras perguntas, eu estava perturbada demais para lidar com elas.

Contive as lágrimas, sequei os olhos e me levantei, me forçando a me recompor.

Eu entraria numa batalha em dupla logo mais e precisava estar forte.

O que havia acontecido entre nós dois quando éramos mais novos não mudava o fato de que éramos pessoas diferentes agora. Eu não era a mesma jovem cega de amor por quem ele havia se apaixonado. A vida tinha me endurecido, assim como nosso rompimento, quer ele quisesse ou não.

Respirei fundo, saí da biblioteca e voltei para as tendas fora do palácio. Cyrus estava me esperando e fizemos alguns exercícios, enquanto eu me dedicava ao treino, guardando o que tinha acabado de descobrir a sete chaves.

Eu não tinha como lidar com aquilo agora, pois me deixaria emocionada e emoções nos deixam fracas. Descobri que os conselheiros concordaram em colocar Eliza e eu contra Ivanna e Charlize, e que a luta seria na manhã seguinte, então Eliza veio com seu treinador e praticamos juntas, primeiro como lobas, depois como humanas.

— Elas são boas juntas. — Ouvi Cyrus dizer para Jonas, treinador de Eliza.

— É o vínculo da alcateia — disse o treinador com um pouco de desdém.

Eu não conseguia imaginar ninguém da alcateia da Montanha da Morte exatamente feliz por eu ter interferido nos laços deles e basicamente roubado Eliza.

— Hum — grunhiu Cyrus, parecendo tão animado quanto Jonas por Eliza e eu agora compartilharmos um vínculo.

Me perguntei se Axil estava nos permitindo manter o vínculo só para a luta em dupla e se levaria Eliza de volta para a alcateia dela assim que vencêssemos.

Porque *íamos* vencer. Eu não aceitaria nada menos.

Quanto mais a noite avançava, mais eu pensava em Axil. Quais seriam aquelas notícias sobre a guerra? Não entrávamos em guerra há séculos, mas eu sabia que os outros reinos viviam lutando contra a rainha de Obscúria. Será que ela estava finalmente vindo atrás de nós?

Como pôde pensar que eu passaria um único dia longe de você por vontade própria?

Ainda não terminei com você.

Suas palavras me atormentaram a noite toda enquanto eu tentava pregar os olhos, até que senti vontade de vê-lo outra vez para terminar o que começamos. Eu precisava de respostas. Precisava de um ponto final. Ao olhar por cima da minha rede, notei que Cyrus estava dormindo como pedra, com a perna pendurada para fora da própria rede, o corpo mole.

Me levantei devagar e andei descalça pela tenda até sair. Dois de meus companheiros de alcateia estavam conversando perto do fogo, então, quando os vi olhando para mim, improvisei uma mentira.

— Vou ao quarto de Eliza para conversar sobre estratégias para amanhã.

Não que eles se ligassem para onde eu estava indo ou tentassem me impedir, mas eu não queria que ninguém soubesse que Axil e eu tivemos um envolvimento romântico. Até onde eu sabia, apenas Cyrus e Dorian sabiam, os dois que juntaram os cacos quando desmoronei depois de ter sido descartada como lixo.

Só que ele não me descartou, lembrei. Seu irmão estúpido tinha feito aquilo, mas, mesmo assim, eu precisava de mais respostas antes de acreditar em tudo.

Atravessei as tendas, o gramado da frente e caminhei até a porta da frente do palácio. Já era tarde e eu meio que esperava que Axil tivesse ido me ver, mas percebi que ele poderia estar ocupado com assuntos reais ou talvez não quisesse falar sobre essas coisas comigo. No entanto, ele *tinha dito* que conversaríamos mais tarde, e eu não conseguiria dormir a menos que soubesse por que ele não me enviou nem um recado em cinco anos.

Fui até o guarda e preparei um grande discurso, visto que era proibido qualquer tipo de relacionamento durante os duelos. Eu não queria que ele soubesse que eu estava ali para ver Axil. Como era o mesmo guarda de antes, não precisei me apresentar.

Mal abri a boca para falar alguma coisa e ele já foi me chamando para mais perto.

— Está aqui para ver o rei? — sussurrou discretamente.

Ainda havia alguns lobos andando pelo pátio. As pessoas festejavam todas as noites dos Duelos Reais, e eu sabia que se a notícia de que

Axil e eu havíamos sido um casal se espalhasse... poderia me trazer grandes problemas.

Meu rosto ficou vermelho, mas acenei uma vez.

Sem mais perguntas, ele deixou seu posto e entrou, passando por um corredor que eu não tinha usado no início do dia.

Fui logo atrás enquanto ele dava voltas e mais voltas, até finalmente chegarmos a outra porta, protegida por um guarda diferente.

O novo guarda olhou para mim e abriu a porta, gesticulando para que eu entrasse.

— O rei disse que, se você viesse procurá-lo, deveria esperar aqui dentro — informou. — Ele está terminando uma reunião.

Ele disse, é? Meu estômago embrulhou quando pensei em como foi atencioso. E claramente seus homens não contariam aos conselheiros que eu estava ali.

— Obrigada.

Abaixei o queixo e entrei, deixando os dois guardas para trás. Assim que eles fecharam a porta, percebi que estava nos aposentos particulares de Axil. O espaço se abria para uma sala gigantesca com um sofá de veludo vermelho-escuro e uma lareira acesa. Respirei fundo e tive que engolir um gemidinho. O lugar tinha o cheiro dele. *De pinheiros, de musgo e de homem.* Andei pelo cômodo, olhei para a direita, através das portas duplas abertas, e parei em uma cama gigante com lençóis de seda vermelha e um cobertor de pele creme.

A cor favorita de Axil sempre foi vermelho.

Então comecei a pensar em quantas mulheres tinham visto aquela cama. Segundo a irmã de Eliza, não muitas. Tive que lutar contra a vontade de vasculhar cada gaveta e armário. Eu não conhecia o Axil adulto e rei. Só conhecia o menino, o jovem príncipe que eu nem sabia que era da realeza na época.

O jovem Axil era um atirador experiente. Ele era um futuro alfa, o homem mais dominante que já conheci. Gostava de caçar alces e de cantar diante da fogueira com seus amigos. Delineava as sardas na minha clavícula e me dizia como o lembravam de certas constelações. Estendi a mão e toquei aquele ponto.

◆ 91 ◆

Já o Axil mais velho era rei. Ainda dominante. Ainda apaixonado pela cor vermelha. Mas eu não sabia mais nada sobre aquele homem.

Ao ver um livro aberto no sofá, me aproximei e o peguei. Examinei a capa de couro e passei os dedos pelo nome do autor. *A. Grey.*

Então o Axil mais velho lê.

Quando estava prestes a folhear o livro para ver do que se tratava, a porta atrás de mim se abriu. Levei um pequeno susto, apertando o livro contra o peito enquanto meu coração pulava.

Axil entrou, deu uma olhada em mim e sorriu.

— Não consigo imaginar nada melhor do que te ver depois do dia que tive.

Foi fofo, mas eu ainda não o havia perdoado totalmente, então ignorei o comentário.

— Sobre o que é o livro? Um manual de guerra?

Não era sobre essas coisas que todos os reis liam?

Ele riu.

— Não. É um conto de fantasia de uma jovem que carrega magia tanto da luz quanto da escuridão. Ela me lembra você.

Meu coração parou de bater. Coloquei o livro no sofá antes de me levantar outra vez.

— Ah, é? Que escuridão eu carrego? — perguntei, cruzando os braços em um gesto protetor.

Ele pareceu arrependido de dizer aquilo, mas se aproximou até ficar pertinho de mim. Só nós dois parados diante do fogo. No quarto dele. Adultos. *Sozinhos.*

— Quando a gente tinha quinze anos foi a perda dos seus pais. — Ele levantou a mão e acariciou minha face, o que enviou uma descarga elétrica pela minha espinha e me fez engolir em seco. — E agora... é... — Seu sorriso se desfez. — Eu ter deixado você.

Ele tinha razão sobre tudo isso. Carreguei essa escuridão comigo até aquele dia.

— Até posso acreditar que seu irmão forçou você a se afastar de mim naquele dia... mas e no dia seguinte? E no outro? Lamento, mas não sou boba. Não posso acreditar nisso.

Ele acenou com a cabeça e segurou a bainha da túnica. Quando começou a tirá-la pela cabeça, fiquei sem fôlego.

Mas o que, em nome de Hades, ele estava...

Um gemido ficou preso na minha garganta quando vi a rede de cicatrizes em seu abdômen. Fui forçada a piscar depressa para conter a enxurrada de lágrimas. Estendi a mão e tracei algumas linhas grossas e irregulares em seu peito.

— Elas não estavam aqui antes — observei, não me aguentando.

Já havia acariciado seu peito nu sob o luar muitas vezes. Naquele verão, mudávamos da forma de lobo para a forma humana e vestíamos as roupas mais básicas. Ele quase nunca usava camisa.

— Depois de partir naquele dia, fiquei dois anos preso — revelou, com a voz rouca e baixa.

O choque tomou conta de mim. Isso era de conhecimento geral? Eu nunca tinha ouvido falar de nada a respeito. Dois anos?

— Por quê?

— Ansel tinha acabado de se tornar rei. Meus instrutores no campo de treinamento disseram que eu era perfeito em tudo e que, se ele não tomasse cuidado, eu poderia derrubá-lo.

Tapei a boca com a mão, já me preparando para o que ele diria a seguir.

Axil parecia angustiado, como se não quisesse voltar àquela lembrança. E embora eu quisesse dizer que ele não precisava se explicar, seria mentira. Eu precisava saber. Para voltar a confiar nele, eu precisava saber de tudo.

— Ele me bateu até me ver submisso todos os dias, até ter certeza de que eu jamais o desafiaria. Eu mal comia; ele me forçava a continuar magro e fraco.

Minha loba veio à tona. Eu queria caçar Ansel agora mesmo e esfolá-lo vivo. Por instinto, me aproximei e, sem pensar, entrelacei os dedos nos dele, e seu rosto relaxou.

— Quando ele enfim me soltou, precisei tomar cuidado. Não ganhei muito músculo no começo, não liderei nenhuma caçada. Agia como um dominante médio. — Fiz um gesto com a cabeça, pensando em como eu teria feito o mesmo. *Sobrevivido.* — Foi nessa época, alguns meses depois de ele me libertar das correntes, que enviei uma carta para você.

Franzi o cenho, balançando a cabeça.

— Não recebi carta nenhuma.

Ele suspirou.

— Dorian leu primeiro e a enviou de volta para mim.

Todo o meu corpo começou a tremer. Não. Ele não faria isso, não depois de me ouvir chorar até dormir por meses. Ele era um bom alfa, ele não faria.

— Não. Eu não acredito em você. — Soltei sua mão.

Axil acenou com a cabeça e entrou no quarto. Observei com horror quando ele foi até a mesa de cabeceira e abriu uma gaveta.

Não. Por mais que eu quisesse que ele tirasse uma carta dali, também não queria que ele fizesse isso. Saber que Axil havia tentado entrar em contato curaria algo dentro de mim, mas saber que Dorian tinha me traído me quebraria outra vez.

Axil puxou um papel branco dobrado e de repente me senti enjoada. Ele veio na minha direção, e eu não conseguia tirar os olhos de todas as cicatrizes em seu peito.

— Ele é um bom alfa. E um bom alfa sabe o que é melhor para os lobos, então respeitei — disse, me entregando a carta. — Eu queria o melhor para você também, para nós dois — sussurrou, nossos dedos se roçaram quando aceitei o papel.

Rosnei. Um bom alfa não me deixaria chorar até cair no sono pensando que eu era um lixo inútil. Tive a sensação de que precisaria me sentar para aquilo. Me deixei cair no sofá, abri o bilhete às pressas e comecei a ler a caligrafia difícil de Axil.

Zara,

Por onde começo?

Em primeiro lugar, espero que não pense que eu poderia simplesmente me afastar de você desse jeito. Mas pelo choro que ouvi quando fui forçado a seguir meu irmão para casa, deve ser isso mesmo.

Meu irmão usou o poder dele como rei em mim, selando à força meus lábios e abaixando minha cabeça. Quando voltamos para a Montanha da Morte, ele me manteve preso por dois anos.

Por 730 dias sonhei só com você.

Tive que parar de ler e cobrir a boca quando um soluço irrompeu da minha garganta. Ler a carta na frente de Axil era, ao mesmo tempo, gratificante e angustiante.

Senti o sofá afundar um pouco e notei que sua mão firme estava na parte inferior das minhas costas, fazendo pequenos círculos. Comecei a ler as últimas linhas.

Você pode não me querer mais e tudo bem, porque não estou pronto para te dar a vida que prometi. Preciso de tempo para fazer isso. Mas queria que soubesse que estou trabalhando nisso e prometo que um dia vou mandar buscarem você.

Minha companheira.

Minha futura esposa.

Eu te amo, Zara.

Agora. Para sempre. Todo o sempre.

Axil

Choraminguei, mordendo o interior das bochechas para não chorar. Então virei o pedaço de papel, reconhecendo de imediato a caligrafia de Dorian.

Axil,

Você quase a destruiu da última vez. Agora, após dois anos, ela finalmente superou você. Não volte a escrever, a menos que seja para torná-la sua esposa. Não apareça a menos que seja para propor um namoro oficial. Vou acabar com você se te ver em minhas terras sem uma promessa vitalícia para essa moça.

Ela é boa demais para você agora.

Dorian

Sorri ao ler o bilhete de Dorian e toda a raiva que pensei que sentiria pelo meu alfa desapareceu. Na marca de dois anos, eu finalmente estava bem. Tinha voltado a sair com outros rapazes e não vivia mais emburrada, odiando minha vida o tempo todo. Dorian tinha razão: receber aquela carta e acabar descobrindo que Axil não podia fazer nada para estar comigo teria me levado ao limite na época.

— Dá para acreditar que ele disse isso para mim? Que acabaria comigo? Um príncipe na linha de sucessão?! — Axil riu a meu lado.

Havia até esquecido que ele estava ali. Baixei a carta, a dobrei e a guardei no bolso.

— Vou ficar com ela. É minha — declarei. Ele não disse nada, apenas concordou com a cabeça. — Por que não me contou que era um príncipe?

Ele suspirou.

— Porque eu não tinha intenção de assumir o trono. Eu não queria que você me visse como alguém que eu não era. Eu não queria nada com esse papel. Só queria você e uma casinha em algum vilarejo qualquer com uma penca de filhos.

Meu coração apertou com a declaração, mas eu precisava de mais informações.

— Então por que desafiou Ansel pelo trono? Se não queria essa vida? Ele suspirou de novo e passou as mãos pelo cabelo escuro.

— Dois anos em cativeiro me deram muito tempo para pensar. Nunca sonhei que meu irmão seria capaz de tamanha crueldade, mas quando vi que ele podia me aprisionar e me controlar por tanto tempo... entendi que não dava para deixá-lo ser rei. Eu e você nunca estaríamos seguros.

Franzi a testa.

— Concordo. Mas então por que deixou seu irmão viver? Se ele estava te controlando contra a sua vontade e você lutou com ele pelo trono e venceu, por que deixá-lo vivo? — perguntei, já que eu o teria matado.

Então seu lobo veio à tona, com olhos brilhando em amarelo.

— A lei dos lobos estabelece que devem sempre existir dois herdeiros da linhagem real vivos. A esposa de Ansel não conseguiu dar a ele um filhote, então tive que deixá-lo viver até que eu pudesse me casar e ter meus próprios filhos.

Fazia sentido, mas meu coração ainda doía pela forma como as coisas aconteceram.

— Já faz dois anos que você é rei. Poderia ter mandado me chamar no dia em que foi coroado. — Eu não parava de procurar motivos para não o perdoar.

— Será que poderia? — questionou. — Assim que me tornei rei, percebi o erro que cometi. O rei só pode se casar durante os Duelos Reais, eu estava de mãos atadas. Parte minha queria que você participasse para se tornar minha, a outra queria que você ficasse nas Terras Planas, onde não se machucaria.

Então ele estendeu a mão e segurou meu queixo, me tirando todo o fôlego.

— Você é minha companheira, Zara. Sei disso desde que tínhamos quinze anos. Você não?

Aquelas malditas lágrimas que raramente apareciam estavam de volta, mas fui logo piscando para afastá-las.

— Eu esperava que sim — confessei, baixinho.

Ele ficou olhando para meu rosto, sem dúvida esperando pelo meu veredicto.

Será que o perdoei?

Meu coração martelava no peito enquanto eu pesava suas palavras na carta, a resposta de Dorian e o convite de Axil para os duelos. Na primeira noite em que me viu, no jantar de inscrição, ele disse que se arrependia de ter me convidado. Porque temia que eu fosse morta e ele tivesse que se casar com outra. Ele fez tudo o que disse que faria quando tínhamos quinze anos, só demorou mais do que eu esperava.

Finalmente olhei para ele.

— Você demorou demais.

Axil desmoronou, afastando as mãos, e concordou, parecendo abatido.

Eu não quis dizer daquele jeito, como se fosse tarde demais. Estendi a mão, segurei seu queixo e passei o polegar por sua barba áspera.

— Eu quis dizer que foi tempo demais sem seus lábios.

Foi como se algo dentro dele ganhasse vida na mesma hora. Ele me puxou ansiosamente, segurando meu quadril e me tirando do chão até eu estar montada nele. Uma gargalhada me escapou. Ele sempre fazia isso, me jogava na grama como se eu não pesasse nada.

Eu adorava. E ainda adorava.

Olhei para ele, meu cabelo caiu como uma cortina a nossa volta enquanto meus lábios pairavam sobre os dele.

— Sonho com você desde o dia em que meu irmão me obrigou a ir embora — confessou.

Meu coração ficou apertado. Todos aqueles anos, fiquei me convencendo de que ele não era meu companheiro, meu futuro marido. Que ele não era o único. Que eu deveria esquecê-lo. Odiá-lo.

— Eu também — sussurrei.

Então nossos lábios colidiram com uma paixão cega. Não foi um beijo de amor adolescente. Não havia um desejo comedido. Eram cinco anos de desejo reprimido. Abri os lábios para nossas línguas se acariciarem ansiosamente e ele se levantou, segurando minha cintura com força enquanto caminhava comigo.

Não precisei perguntar para onde estávamos indo. A cama. Eu poderia acabar morta no dia seguinte ao lutar contra Ivanna, então aquela noite seria só nossa, para compensar todas as noites em que dormimos separados. Ele escorregou os dedos pelas costas da minha túnica enquanto explorava meu corpo. Apertei sua nuca, beijando seus lábios com mais força.

Não havia nada como o primeiro amor. O coração se entregava mais rápido e mais forte, sem restrições, e todo afeto depois não chegava aos pés disso. Axil era o homem com quem eu comparava todos os outros. A figura à qual nenhum outro homem conseguia se igualar. E agora eu tinha a coisa real.

Quando suas pernas bateram em alguma coisa, parei de beijá-lo e vi que havíamos chegado à cama. Sem hesitar, tirei a blusa e deixei os seios expostos. Ele semicerrou as pálpebras, me observando por completo.

Então ele tocou e beijou as sardas da minha clavícula, as mesmas que sempre traçava com o dedo, o mesmo ponto que me assombrou durante anos, toda vez que eu via meu reflexo.

Um delicado punhado de sardas que ele adorava.

— Me perdoe por ter demorado tanto — sussurrou. — Mas prometo passar uma eternidade compensando.

Então caí de costas na cama, tirando a calça, enquanto ele tirava a dele. Tudo o que estávamos fazendo era proibido, e eu não dava a mínima.

Nosso para sempre poderia acabar sendo apenas aquela noite, pois em um dia eu poderia estar indo ao encontro do Criador. Porém, mesmo uma única noite com Axil Lunaferis era melhor do que cinco anos sem ele.

Transar com Axil e depois dormir a seu lado a noite toda parecia algo saído de um sonho. Eu tinha fantasiado com isso incontáveis vezes — na minha adolescência e depois. Ele era muito mais carinhoso do que eu imaginava, mas também apaixonado. Tentei me levantar de fininho e ir embora, mas ele rosnou, e isso me fez sorrir.

— Não se atreva a dormir comigo e sair antes do café da manhã — repreendeu.

Dei risada por estar repetindo meus padrões habituais com os homens. Eu só tinha dormido com outros dois, mas foi casual e não envolveu café da manhã.

— Pois bem, é melhor se apressar, pois tenho que vencer uma luta.

Axil rastejou pela cama e puxou minha mão, me forçando a cair em cima dele, rindo de novo.

Ele traçou o contorno de meu cabelo, me olhando nos olhos com uma ternura que eu não me lembrava de ter visto quando era adolescente. Talvez tivesse sido despertada durante seus dois anos preso. Era como se ele fosse grato pelas menores coisas.

— Tem mesmo.

— Então acha que vou ganhar?

— Já vi você lutar, Zara. Mesmo quando éramos novos, já era a mulher mais forte que conheci. Você é uma sobrevivente. Não tenho dúvidas de que é a mais forte entre as lobas e de que *será* minha rainha.

Eu queria ficar feliz com o elogio, mas, em vez disso, a bile subiu pela minha garganta. Minha mente foi infiltrada por uma imagem da doce Eliza morta a meus pés. Eu sabia que a força física dela não se comparava à minha, mas eu tinha uma fraqueza emocional no que dizia respeito à garota. Minha companheira de alcateia. Minha irmã. Eu nunca poderia lhe fazer mal.

— Preciso treinar — falei de repente.

Ele deve ter notado a mudança no meu humor e me soltou, acenando com a cabeça.

Depois que um criado trouxe o café da manhã, comemos depressa e me despedi de Axil com um beijo. Eu precisava estar com a cabeça no lugar para a luta, e estar perto dele não ajudava. Eu não queria passar tempo demais com meu prêmio antes de ganhá-lo e perder o ímpeto.

◆　◆　◆

— Vamos conseguir — afirmei para Eliza.

Ela concordou, embora parecendo prestes a colocar as tripas para fora.

A multidão tinha se reunido de novo para a nossa luta em duplas. Mais duas mulheres haviam chegado das redondezas pouco antes do horário limite: todas as outras foram consideradas mortas. Agora, quem quer que ganhasse a luta entre Ivanna, Charlize e nós, enfrentaria as que tinham acabado de voltar. Elas estavam desidratadas e feridas, então não seriam grandes adversárias.

Axil estava sentado no trono, bem acima do ringue. Olhei meu irmão nos olhos. Sempre confiei nele para me ajudar e ele sempre me deu conselhos sábios, então me preparei para absorver tudo o que ele diria agora.

— Está entranhada com o cheiro dele — disse meu irmão, olhando para o rei.

Enrijeci com as palavras, corando e me culpando por não ter tomado banho depois de dormir com Axil.

Não era isso que eu esperava ouvir de Cyrus.

Se inclinando para mim, meu irmão sussurrou:

— Use a seu favor. Coloque na cabeça de Ivanna que você já ganhou o rei.

Então ele se afastou e eu engoli em seco, lhe dando um breve aceno de cabeça. Jogos mentais. Sua especialidade. Em vez de provocá-la sobre dormir com seu treinador, eu me gabaria sobre com quem eu estava dormindo. O que poderia dar errado?

O treinador de Eliza pousou as mãos nos ombros dela e nos meus, nos aproximando.

— Usem o vínculo de alcateia e o fato de Eliza ser a maior loba daqui.

Nós duas concordamos: sempre foi nossa estratégia usar o tamanho de Eliza, um poderoso trunfo.

Me virei para ela.

— Você bebe hidromel?

Ela franziu a testa, parecendo confusa.

— Na verdade, não. Sou mais de vinho… quando apropriado, é claro.

Sorri. Ela era adorável e tão certinha.

— Hoje à noite, depois da vitória, vamos ficar tão bêbadas que vamos até esquecer nossos nomes — prometi.

O treinador estalou a língua, reprovando minhas palavras, mas isso fez um sorriso aparecer nos lábios de Eliza, sua ansiedade estava começando a desaparecer.

— Fechado.

Estávamos prontas.

Entrei no ringue e peguei a espada que o conselheiro ofereceu. Eu não seria idiota de recusar uma arma desta vez, não contra Ivanna. Ele mostrou uma para o time adversário e Ivanna também aceitou. Parecíamos ter uma estratégia semelhante. Permaneceríamos humanas e protegeríamos nossa dupla enquanto elas mudavam para a forma de lobo.

O sino ainda não havia tocado, mas levantei a lâmina para sentir seu peso, sem ousar olhar para Axil por medo de perder a concentração. Eu não permitiria que minha mente se abalasse — era hora de ser implacável e impiedosa até aquelas duas ou estarem mortas a meus pés, ou de joelhos, chorando a derrota.

O conselheiro levantou as mãos para acalmar a multidão.

— A luta deve começar na forma humana. Apenas uma de cada dupla pode usar a arma e apenas uma pode se transformar. Isso inclui transformações parciais — avisou, olhando para Ivanna e para mim.

Nós duas concordamos. Ivanna se aproximou de mim, com as narinas dilatadas enquanto parecia me farejar. Seu olhar foi para Axil, depois de novo para mim, e ela rosnou.

• 102 •

Fingi bocejar.

— Estou *tão* cansada. A noite passada foi uma loucura.

Escolhi aquele momento para olhar Axil e lançar uma piscadela para ele, então o sino tocou.

Mal tive tempo de olhar para Ivanna, que já estava partindo para cima de mim com um grito de guerra. Então fiz uma coisa insana, algo que me colocava em risco, mas era para garantir nossa vitória. Levei o braço para trás e arremessei a espada direto na parceira de Ivanna, Charlize, que tentava mudar para a forma de lobo. A lâmina deixou meus dedos e se afundou no peito da garota, derrubando-a no chão.

Ela começou a sangrar na mesma hora, com a espada cravada no coração. Um golpe mortal.

Estávamos na metade do caminho.

Os lobos reunidos foram à loucura com minha jogada ousada, mas não havia tempo para comemorar. Eu agora estava desarmada, Eliza estava no meio da transformação, atrás de mim, e Ivanna estava espumando de raiva e louca para enfiar aquele aço em meu pescoço. Quase não me esquivei a tempo — sua lâmina passou por cima da minha cabeça. Disparei para o abdômen de Ivanna, derrubando-a no chão e rezando para que ela soltasse a espada no processo.

Só que ela não soltou. Quando caímos, ela pegou o cabo da arma e acertou minhas costas várias vezes. Uma dor lancinante explodia das minhas costelas, enquanto eu tentava prender seus braços, mas ela parecia uma fera, me atacando de todos os ângulos.

Rápido, Eliza!

Recuei a cabeça e bati a testa com força na de Ivanna, que gritou de dor, enquanto a multidão gritava em aprovação. De repente, Ivanna levantou os quadris com tanta violência, que fui arremessada para longe dela.

Quando bati no chão, Ivanna tentou puxar a espada caída entre nós duas. Estiquei o braço, peguei um punhado de terra fina e joguei bem no rosto dela. Ela tossiu e cuspiu e eu me esforcei para ficar de pé.

Eliza veio para o meu lado em sua gigantesca forma de lobo, e eu quase suspirei de alívio.

Ivanna estava diante de nós, segurando a espada no alto e piscando sem parar para expulsar a poeira dos olhos.

Eliza então gritou para me alertar, mas eu já tinha visto o que Ivanna ia fazer e me virei para ela, que vinha direto para cima de mim com a espada em punho. Entendi ali que eu teria que me machucar um pouco para Eliza acabar com ela. Ao longo dos anos, eu tinha encerrado centenas de cenários de batalha com meu irmão. Fazíamos exercícios desde que eu era um filhotinho. Fui feita para isso. Mas o cenário que eu enfrentava agora, presa na forma humana, desarmada, com alguém me atacando com uma espada, era o pior.

Controle onde seu oponente te machuca. O conselho do meu irmão veio até mim como se flutuando numa nuvem de lembrança.

Ia doer, mas eu não tinha escolha. Estiquei os braços, segurei a lâmina com os dedos e apertei o mais forte possível para impedir que a arma perfurasse meu estômago. A multidão arfou, e ouvi até Axil no meio dela. Uma dor ardente ganhou vida entre meus dedos e não pude conter um gemido angustiante. Minha loba queria liberdade, mas tive que suprimi-la para cumprir as regras da luta. Meu instinto era largar a espada e dar fim ao sofrimento, mas me forcei a continuar segurando a lâmina para proteger minhas entranhas.

Sustentei o olhar assassino de Ivanna, enquanto ela gritava na minha cara, empurrando o cabo da espada com toda a força. Quando a sombra de Eliza atravessou seu rosto, ela ficou sem reação, e desviei o olhar enquanto Eliza pegava a cabeça de nossa oponente entre as mandíbulas gigantescas e a arrancava do corpo.

O crânio de Ivanna caiu no chão com um baque surdo, mas o corpo permaneceu ereto por um instante, me horrorizando.

Soltei a lâmina, com as mãos ensanguentadas e trêmulas, e assisti a suas pernas finalmente dobrarem e seu cadáver cair no chão.

Os costumes do nosso povo perduravam havia séculos. Eram brutos, animalescos e instintivos, mas não evitaram que a cena me traumatizasse.

Olhei para Eliza, para o sangue escorrendo de sua boca, e li o horror em seu semblante. Havíamos sobrevivido, mas não seríamos as mesmas de agora em diante.

Nem todo o hidromel do reino apagaria aquela lembrança de nossa mente, mas eu com certeza ia tentar. A multidão cantava nossos nomes, e de repente Cyrus estava ali, enrolando panos limpos em volta de minhas mãos, enquanto Eliza voltava a sua forma humana. Me encolhi de dor enquanto era enfaixada, os pedaços de pele sendo pressionados sobre as palmas das mãos diceradas. Então voltei o olhar para Axil. Havia orgulho em seus olhos, embora misturado com outra coisa.

Medo.

O que ele temia? Com meus ferimentos, nossa próxima luta seria árdua, mas ouvi dizer que as mulheres estavam quase mortas, então não seria tão difícil.

Axil pigarreou para fazer um anúncio, e os lobos ficaram quietos.

— A terceira equipe, que voltou das Terras Mortas e deveria lutar contra as vencedoras, fugiu para a Montanha Cinzaforte, perdendo, assim...

Uma onda de vaias ecoou pelo espaço e um choque me percorreu.

— Elas agora são párias e serão despedaçadas se um dia retornarem. Isso faz de Eliza e Zara nossas duas últimas campeãs.

Agora eu entendia por que ele parecia assombrado.

Meu estômago revirou, e eu entendi que minha próxima luta seria contra ela. Minha irmã de alcateia.

Não.

Eliza pareceu se dar conta ao mesmo tempo.

— Eu não vou — disse ela, baixinho a meu lado.

Meu irmão enrijeceu e eu balancei a cabeça.

— Eu também não. Não pense nisso agora. Por ora, va-mos comemorar.

Ela fez que sim, mas meu mal-estar não me abandonou.

Então o hidromel começou a jorrar, as alcateias de todos os cantos do reino foram derramando o néctar na minha garganta, já que eu não conseguia usar as mãos enfaixadas.

De hora em hora, Eliza e eu éramos levantadas e levadas pelo mar de tendas, enquanto todos gritavam "campeãs".

No quarto litro de hidromel, Eliza e eu estávamos rindo de qualquer besteira. Axil até havia se juntado ao grupo reunido perto da fogueira em frente a minha tenda. Era difícil ficar bêbada quando podíamos mudar de forma: metabolizávamos tudo muito rápido, mas agora eu estava de fato tonta.

— Foi genial quando você jogou terra nos olhos dela! — exclamou uma lobinha. — Vou usar esse truque um dia quando for escolhida campeã.

Sorri para ela.

— Vamos tratar de arranjar um bom treinador para você. — Tentei controlar a fala arrastada.

A menina acenou com a cabeça e sua mãe me deu um sorriso astuto, avisando à criança que era hora de dormir.

Depois de mais duas horas, quase todo mundo já tinha ido dormir. Eliza, Cyrus, Axil e eu estávamos pisoteando ao redor do fogo, entoando canções antigas e sacudindo nossas canecas de hidromel pela metade. Tudo parecia entorpecido e bom e a gaze encharcada de sangue em minhas mãos era uma lembrança distante. Alguns lobos da minha alcateia estavam tocando tambores quando Axil me convidou para dançar.

Eliza sabia que meu coração pertencia a ele, então eu sabia que ela não se importaria se dançássemos. Embora as relações com o rei fossem proibidas, com certeza uma dança não provaria nada a ninguém.

Joguei os braços em volta de seu pescoço, tomando cuidado com as mãos enfaixadas, enquanto ele segurava minha cintura e dançávamos ao som da música. Com o hidromel correndo nas veias, eu não tinha mais nenhum filtro para temperar as palavras.

— Eu nunca deixei de te amar — sussurrei em seu ouvido, enquanto ele me segurava firme. — Mesmo quando eu te odiei, eu te amei.

Meu coração tinha um buraco do tamanho de Axil que nunca seria ocupado por ninguém, exceto ele.

Ele roçou os lábios na minha orelha.

— E eu te amei desde aquele primeiro dia no acampamento, Zara — disse ele, e senti um friozinho na barriga. — É por isso que você precisa matar Eliza amanhã.

Meu corpo ficou rígido e me afastei com os olhos arregalados. Quando comecei a sacudir a cabeça com força, Axil colou a testa na minha.

— Só a última loba viva poderá ser minha esposa, Zara.

Todo o hidromel de repente pareceu deixar meu organismo. A sobriedade, misturada com o horror, tomou seu lugar.

Será que eu seria capaz de matá-la para ficar com o amor da minha vida?

Olhei para o outro lado do fogo e vi Eliza rindo com meu irmão mais velho. Ela era tão despreocupada, seu sorriso tão verdadeiro e sua risada tão cheia de inocência. Ela não foi feita para a competição e, ainda assim, de alguma forma, lutou até chegar ao topo.

Uma irmã por um marido?

Afastei as mãos do pescoço de Axil e recuei um passo.

— Estou morta de cansada. Preciso dormir um pouco.

A preocupação tomou conta de seu rosto e ele acenou com a cabeça.

— Quer vir para o meu...

Balancei a cabeça.

— Vou dormir com minha alcateia. Última noite.

Na noite seguinte, ou estaria morta, ou seria sua esposa.

Ele concordou, engolindo em seco. A risada de Eliza se desfez quando ela olhou para mim.

— Já vai dormir?

— Estou exausta — menti.

Eu provavelmente não pregaria os olhos, sem saber se conseguiria matar alguém de quem me aproximei tanto.

Ela franziu a testa. A tensão da nossa realidade pairava no ar como algo tangível. Axil deu dois passos em direção a Eliza.

— Venha me ver amanhã bem cedo, Eliza. Vou quebrar seu vínculo temporário com a alcateia e te levar de volta para a alcateia da Montanha da Morte.

Temporário? Doeu, mas eu sabia que precisava ser feito. Eu não poderia lutar contra uma companheira de alcateia até a morte. Seria loucura.

Com o rosto todo desprovido de emoção, ela apenas concordou.

As batucadas haviam parado e meu irmão pareceu perceber o desconforto no ar.

— Bem, é melhor todo mundo ir dormir. Boa noite, pessoal — disse aos que ainda estavam perto da fogueira, depois caminhou até mim e me empurrou até nossa barraca.

Quando olhei para meu irmão mais velho, com lágrimas nos olhos, fiquei surpresa ao ver que ele também parecia comovido.

— Não posso, Cyrus — choraminguei.

Ele soltou um suspiro trêmulo.

— Mas precisa, Zara.

Eu nunca quis isso, matar alguém de quem eu gostava!

Atravessei a tenda e afundei na rede, cobrindo o rosto com o cobertor de pele para poder me esconder do mundo.

Não era justo e eu não podia fazer isso. Ouvi o assobio do fogo quando meu irmão o apagou com um balde d'água, então meus companheiros de alcateia sussurraram ao se desejarem boa noite. Mesmo com todos se acomodando nas redes, continuei acordada, o efeito do hidromel completamente morto graças a minha rápida capacidade de cura. Minhas mãos quase não doíam mais, já se recuperando, mas minha mente estava um caos. Eu não parava de pensar em Axil e em nossa história de amor. Quem conhece o companheiro aos quinze anos? Então minha mente trazia as lembranças de Eliza à tona. Pensava em como ela não tinha feito nada além de me proteger e cuidar de mim desde que cheguei ali. Em como ela precisava de mim.

Como Axil havia dito, eu não era nada senão fosse leal. Mas a que deveria ser leal? Meu amor por Axil? Ou por Eliza? Fiquei me revirando por horas, muito depois de Cyrus e os outros caírem num sono profundo e começarem a roncar.

Fiquei ali deitada, minha mente a mil, enquanto eu olhava pela abertura da tenda e fitava a lua.

Criador, me ajude.

Então rezei pela primeira vez em muito tempo. Era demais para suportar.

9

Eu sabia que não conseguiria dormir e já estava conformada, então fiquei acordada esperando as horas passarem. Quando ouvi passos do lado de fora, abri os olhos e vi uma sombra cruzar a tenda. De repente, Eliza estava parada na entrada. Por um segundo irracional, pensei que ela iria me matar antes de nossa luta e dei boas-vindas a isso.

Tome a decisão por mim e acabe com tudo, implorei.

Mas ela não só não tinha uma arma, como parecia estar chorando. Caminhou até minha rede olhando para mim.

— Não consegue dormir? — sussurrou.

Balancei a cabeça, e ela acenou para que eu saísse e fosse atrás dela. Me sentei, saí da rede e a segui pela noite fria e fresca. Tive que fechar minha capa de pele para me manter aquecida.

— O que foi? — perguntei, rezando para ela não implorar para que eu poupasse sua vida.

Ela se virou para mim com uma calma estranha.

— Dei adeus para minha família um tempo atrás e tentei fugir para a Montanha Cinzaforte — declarou, categórica.

— Você fez o... o que aconteceu? — Olhei para ela com mais atenção agora, notando algumas manchas de terra e cortes em seus braços.

Ela suspirou.

— Os conselheiros cercaram toda a montanha de Guardas Reais. Depois que as outras duas moças fugiram, ninguém mais consegue sair. Eles querem a última luta, querem a rainha.

Meu coração se partiu. Eliza havia tentado fugir para me dar uma chance de vencer sem que ninguém tivesse que morrer. E fracassou.

— Eliza, eu não posso…

Ela levantou a mão e finalmente me olhou nos olhos.

— Nunca esperei chegar tão longe — começou com um sorriso. — Minha família entende a situação, então amanhã vou desistir.

Meus olhos se arregalaram.

— Não pode fazer isso, vão massacrar você!

Ela olhou para o interior da barraca e me puxou para mais longe para que eu não acordasse ninguém.

— *Eu* vou desistir — afirmei com ousadia.

— Aí *você* seria massacrada e *eu* me casaria com Axil. Quer mesmo que eu durma com ele pelo resto da vida? — Um grunhido escapou da minha garganta e a fez rir. — Foi o que pensei. Vocês são companheiros. É a mais forte de nós duas. *Merece* ser a rainha.

Um soluço inesperado agitou meu corpo, e ela me puxou para um abraço apertado. Então chorei pelo que pareceu ser a décima vez desde que havia chegado àquela maldita montanha. Eliza continuou me abraçando forte, mantendo a compostura o tempo todo.

— Você está tão calma — observei ao me afastar.

— Estou em paz com a situação, Zara. Vamos, quero te mostrar meu cantinho preferido da cidade. Quando for rainha, você vai poder ir lá ver o sol nascer e se lembrar de mim.

Enlaçando o cotovelo no meu, ela me puxou, embora minha mente ainda estivesse tentando entender tudo.

Me lembrar dela.

Eliza queria que eu me lembrasse dela porque ia morrer? Caminhei em um silêncio entorpecido a seu lado enquanto contornávamos o castelo e subíamos a montanha atrás dele. Ela já tinha feito as pazes com a reação de sua própria alcateia? E eu deveria ficar de braços cruzados, assistindo acontecer?

— Eliza…

— *Shh*, quero que minha última noite seja feliz — me interrompeu. Mais um soluço ficou preso na minha garganta. Caminhamos de braços dados, passando por alguns Guardas Reais por uns bons vinte minutos, até chegarmos a um banco plano de pedra, onde nos sentamos para admirar o luar que iluminava a vasta extensão de terra.

Estava escuro, visível apenas pela luz da lua, e ainda assim era lindo. Daquele ponto era possível ver dezenas de guardas patrulhando todo o perímetro da montanha. Estávamos mesmo presas ali. Nosso destino estava selado.

— Que bom que será você — disse Eliza de repente, me assustando, pois estávamos sentadas uma ao lado da outra em silêncio já há algum tempo.

Olhei para ela e notei que estava admirando o castelo e a extensão da cidade além dele.

— Que bom que será você a rainha do nosso povo.

Eu não sabia o que dizer, ainda incerta quanto a aceitar o que ela estava fazendo. Perder para mim e ser esquartejada? Tinha que haver outra maneira.

— Quem sabe se as duas moças que fugiram não fossem encontradas...

Eliza estendeu a mão e apertou meus dedos para me acalmar, depois se recostou na pedra. Eu a imitei, me deitando de costas e olhando para as estrelas.

— Quando eu era mais nova, era difícil fazer amigos. Sabe como é ser uma dominante — recomeçou.

Fiz que sim, porque eu sabia. As outras dominantes nos viam como competidoras e as submissas tinham medo demais de ficar muito tempo por perto. Acabávamos passando a maior parte da vida com os homens, mas mesmo assim era solitário.

— Nunca senti que pertencia a este lugar, mas quando você me levou para a alcateia das Terras Planas... é difícil descrever. — Ela estava sorrindo com melancolia para as estrelas. — Senti, pela primeira vez, como se tivesse uma família e uma irmandade *de verdade*. — Então ela apertou minha mão.

Eu odiava tudo isso. Odiava que ela estivesse se despedindo.

— Vou dar um jeito — prometi, mesmo sabendo que era mentira.

O que havia para ser feito? Descontinuar uma tradição de mais de mil anos? Nós duas seríamos destroçadas. O povo lobo precisava de uma rainha forte e era assim que a escolhiam. Eu era tão vítima das circunstâncias quanto Eliza.

Continuamos de mãos dadas, enquanto a noite se arrastava e o sono pesava meus braços e pernas. Devia estar faltando apenas algumas horas para o pôr do sol, mas dava para sentir a exaustão me oprimindo. Quando a respiração de Eliza se aquietou, fechei os olhos apenas por um segundo e adormeci.

— Acorda. Olha!

Com a voz de Eliza se infiltrando em minha consciência, abri os olhos. Por um instante, fiquei desorientada, me perguntando onde estava e por que estava sendo acordada. Eu poderia facilmente dormir mais dez horas. O torpor me deixava pesada, mas logo me lembrei de que havia adormecido na pedra com Eliza e que naquele dia teríamos nosso embate.

Me sentei de repente e engasguei ao ver o que estava diante de mim. O reino antes banhado pela escuridão agora estava coberto de tons alaranjados e cor-de-rosa por todo o horizonte. A luz do sol se esparramava pela terra a perder de vista e eu fiquei chocada com a extensão do que era possível ver dali. Dava quase para avistar a fronteira das Terras Planas ao longe.

Olhei para Eliza e notei uma única lágrima rolar pelo seu rosto. Ela era tão cheia de vida e inocência, eu não podia permitir que isso se extinguisse. Foi naquele momento que percebi que ela seria uma rainha incrível. O amor pelo povo e pela terra era exatamente o que uma rainha deveria ter. Estendi o braço e apertei a mão dela, aceitando meu próprio futuro assim como ela havia feito.

— Não é lindo?

— De tirar o fôlego — concordei.

Ficamos sentadas em silêncio por mais alguns instantes, então as pessoas começaram a se movimentar lá embaixo, acendendo o fogo e preparando o café da manhã.

— Axil queria me ver — disse ela.

— Vou com você.

Nos levantamos e começamos a descer a montanha, passando pelos guardas, que nos observavam com cuidado com uma das mãos na espada na cintura.

Quando chegamos às portas de entrada do castelo, o guarda se afastou sem questionar e nos deixou entrar. Fomos instruídas a ir até o refeitório, onde encontramos Axil sentado diante de um prato de comida intocado.

Pelo visto, não éramos as únicas preocupadas com a batalha que estava por vir. Eliza era uma loba da alcateia *dele*; ele tinha crescido com ela. Saber que eu precisaria matá-la para ficar com ele não deve tê-lo agradado muito.

— Eliza, Zara, obrigado por virem. — Ele forçou um sorriso no rosto enquanto nos aproximávamos.

Eliza parou diante dele e estendeu o pulso.

— Acho que será mais fácil para todos nós se eu voltar para a alcateia da Montanha da Morte antes da luta.

O sorriso falso de Axil vacilou, mas ele concordou.

— Concordo.

Então olhou para mim, como se perguntando se estava tudo bem por mim. Era difícil explicar, mas me senti como a alfa de Eliza. Eu não sabia bem como funcionava, já que Dorian era meu alfa, mas... ela parecia *minha*.

Mordi o interior da bochecha e concordei. Por algum motivo, fiquei triste. Eu não queria sentir o vazio deixado por ela, o mesmo vazio que qualquer membro da alcateia deixava quando se casava e se juntava a outro bando. Mas ela... era minha, eu a havia reivindicado e lutamos juntas para sobrevivermos nas Terras Mortas.

Axil transformou os dedos em garras e os arrastou pelo braço dela, forçando o sangue a subir à superfície. Então ele arranhou o próprio braço, misturando o sangue.

Meu coração estava desenfreado no peito. Pude sentir a hesitação de Eliza. Ela também não queria fazer isso. Embora parecesse certo ela ser das Terras Planas agora, eu a tinha tornado irmã de alcateia sem a permissão de meu alfa ou dela mesma, então sabia que isso deveria ser feito.

Axil murmurou baixinho e senti um aperto repentino e agudo no coração. Quando Eliza engasgou, vi que ela tinha sentido o mesmo.

As sobrancelhas de Axil estavam juntas no centro da testa. Ele murmurou mais palavras e outra vez senti aquela pontada no coração, mas Eliza ainda estava lá. Senti sua força e inocência.

Então Axil soltou um suspiro trêmulo e olhou para mim.

— O vínculo de vocês é muito forte. Não posso aceitá-la de volta.

Eliza estava com uma expressão resignada no rosto, mas eu fiquei horrorizada com tudo isso. Mais uma prova de que éramos família agora.

— Pode nos dar um momento a sós? — perguntei a ela.

Ela fez que sim, apertando meu ombro ao se afastar.

— Vou falar com meus pais e minha irmã uma última vez e te encontro no ringue.

Senti a bile subir à garganta, e com isso ela saiu. Assim que a porta se fechou, corri para Axil.

— Não posso, Axil. E não vou. Eu te amo, mas não posso matá-la.

Ele engoliu em seco, balançando a cabeça.

— Ela vai desistir.

Congelei.

— Como você sabe?

— Ela veio falar comigo ontem à noite e me contou. — Ele também parecia horrorizado. — Não consegui dormir desde então. Nunca esperei que ela chegasse tão longe, para falar a verdade. Você a fortaleceu, a transformou numa candidata forte.

Sim, tornei. Eu prolonguei o inevitável. Que estupidez.

— Você pode... sei lá, conversar com os conselheiros? Axil, ela é minha companheira de alcateia, os duelos devem ser com uma mulher de cada alcateia.

Ele não me encarou, ficou apenas encarando o prato.

— Eu tentei. Uma hora atrás. Disseram que a mais forte deve ser a rainha e é por isso que os duelos foram concebidos dessa forma. O povo não aceitará nada menos.

Esfreguei a nuca.

— E se você cancelar? Não se casar? Não preciso ser rainha, posso só ser sua amante, em segredo.

Axil me puxou para seus braços e minha garganta ficou apertada.

• 114 •

— Eles não vão me deixar ser rei sem uma rainha e, com o tempo, um herdeiro.

Certo. A linhagem deve continuar.

Deixei que ele me abraçasse, liberando toda a tensão que carregava desde que Eliza e eu matamos Ivanna e Charlize. Não importava o que acontecesse ou fizéssemos, Eliza ou eu morreríamos naquele dia.

— Será que não dá para instaurar uma lei que permita perder, mas continuar viva?

Axil me olhou como se eu fosse uma criancinha.

— Mas a lei *é* assim. Foram as pessoas que começaram a matar integrantes da alcateia por desistência.

Eu me sentia num beco sem saída.

Me afastei e finalmente o forcei a me olhar nos olhos.

— Me diga o que fazer — implorei.

Deixá-la desistir? Eu mesma desistir? Tentar fugir e deixar os guardas me matarem? Eu só precisava que outra pessoa tomasse a decisão por mim, me livrar do fardo. Ele franziu a testa.

— Você a ama de verdade, não é? Como a uma irmã?

— Eu nunca deveria ter feito amizade com ela, mas agora é tarde demais. E ela salvou minha vida lá nas Terras Mortas. Ela é tão leal e inocente...

Ele estendeu a mão e traçou meu lábio inferior, me interrompendo.

— Sou egoísta. Quero que você seja minha esposa e rainha, então não me pergunte o que deve fazer, pois vou decepcionar você.

Franzi a testa com a confissão, mas apreciei a honestidade.

Ele traçou meu queixo com o dedo.

— Faça o que puder e eu vou garantir que fiquemos juntos.

Mordi o lábio. Como Axil podia ter certeza de que ficaríamos juntos se eu desistisse e fosse destroçada pela minha alcateia? Ele estava iludido com um cenário que não existia.

Eu sabia que precisava dar o fora dali, mas ainda não estava pronta para dar adeus a Axil. Eu queria que tivéssemos tido mais tempo, mais beijos, mais tudo.

Porque por mais que o amasse e quisesse ficar com ele, eu não podia de jeito nenhum deixar Eliza morrer por minha causa. Eu desistiria, a multidão me despedaçaria e Eliza seria rainha. Será que Axil a amaria como me amou? Não. No começo não, mas eu esperava que eles pudessem aprender a se amar a sua maneira e ter algum tipo de companheirismo.

Não havia palavras para a situação, então deixei meu corpo falar. Segurei Axil pelo queixo e puxei seus lábios para os meus. Seu corpo respondeu de imediato e ele apertou meu quadril, me pressionando com força contra ele. Abri a boca e o deixei deslizar a língua pela minha, e meu coração doeu naquele momento. Beijá-lo era como respirar, eu não sabia como tinha passado tanto tempo sem isso, sem ele. Minha adolescente interior apaixonada rezava em segredo por esse momento. Pela nossa reunião, mas agora... era o fim.

Uma única lágrima rolou pelo meu rosto e caiu em nossos lábios fechados, traçando nosso beijo e selando-o para sempre.

Então Axil enrijeceu.

Ele sabia.

Ele sabia qual seria minha escolha.

Me afastando, beijei seu nariz e abri um sorriso triste.

— Eu te amo, Axil Lunaferis. Agora. Sempre. Até o fim dos tempos.

Recuei um passo, ele tirou as mãos de mim e seu rosto foi ficando frouxo. Eu não conseguia mais olhar para ele, então dei meia-volta e saí, me afastando como ele havia se afastado de mim quando eu tinha quinze anos.

Eu queria chorar, mas era uma fraqueza que não podia me permitir agora. Era preciso entrar no meio daquela multidão e parecer o mais forte possível. Sendo assim, guardei todas as emoções conflitantes e atravessei os corredores rumo à saída. Quando me aproximei da tenda de minha alcateia, senti as pernas fraquejarem.

— Zara! — Oslo correu na minha direção e se chocou contra minha barriga, passando os braços pela minha cintura.

Não. Ele não. Procurei pela multidão em frente à tenda e vi que Dorian, Amara e quase toda a alcateia estavam presentes.

Não.

Oslo recuou e olhou para mim.

— Surpresa em ver a gente? — perguntou com um sorriso radiante.

Eu estava em choque, com o coração palpitando enquanto imaginava meu irmão mais novo vendo Dorian dilacerar minha garganta.

Eu não conseguia falar.

Foi quando Dorian me viu e sorriu.

— Quando soube que você tinha chegado à final, tive que vir.

Ele se aproximou e me levantou no ar. Em geral eu sorriria ou diria algo sarcástico, mas ainda estava sem palavras.

Então Dorian sentiu a inquietação na minha alma. Ele me colocou no chão, franzindo a testa, e olhou em meus olhos.

— Tudo bem aí, lobinha?

Engoli em seco, olhando angustiada para meus companheiros de alcateia.

— Vamos dar um pouco de espaço para eles — disse Amara.

A alcateia saiu de perto da fogueira, me dando tapinhas nas costas ao passarem.

Quando restavam apenas Cyrus e Dorian, olhei bem nos olhos de meu alfa.

— Ficou sabendo que eu trouxe uma das moças para a alcateia das Terras Planas para sobreviver?

Ele fez que sim.

— Eu senti. Ainda sinto. — Bateu no peito.

Eu já imaginava.

— Axil tentou romper o vínculo hoje de manhã e aceitá-la de volta, mas não conseguiu. Está forte demais.

Cyrus soltou um palavrão e esfregou a nuca com ansiedade, mas Dorian apenas acenou com a cabeça.

— Entendo.

Entendia? Será que ele sabia o que eu estava prestes a fazer?

Ele abriu a boca para falar, mas meu nome foi chamado e ele se virou para olhar. Um dos conselheiros mais velhos estava atrás de mim com dois guardas.

Estava na hora. Dorian logo descobriria meu plano, de qualquer forma. Melhor não o preocupar.

Então me virei e puxei o grande alfa para um abraço.

— Você é um bom homem, Dorian, e foi um *ótimo* alfa — sussurrei em seu ouvido enquanto ele me abraçava apertado.

Quando me afastei, ele pareceu surpreso com minhas palavras, com as sobrancelhas franzidas, confuso.

Fui até meu treinador, meu irmão mais velho, e o puxei para um abraço também.

— Não deixe Oslo ver. Mantenha ele na tenda — pedi.

Ele acenou com a cabeça em meu ombro. Cyrus também não fazia ideia do meu plano, mas sabia que eu sempre protegia nosso irmão mais novo e deve ter apenas pensado que eu só não queria que ele me visse ferida ou matando Eliza.

Depois de dar as costas para minha alcateia, segui os guardas até o ringue. Eu mal tinha pregado os olhos, não havia comido e a náusea revirava meu estômago ao som da multidão entoando meu nome. Levantei o rosto e vi Axil sentado no trono, usando a coroa de lâminas afiadas do rei lobo. Seu irmão Ansel estava ao lado, olhando para mim com a esposa Jade.

Ansel ficaria satisfeito em ver que não terminaríamos juntos. Seu irmão mais novo e rei não se casaria com um lixo das Terras Planas, afinal.

Voltei a atenção para o centro do círculo de terra e vi Eliza, ereta e sorridente para mim.

— Não há regras para a luta! Vale tudo! — gritou o conselheiro mais velho atrás de mim.

Fui até Eliza e coloquei as mãos em seus ombros.

— Seja boa com ele — falei.

Ela franziu a testa, confusa com minhas palavras, então o sino tocou e eu girei, lhe dando as costas.

Ergui o queixo e levantei a voz para que todos ouvissem.

— Não tenho dúvidas de que sou a loba mais forte deste ringue, mas Eliza Green é minha companheira de alcateia! Forjamos um vínculo tão forte que nem o rei conseguiu desfazê-lo.

Ouvi as exclamações de surpresa dos espectadores, até uivos conforme as pessoas fechavam o cerco, entendendo o que eu estava prestes a fazer.

— E embora eu ame aquele homem desde os quinze anos — continuei, apontando para Axil —, não posso fazer mal a uma irmã de alcateia.

Eliza colidiu contra mim ao me abraçar por trás, aos prantos.

— Não — implorou, mas a ignorei.

— Eu, Zara Lua de Sangue, da alcateia das Terras Planas, desis...

— Eu renuncio ao cargo de rei! — bradou Axil, interrompendo meu discurso.

Todo o meu corpo ficou mole. Eu mal conseguia me manter de pé com o choque que me percorria. A multidão teve a mesma reação, titubeando, arfando, vaiando e gritando.

Dorian ficou tão perplexo com a declaração do rei que desviou a atenção de mim e nós dois encaramos Axil.

— A lei estabelece que os Duelos Reais devem cessar se o rei renunciar ao dever e entregar a coroa — prosseguiu Axil, então desceu do trono e foi até o irmão e a cunhada. — Ansel estava imóvel como uma cobra antes de dar o bote. Axil o encarou e respirou fundo. — Devolvo a você o título de rei alfa se deixar eu e Zara partirmos juntos. Nunca mais vai me ver.

Foi quando me dei conta de que ele havia planejado aquilo o tempo todo, que ao menor sinal de que eu poderia perder, ele estava pronto para fazer aquilo. Sua voz não vacilou, ele estava tão tranquilo, era como se tivesse planejado por meses.

As vaias da multidão ficaram mais altas e eu não sabia se era porque eles nunca gostaram de Ansel e não o queriam como rei outra vez, ou se odiavam o ato de fraqueza que era renunciar. Como lobos, lutávamos pelo domínio, não o entregávamos. Mas com um rei sem herdeiro, era preciso ter pelo menos dois da linhagem real vivos até que Ansel tivesse um filho.

— Dou minha palavra — disse Ansel, olhando para os conselheiros reais, que concordaram um por um, e eu fui tomada de alívio.

Após um aperto de mão entre os irmãos, Axil tirou a coroa de lâminas da cabeça e cortou o braço com a ponta afiada. Ansel fez o mesmo e os dois compartilharam sangue na lâmina.

Naquele momento, soube que o poder de controlar todos os outros lobos tinha acabado de passar para Ansel. Agora ele era rei.

Ansel sorriu ao pegar a coroa e colocá-la na cabeça. Axil apenas acenou com a cabeça e se afastou do irmão como se não tivesse acabado de renunciar a um reino inteiro e um direito de nascença!

Olhei para Dorian com os olhos arregalados, me questionando se ele me deixaria me safar assim. Ele devia saber o que eu estava prestes a fazer: desistir como uma covarde. Além disso, fugir com Axil significava abandonar a alcateia. Eu precisaria de permissão para isso.

Mas havia uma doçura no olhar de Dorian, algo que costumava lhe faltar. Com seu breve aceno de cabeça, corri para Axil, que me levantou do chão, me girando.

As vaias ficaram mais altas e a multidão se aproximou. Eles queriam a luta que lhes havia sido prometida, não uma desistência e a renúncia do rei mais forte.

• 120 •

Ansel era um governante decente, mas agora mancava, o que era visto como uma fraqueza, além de ser um pouco cruel, na minha opinião.

— A gente precisa dar o fora daqui — sussurrou Axil. — Podemos ir para Fadabrava. Lucien vai esconder a gente.

Lucien Almabrava? O rei feérico?

Apenas concordei com a cabeça, tentando processar tudo, enquanto abríamos caminho pela multidão e Eliza, Cyrus, Dorian e o resto de minha alcateia mantinham a horda sob controle.

— Não queremos Ansel como rei! — protestou alguém.

— Seus covardes! — vociferou outro.

— Rei covarde!

— E rainha covarde!

Rainha covarde — eu tinha ganhado um apelido antes mesmo de me tornar rainha. Devia ser algum tipo de recorde.

Mas a multidão parecia dividida, pois para todas as pessoas que tentavam nos empurrar e atacar, o mesmo número ou mais as tiravam do caminho.

— Deixem os dois irem embora!

— Eles têm honra!

— Ela foi leal à irmã de alcateia!

— Eles são companheiros!

Absorvi tudo o que acontecia no caminho até a orla da floresta e a incerteza que havia além. Fugir para Fadabrava, então? Deixar nossa espécie e as terras de Lunacrescentis para sempre? Parecia tão errado e, ao mesmo tempo, quando Axil entrelaçou os dedos nos meus, tão certo.

Eu não havia desistido de fato. Eliza não seria prejudicada. Axil não era mais rei, mas estaríamos juntos. Então por que alguma coisa parecia errada, como se eu estivesse deixando uma coisa importante para trás?

Assim que pensei em Oslo, ele gritou meu nome.

Dei meia-volta, soltando a mão de Axil. Meu irmão mais novo se chocou contra mim e eu passei os braços em volta dele.

— Me leva com você. Por favor, eu imploro — suplicou, com lágrimas nos olhos.

Olhei para Axil, sem saber o que ele pensaria de tudo isso. Ele sabia que meu irmão era quase um filho para mim e que eu o havia criado depois que meus pais morreram.

Axil simplesmente concordou, e uma onda de alívio tomou conta de mim. Então olhei para Cyrus e Dorian, que nos flanqueavam para manter a multidão afastada, e os dois baixaram o queixo, indicando que concordavam.

— Tudo bem, você pode vir — respondi.

Oslo se afastou de mim com um sorriso, secando os olhos marejados.

Eu amava demais esse garoto. Axil teria que endurecê-lo por mim, considerando como meu coração era mole quando se tratava dele. Ele me lembrava muito de nossa doce mãe.

Eliza me puxou para um último abraço.

— Adeus, irmã — sussurrou com a voz embargada.

Então a senti por meio do nosso vínculo e de todo o amor e respeito que ela tinha por mim.

— O que você vai fazer?

Ela deu de ombros.

— Quem sabe partir para as Terras Planas e me casar com um de seus lindos companheiros de alcateia solteiros?

O comentário me arrancou uma risada e fez tudo parecer um pouco mais leve. Eu teria que encontrar uma maneira de me comunicar com ela. Nunca imaginei que Axil renunciar ao trono e fugir comigo seria uma possibilidade.

Então senti a urgência de Axil; a multidão estava se agitando e precisávamos ir embora antes que começasse um tumulto. Com isso, ele apertou uma de minhas mãos mais uma vez, e a outra dei para Oslo. Começamos a caminhar juntos pela floresta rumo a nosso futuro incerto.

Estávamos a cerca de dez passos floresta adentro quando meus músculos se contraíram de repente e senti como se tivesse batido numa parede. Parei abruptamente, ofegando com o peso de um poder desconhecido que assumia o controle de meus braços e pernas. Eu sabia, pelo som que ouvi ao lado, que o mesmo havia acontecido com Axil.

• 122 •

— Não — sussurrou, esticando lentamente o pescoço para mim com os olhos arregalados.

Oslo também me olhou, confuso. Engoli em seco.

— Corra — falei para Oslo, soltando sua mão.

— Achou mesmo que eu deixaria vocês irem embora? — A voz de Ansel ressoou atrás de nós. Então, sem fazer nenhum esforço, me virei para encará-lo.

Como uma loba dominante, ser controlada por outra pessoa era meu pior pesadelo. Rosnei, cerrando os punhos e grunhindo, mas não adiantou. Ele tinha poder total sobre mim.

A multidão dispersa apareceu de repente atrás de Ansel, incluindo meu irmão Cyrus. Procurei feito louca por Eliza e Dorian.

Por que eles não estavam ali? Será que tentaram lutar contra o rei e...

O alívio me dominou quando os vi acenando para Oslo e olhando preocupados para o novo rei. Oslo, sabiamente, saiu do meu lado. O rei Ansel o deixou partir. Um pequeno ato de misericórdia.

— Dei o que você tanto queria — rosnou Axil a meu lado. — Nos solte.

Ansel estreitou os olhos.

— Achou que eu queria que você me entregasse minha coroa? — esbravejou. — Com o coração disparado, me esforcei ante a força invisível que me dominava, mas sem sucesso. — Deveria ter me matado quando pôde, irmão — sussurrou Ansel e eu rosnei.

Ansel virou a cabeça na minha direção e sorriu, fazendo minha espinha arrepiar. O que mais me assustou foi ver a falta de humanidade em seus olhos.

— Você me deu sua palavra! — rugiu Axil, seus pelos já ondulando sobre a pele, embora sendo forçado a permanecer em pé.

Ansel jogou a cabeça para trás e riu com um som oco e vazio.

— E você foi um tolo em acreditar em mim.

O novo rei lobo então se virou para uma fila de Guardas Reais e inclinou a cabeça.

— Levem meu irmão e a *amante* dele para a masmorra.

Axil e eu trocamos um olhar. Ele parecia desprovido de qualquer emoção, provavelmente entregue às lembranças sombrias que havia guardado de seus dois anos na prisão.

Isso não era nada bom. Ansel podia fazer isso? Ele tinha dado sua palavra diante dos conselheiros. No entanto, esses mesmos conselheiros apenas continuaram atrás dele, cabisbaixos. Ele os estava controlando também? Se sim, era proibido. Os conselheiros impediam o rei de fazer péssimas escolhas: eles jamais deveriam ser controlados.

Eliza, Cyrus e Dorian olharam para Ansel quando ele passou. Então meus pés foram impelidos a avançar. Eu era como uma marionete, colocando um pé na frente do outro enquanto seguia o rei. Eliza rosnou baixo quando Ansel passou, fazendo-o parar e olhar para ela.

— Ajoelhe-se — provocou, fazendo-a abaixar a cabeça e cair de joelhos com força.

Ansel estava abusando do poder. Não era para isso que a magia do rei deveria ser usada, e sim para resolver conflitos e comandar tropas em tempos de guerra a fim de lutarmos como se fôssemos um. Jamais uma coisa dessas.

Eu queria gritar, queria chamar Ansel de monstro, mas eu sabia que a vida de Axil e a minha estavam nas mãos dele, então fiquei de boca fechada.

Não era assim que eu esperava que o dia terminasse.

Estávamos pendurados como presas que acabaram de ser caçadas, suspensos pelas mãos, algemados, os pés mal tocavam o chão. Uma coleira havia sido fechada em volta de meu pescoço e, presa a ela, uma guia de metal aparafusada ao teto de pedra para impedir que nos transformássemos. Meus braços doíam, meus pulsos queimavam e eu nunca estive tão furiosa em toda a minha vida. Em vez de levados para a masmorra, fomos expostos no grande salão de jantar do castelo.

Ansel estava sentado à cabeceira da mesa com a esposa, desfrutando de uma refeição farta, enquanto Axil e eu morríamos de fome.

Ele estava levando a guerra psicológica ao extremo. Sua esposa era da alcateia de Ivanna, uma dominadora implacável que tinha vencido os Duelos Reais ao estrangular a adversária com as próprias mãos. Contudo, estavam casados havia quatro anos e não tinham filhos, indicando que os rumores de que ela era estéril poderiam ser verdadeiros.

— Solte ela — rosnou Axil para o irmão. — Solte Zara, ela não tem nada a ver com isso.

Ansel largou o garfo e se levantou, caminhando até Axil, pendurado na parede a meu lado.

— Ah, mas ela tem tudo a ver com isso, irmão. — Ansel olhou para a esposa. — Tem algo errado com Jade, ela não pode me dar filhos. Então, vou me divorciar dela e tomar Zara como esposa. Assim que ela estiver grávida de meu herdeiro, vou matar você.

A notícia embrulhou meu estômago e o pavor gelou meu sangue. Jade apenas baixou a cabeça de vergonha, e Axil ficou absolutamente enfurecido.

Ele se sacudiu contra as correntes, gritando, e rosnando, e forçando. O ferrolho no teto que prendia os elos de metal rangia e se alongava. Os pelos se eriçaram em seus braços. Vê-lo tão indefeso partiu meu coração.

Ansel jogou a cabeça para trás e riu, voltando para a mesa, enquanto Axil enlouquecia tentando se soltar.

— Axil — sussurrei. Ele parou, ofegante, e me encarou com os olhos azuis entremeados de amarelo. Eu estava falando com o homem e a besta. — Aconteça o que acontecer, vou ficar bem — prometi, tentando esconder as emoções do rosto.

Eu sabia que ele se sentiria responsável. Devolver para Ansel o controle da alcateia e todo o poder que acompanha a posição de rei podia agora parecer tolice, mas não tínhamos como saber que Ansel faria aquilo. Ele tinha dado a palavra na frente de todos os lobos presentes, incluindo os conselheiros. Um rei sem palavra não era nada. Ansel era um covarde em todos os sentidos. Só porque não era forte o suficiente para derrotar Axil em um duelo, usou o poder do rei para controlá-lo e conseguir o que queria.

Axil cerrou os dentes, as veias de seu pescoço saltavam.

— Ele *não* vai tocar em você. Vou matá-lo se ele se casar ou dormir com você. — Ele não sussurrou isso. Ansel ouviu e explodiu em outra risada.

Ele era louco. Estava na cara. E sua esposa, nossa rainha, estava agindo como a dominante mais submissa que já tinha conhecido. Ela apenas ficou ali sentada sem dizer nada, como um lobinho de pelúcia.

Ele a está controlando também, compreendi, o horror da constatação me atingiu como um soco no estômago.

Não.

Ele podia fazer com que uma pessoa perdesse o autocontrole, e estava fazendo isso com ela agora. Era um abuso de poder sem precedentes, mas não consegui impedi-lo.

O jantar se arrastou, e eu já havia perdido a sensibilidade nas mãos. Meus ombros também estavam dormentes. Sempre que minhas pernas dobravam, a coleira me estrangulava e me obrigava a ficar ereta. Rezei para que não fôssemos forçados a dormir daquele jeito. Será que Ansel estava repetindo o que havia feito com Axil quando eram mais novos? Não. Ninguém poderia viver assim por dois anos. Não passava de um espetáculo, era para Ansel provar que tinha todo o poder.

O rei estava limpando a boca com um guardanapo e mastigando a última garfada quando as portas do salão se abriram.

Levantei a cabeça, com os olhos turvos e toda dolorida.

Um guarda entrou e pigarreou.

— Milorde, temos três visitantes lá fora que afirmam ser as rainhas de Fadabrava, Arquemírea e Escamabrasa.

Meu coração começou a bater feito louco. Troquei um olhar surpreso com Axil.

Ansel pegou seu copo de hidromel e tomou um longo gole, deixando o silêncio se alongar pelo salão.

— Mande-as entrar — declarou por fim.

Por que as rainhas dos outros reinos viriam até ali, para Lunacrescentis? Se tivessem uma mensagem, poderiam ter enviado por mensageiro. Comparecer pessoalmente significava que havia algo muito errado. Talvez tivesse a ver com aquela reunião sobre a guerra à qual Axil havia comparecido. Nunca cheguei a perguntar sobre aquilo, preocupada demais em vencer as provações.

Segundos depois, três lindas mulheres entraram no salão, uma delas trazia uma caixinha de metal nas mãos. Estavam sorridentes, com os olhos luminosos, até que nos viram. Os três sorrisos se desfizeram com a cena. A rainha de cabelo castanho e aparência humana guardou a caixa de metal dentro da capa e se curvou para Ansel.

— Rei Axil Lunaferis? — perguntou a Ansel. — Estamos muito felizes em conhecer...

— Rei *Ansel*. Meu irmão Axil não é mais rei. — Ele inclinou a cabeça em nossa direção.

As mulheres permaneceram caladas, com sorrisos forçados, revelando leves sinais de ansiedade.

A feérica ruiva avançou um passo, sem se curvar, e encarou o rei.

— Sou a rainha feérica Madelynn, de Fadabrava. Trazemos notícias graves e buscamos sua ajuda, rei Ansel.

• 127 •

Notícias graves.

Axil congelou a meu lado e observamos o desenrolar da cena. Notei que a loira, que imaginei ser do povo dragão, estava parada como se pronta para atacar, sem tirar os olhos de Ansel.

— Que notícias *graves*? — perguntou Ansel, se afastando da mesa e se levantando.

Sua esposa continuava cabisbaixa, e me odiava pensar que ele estava fazendo isso com ela. Quanto poder ele tinha? Será que poderia controlar todos nós se o atacássemos ao mesmo tempo?

A ruiva, rainha Madelynn, pigarreou.

— A rainha de Obscúria tem raptado seus lobos e usado um dispositivo mágico para subtrair o poder deles e dá-lo ao povo dela como um elixir. Depois usa esse poder para nos atacar em nossas fronteiras.

Santo Hades! Como é que é?

Ansel parecia imperturbável.

— É uma pena para vocês.

A rainha loira estreitou os olhos e a morena cerrou os punhos.

Uma leve brisa varreu o salão, o que achei estranho, e a rainha Madelynn se aproximou mais um passo do rei.

— Se não conseguirmos derrotar a rainha de Obscúria, ela cavalgará rumo ao norte, para Lunacrescentis, e liquidará todos vocês — declarou. — Pedimos ajuda na guerra.

Quando o rei Ansel sorriu, arrepios percorreram minha pele.

— Quero vê-la tentar. Vou colocá-la de joelhos e fazê-la cortar a própria garganta. Assim como posso fazer com você.

Mal tive tempo de registrar o choque da ameaça quando uma janela se quebrou na parede oposta e um vento forte invadiu o salão, formando um redemoinho. A rainha loira do povo dragão levantou as mãos como se fosse atacar o rei Ansel, mas assim que o vento começou e as três mulheres tentaram atacar, todas colocaram as mãos na cabeça, gritando e se ajoelhando.

Ele as está controlando também. A cena me perturbou profundamente. Olhei para Axil, sem acreditar que ele teve aquele tipo de poder o tempo todo.

• 128 •

Ninguém deveria ser tão poderoso. Era assustador.

Ansel olhou para Axil com um sorriso.

— Devo matá-las?

Não! Eu queria gritar, mas de repente minha garganta ficou paralisada. Ele estava me impedindo de falar.

— Se fizer isso, os reis de Avalier virão atrás de você e se verá com uma guerra e uma série de inimigos — observou Axil com calma.

— Talvez elas possam pernoitar aqui, e aí eu vou decidir se devo matá-las ou mandá-las embora amanhã. — Ele deu batidinhas no queixo como se estivesse ponderando, depois olhou para os guardas, postados ao redor do salão. — Preparem a masmorra.

Essas três palavras foram aterrorizantes, mas, ainda assim, se eu estava prestes a ter algum alívio daquele dispositivo de tortura, não me importava para onde ia.

As três rainhas sibilaram e gemeram, ainda de joelhos, enquanto Ansel alimentava o tormento que infligia a elas. Meu coração se partiu pelas mulheres, que vieram até ali para pedir ajuda e acabaram tendo que passar por isso. Era abominável. Ansel estava brincando com fogo ao atacá-las, embora eu tivesse certeza de que a rainha feérica tivesse atacado primeiro com aquele vento. Eu já tinha ouvido falar sobre como o povo feérico podia controlar certos elementos, mas havia acabado de ter a prova em primeira mão. Ela tinha quebrado a janela de alguma forma e convocado o vento. A cena me fez pensar no que as outras duas eram capazes de fazer. Eu era ignorante no sentido de que nunca havia saído de Lunacrescentis, mas tinha ouvido muitas histórias sobre os poderes das outras raças.

— Vamos dar um passeio e acomodar todos os nossos convidados pelo resto da noite, certo, querida? — disse Ansel para a esposa, que se levantou, embora mantendo a cabeça baixa e o corpo rígido, sem muito entusiasmo.

Dois guardas saíram e outros dois caminharam até nós. Quando um deles esticou o braço para soltar a corrente do parafuso do teto, gritei de dor com o movimento repentino e o alívio que se espalhou pelos meus braços e pernas. Quando minha coleira também foi aberta, choraminguei por não estar mais pendurada. Meus braços ficaram largados sem forças ao lado do corpo e, de repente, todo o meu peso recaiu sobre os pés. Minhas pernas não conseguiam mais me sustentar depois de tantas horas e senti que ia cair, mas não aconteceu. Como se impulsionada por uma força invisível, forcei a perna a me estabilizar e comecei a andar. A corrente da coleira no pescoço se arrastava atrás de mim enquanto eu seguia o rei Ansel, sua esposa e as três rainhas. Marchávamos em uma fila perfeita, com passos impecavelmente espaçados. Todos contra a própria vontade.

Eu queria olhar para trás e ver se Axil estava vindo, mas não conseguia mexer a cabeça. Ansel controlava todos os músculos do meu corpo, e isso me aterrorizava. Se eu soubesse que ele era capaz *disso*, jamais teria permitido que Axil renunciasse e desse ao irmão tamanho poder. Eu não achava que Axil teria feito isso também. Parecia que seu irmão havia surtado e nunca havia usado esse poder sobre as pessoas naquela medida.

Percorremos o corredor até uma ampla escadaria de pedra que levava a uma masmorra úmida com paredes de rocha cinzenta, sem luz alguma. Por vezes, um vento leve passava por mim, mas logo morria e fazia Ansel rir. Supus que era a rainha feérica tentando usar seu poder. Ele também tinha roubado minha voz: eu estava completamente vulnerável e isso me deixava louca.

Quando dobramos o corredor, vi uma porta de ferro forjado aberta. Meu coração acelerava conforme, uma por uma, marchávamos para dentro das celas, contra todos os esforços para resistir. Quando Ansel usou seu poder para me fazer virar o rosto, observei com alívio Axil entrar atrás de mim.

A esposa de Ansel parou ao lado dele, cabisbaixa, com o cabelo cobrindo o rosto. Me peguei imaginando por que ela não o matou nos últimos dois anos, quando ele estava sem aquele poder e Axil era rei. Talvez ele nunca tivesse feito isso com ela antes e fosse um comportamento novo. Eu sem dúvida jamais deixaria um homem viver depois desse tipo de tratamento.

Estávamos em uma grande cela, enfileirados, enquanto Ansel entrava sem pressa e se dirigia à rainha Madelynn. Ele sorriu ao olhá-la de cima a baixo, e outra vez uma leve rajada de vento passou por nós, mas desapareceu.

— Acho sua rebeldia *bastante* atraente — disse a ela.

Forcei um rosnado na garganta, vencendo seu poder. Como Ansel ousava flertar com uma rainha casada! Esse nível de desrespeito era prejudicial para todos os lobos. Ele estava envergonhando toda a nossa cultura com o tratamento dispensado às três visitantes.

Ansel virou a cabeça na minha direção, e meu estômago embrulhou. Ele veio com calma até mim e se inclinou, encostando o nariz no meu pescoço. Após inspirar fundo, sussurrou:

— A vadia do meu irmão.

A meu lado, Axil rosnou, mas o som foi interrompido por um gemido quando ele caiu no chão, apertando a cabeça e gritando de dor.

Percebendo que nos tornáramos todos fantoches de um homem simplesmente doente, minhas lágrimas escapuliam do canto dos olhos.

— Venha, vamos fazer um herdeiro — disse Ansel para mim e foi quando o medo me dominou por completo.

O vento soprou outra vez, desta vez mais forte. Axil enlouqueceu, aos gritos. A rainha loira a meu lado começou a soltar uma corrente de fumaça pelas narinas, mas tudo o que Ansel fez foi rir conforme saía da cela e me obrigava a segui-lo.

Axil

A DOR NA MINHA CABEÇA, QUE PARECIA TER LEVADO UM GOLPE DE machado, não era nada comparada à angústia no coração. Ansel tinha acabado de sair daquela cela de masmorra com o amor da minha vida.

Para dormir com ela.

Quanto mais seus passos retrocediam, menos poder meu irmão tinha sobre mim e as outras.

As outras.

Eu estava trancado em uma cela com as esposas de meus melhores amigos de infância. Era surreal. Quando finalmente senti a dor na cabeça se dissipar e o uso das pernas e dos músculos retornar, me voltei para as três, que agora também mexiam braços e dedos.

— O que em nome do Criador foi isso? — perguntou Madelynn, a ruiva.

Avaliei a nova esposa de meu melhor amigo Lucien. Ela tinha algum tipo de magia do vento e era forte o suficiente para usá-la ainda que pouco, mesmo sob o controle de Ansel. Era admirável.

— Foi terrível! — afirmou a morena, cujo cheiro tinha uma mistura de humano. — Quero esfolá-lo vivo.

Já a loira estava estranhamente quieta, apenas inclinou a cabeça e olhou para mim.

— Aquela era sua companheira? — Ela ainda estava soltando fumaça das narinas. Senti um aperto no coração ao ouvir a palavra *companheira*.

Soltei um grunhido baixo do fundo da garganta e cerrei os punhos, forçando meu lobo a se controlar para eu poder ao menos conversar com aquelas mulheres.

— Era. E preciso alcançá-la antes que ele... — Minhas palavras morreram na garganta, e eu me virei para agarrar as grades da porta e sacudi-las. Não adiantava, eu sabia. Passei dois anos naquela cela. Era onde Ansel destruía as pessoas, embora ele nunca tivesse demonstrado seu completo desrespeito pelo livre-arbítrio dos outros como agora. Ele deve ter finalmente surtado.

— É, mas não vai acontecer. Vamos sair daqui — declarou Madelynn sem rodeios e o vento ganhou força, girando em torno de mim. Quando me virei para ela, fiquei surpreso ao ver que estava tão furiosa quanto eu.

A loira, que presumi pelas narinas fumegantes ser a rainha dragão, veio até mim.

— Arwen, rainha do povo-dragão. Vamos te ajudar a recuperar sua companheira, está bem?

Eu só consegui concordar, perplexo demais com o que estava acontecendo.

— E eu sou Kailani — apresentou-se a de cabelo castanho. — Rainha elfa.

Arwen foi até Madelynn e a olhou bem nos olhos.

— Pode cuidar do guarda?

A rainha feérica fez que sim e se aproximou de mim.

— Saia da frente, por favor. Não temos muito tempo.

Cambaleei para longe da porta, perplexo, enquanto ela levantava a mão diante das barras.

— Está ferido? — perguntou a rainha elfa a meu lado, vendo o sangue em meus pulsos.

— Vou me curar. Está tudo bem — garanti, me perguntando quando foi que Raife havia se casado com ela.

Ele não parecia o tipo de homem casado da última vez que conversamos, o que, admito, aconteceu há anos. Fiquei um pouco magoado pela ausência de convites para aquelas cerimônias todas, mas eu não podia exatamente culpá-los. Perdemos o contato após a família de Raife ser assassinada pela rainha de Obscúria.

Fiquei observando a rainha feérica com grande interesse. Ela não parecia estar fazendo nada, mas ainda assim ouvi sons de luta do lado de fora da cela. Alguém estava ofegando, sem ar...

— Está roubando o ar dos pulmões dele? — perguntei quando me dei conta, perplexo.

Ela levantou uma das sobrancelhas para mim e fez que sim.

— E farei o mesmo com seu irmão agora que sei do que ele é capaz — rosnou.

Ela devia ser uma feérica do outono para ter magia do vento. Eu nem imaginava o poder que uma feérica do vento tinha até agora. Na verdade, eu nunca havia pensado nisso. Lucien podia congelar as pessoas até a morte e ela podia tirar todo o ar dos pulmões de alguém: um par e tanto. Contanto que aquelas três me ajudassem a resgatar Zara ilesa, eu não me importava com o que fizessem com qualquer outra pessoa.

Pensar em Zara na cama com meu irmão me deixava louco.

— Rápido, por favor — rosnei, com os pelos de lobo se ondulando pelo corpo.

Eu tinha acabado de recuperar Zara depois de cinco anos nas profundezas de Hades para ficarmos juntos. Eu não podia perdê-la de novo.

Madelynn se afastou da porta assim que o guarda desabou diante da cela com um baque surdo. O rosto dele estava roxo e ele… morto.

— Está feito. E agora, como saímos daqui?

Caramba. Ela tirou a vida dele com tanta facilidade! Sem nem tocá-lo.

— Pode matar meu irmão daqui? — perguntei.

Ela balançou a cabeça.

— Eu poderia fazer a construção inteira desmoronar, mas isso também mataria a gente. Preciso estar mais perto dele para direcionar meu poder com precisão.

Acenei com a cabeça e tentei pensar em como ela poderia arrancar a porta da cela com a força do vento. Eu havia tentado tantas coisas, tantas vezes. Era inútil. Ferro e pedra tinham o poder de manter um homem prisioneiro por…

De repente, chamas azuis explodiram das mãos da rainha dragão, que olhou para nós.

— Afastem-se.

Recuamos vários passos até estarmos espremidos na parede oposta. Foi quando a rainha dragão lançou as chamas na fechadura de ferro forjado.

Uma pontada de esperança ganhou vida em meu peito. Se ela conseguisse de alguma forma derreter a fechadura e o guarda não estivesse vivo para pedir ajuda... poderíamos sair dali.

— Assim que meu irmão ouvir a gente entrando no quarto, ele vai usar todo o poder que tem — avisei.

Madelynn olhou para mim.

— Não preciso estar num quarto com ele para tirar o ar dele, basta estar do lado de fora e haver uma fresta sob a porta. Isso já vai me permitir sentir a respiração dos dois.

Arregalei os olhos com a explicação. Era um poder incrível e aterrorizante.

— Como vai saber de quem é o ar que vai tirar? — perguntei.

E se ela sem querer matasse Zara?

— Vou saber. Nesses momentos, eu *sou* o vento. É difícil explicar. Você tem apenas que confiar em mim.

Confiar nela? Eu nem a conhecia. Franzi o cenho, olhando apreensivo para todas as três. Como elas haviam chegado ali? Por que estavam ali em vez de Raife, Drae e Lucien?

Parecendo sentir minha apreensão, a rainha élfica se aproximou de mim, tirando aquela caixa de metal da capa. Eu tinha visto o objeto quando ela entrou no salão de jantar, mas revê-lo agora foi como um soco no peito. Nunca pensei que veria aquela caixa toda enferrujada outra vez. Ela me lembrou de uma época mais simples, quando eu era apenas o melhor amigo dos futuros reis de Avalier.

Me lembrei da briga que meus pais tiveram com meu irmão mais velho quando decidiram me enviar como príncipe para nos representar no retiro anual com os outros. Eles já deviam saber na época que Ansel não seria um bom rei. Sempre lhe faltou honra. Com os dedos trêmulos, abri as mãos e aceitei a caixa.

— Nossos maridos disseram que se trouxéssemos isso para você, iríamos provar que somos quem dizemos ser. Nós precisamos *muito* da sua ajuda.

Acenei com a cabeça, olhando para a rainha dragão, cujas costas estavam agora cobertas de suor enquanto ela continuava a lançar fogo azul na porta. As três estavam dando tudo de si para nos tirar dali e resgatar Zara, arriscando a própria vida quando não precisavam.

Usando a ponta das unhas, tentei levantar a tampa. Estava emperrada e me tomou diversas tentativas, mas quando finalmente a abri, caí na gargalhada.

O bilhete no topo estava escrito com a letra de Raife.

Apenas para os príncipes de Avalier. Qualquer outra pessoa que abrir isto vai morrer de diarreia.

Quando levantei a cabeça, vi sua esposa espiando por cima de meu ombro, sorrindo.

— Raife escreveu isso para evitar que outra pessoa mexesse — expliquei.

Seu sorriso se alargou. Eu estava impaciente para chegar até Zara, ainda mais antes que meu irmão pudesse machucá-la, mas a rainha dragão parecia precisar de mais tempo.

— Quase! — anunciou como se tivesse lido meus pensamentos.

Retirei a advertência de cima, guardei-a no bolso e me preparei para o que veria. Fazia tanto tempo. Ainda éramos meninos, não havíamos passado por uma única provação na vida.

Pensei que a caixa tinha sido ideia de Lucien, mas sinceramente não conseguia me lembrar. Ele queria enterrar algo que nos fizesse felizes, algo de que nos lembraríamos e que nos levaria de volta à infância quando um dia fôssemos reis velhos e rabugentos.

Como éramos agora.

Dei uma olhada no conteúdo e sorri para a pena de águia de Drae, lembrando como ele adorava voar. Como lobo, eu não podia imaginar subir aos céus, mas Drae só falava disso quando era criança.

Lucien havia contribuído com um grampo de cabelo. Era dourado e tinha uma rosa pintada de vermelho na ponta. O acessório era de sua mãe, a única pessoa que o amava incondicionalmente. Ele tinha dificuldade em controlar o próprio poder e dizia que a mãe era a única que poderia trazê-lo de volta ao controle. Ela era a felicidade da vida dele.

Minha atenção passou para a ponta dourada da flecha que Raife havia deixado. Eu ainda me lembrava do som de suas flechas atingindo os troncos das árvores em nossos retiros anuais. Raife nunca ficava sem seu arco e tinha muito orgulho de suas habilidades com ele.

Quando retirei a bola de cera aparentemente inútil, engoli em seco. Era branca e eu a havia modelado enquanto ainda estava macia. A cera pareceria lixo para qualquer outra pessoa, mas para mim era uma das lembranças mais estimadas de meus melhores amigos. A vela de onde ela veio ficava a noite toda acesa no retiro anual daquele verão, enquanto ficávamos acordados bem depois da hora de dormir, contando histórias, assustando uns aos outros e brigando. Naquela noite, forjamos um vínculo inquebrável que nem o tempo, nem as dificuldades conseguiram romper. Meu próprio irmão era distante e abusivo comigo, então forjei um laço fraterno com aqueles meninos e enrolei todas as nossas memórias naquela bola de cera para sempre me lembrar deles.

E se um deles precisava de mim agora, eu lhe daria as roupas do corpo.

— Consegui! — exclamou a rainha dragão, tirando minha atenção da caixa e das emoções que estava despertando em meu peito.

Quando levantei o rosto, a vi chutar com a bota a porta da cela.

Soltei a bola de cera de volta na caixa e fechei a tampa, olhando para as três.

— Me ajudem a salvar minha companheira e dou tudo o que pedirem — prometi.

A rainha élfica concordou.

— Pedimos que marche com um exército pelo reino e lute para derrotar a rainha de Obscúria e libertar nosso povo. Pode fazer isso?

Entrar em guerra. Tirar meu povo de suas vidas pacíficas e marchar por uma questão que ainda não nos ameaçava? Senti o peso do metal nas mãos e entendi que se Raife, Drae e Lucien tinham enviado suas esposas, eles próprios estavam lutando. Eu não os decepcionaria.

— Vocês têm minha palavra.

Elas pareceram satisfeitas com a declaração e acenaram juntas. Um por um, saímos da cela em busca de Zara. Ela era a mulher mais forte que eu conhecia, mas eu não conseguia nem imaginar se ela resistiria a meu irmão a tomando à força. A simples ideia provocava meu lobo e, antes que pudesse detê-lo, já estava me transformando. Zara Lua de Sangue era o amor da minha vida. Sua risada estava gravada em minha alma desde que tínhamos quinze anos.

Aguente firme, meu amor. Estou indo.

Zara

Contra minha vontade, Ansel me fez desfilar pelo corredor e eu tentei gritar e me debater, mas não adiantou. Minha respiração saía de forma irregular, mas nada mais. No meio do corredor, sua esposa desapareceu após entrar em outro cômodo e me perguntei quanto tempo durava o domínio dele sobre ela. Seria baseado na distância? Ou ele simplesmente pensava nela e já conseguia controlá-la? Será que Axil e as rainhas de Avalier continuavam sob seu controle? Usar esse poder sem dúvida esgotava um pouco da energia dele, mas se estava acontecendo, ele não demonstrava. Eu apenas ia colocando um pé na frente do outro e, não importava o quanto tentasse resistir, fui direto para o quarto com ele.

Não. Não. Não.

Ele fechou a porta depois que entrei e me virou para encará-lo.

— Então, sentiu saudades do meu irmão durante todos esses anos em que o mantive trancafiado?

Senti a garganta afrouxar; ele estava me permitindo falar. Se eu conseguisse mantê-lo falando em vez de desabotoando a calça, talvez encontrasse uma saída.

— Sim. Desde os quinze anos.

Ansel balançou a cabeça, parecendo decepcionado.

— Amar enfraquece. Tentei ensinar isso para ele e ainda assim vocês acabaram juntos de alguma forma.

Ele tirou a túnica, me fazendo arfar em intervalos irregulares. Eu estava paralisada, incapaz de mover um único músculo, exceto para falar.

— Ele é meu *companheiro*. Amar era o único caminho para nós.

Ansel me lançou um olhar incisivo, estreitando os olhos.

— Os Duelos Reais não têm nada a ver com amor, têm a ver com força. O objetivo é casar com a mulher mais forte da espécie.

Mantenha-o falando, me incentivei. *Basta mantê-lo falando.*

— Não dá para ter as duas coisas? — questionei, enquanto ele tirava os sapatos. — Amor *e* a mulher mais forte?

Quando ele semicerrou os olhos, meu estômago deu um nó.

— Acho que não sou capaz de amar, mas você pode tentar.

Abri a boca para responder, mas descobri que ele tinha cortado minhas palavras de novo e que eu já estava, contra a vontade, a caminho da cama.

Não.

Segurei a barra da túnica e comecei a levantá-la, parando no meio do caminho ao ver meu pelo ondulando pelos braços.

Ele estava me despindo. Não. Ele estava me forçando a me despir. Um ronco baixo vibrou na minha garganta, rompendo seu domínio sobre mim, mas logo uma dor intensa e aguda atravessou meu crânio e me fez gritar. Levantei as mãos para apertar a cabeça quando ele permitiu.

Era como se uma lâmina quente tivesse sido enfiada na minha orelha e depois torcida. Fiquei sem ar com as ondas de dor que, na mesma rapidez com que começaram, desapareceram.

Meu peito subia e descia enquanto eu lutava para recuperar o fôlego.

Ansel estava diante de mim, coberto apenas por um pedaço de pano na virilha, sorrindo.

— Gosto de mulheres indomáveis — afirmou.

Com sangue nos olhos, me lancei para a frente, quebrando seu domínio por apenas alguns segundos, mas o suficiente para estapeá-lo no rosto. Então fiquei congelada no ar, suspensa por seu poder enquanto ele espumava de ódio para mim.

A pele de seu rosto estava rosada do tapa, seus olhos enormes de pura fúria e seus lábios apertados numa careta.

— Vou amar colocar um lobinho nessa sua barriga — rosnou, avançando um passo.

Eu me preparei para o ataque, mas seu rosto de repente virou absoluto pânico. Com os olhos arregalados, ele apertou a própria garganta enquanto me olhava em choque.

Fiquei confusa. Meu tapa não podia ter sido responsável por aquilo, podia?

Ele estava ficando roxo.

Mas o que está...?

Um leve vento soprou, agitando meu cabelo, como um cartão de visita.

Madelynn estava ali. Aquele poder era exclusivo da rainha feérica.

À medida que o controle de Ansel sobre mim minguava e começava a desaparecer, fui recuperando o domínio sobre os músculos.

O desgraçado ia pagar caro pela forma como tratou a mim e aos outros. Fui logo mudando de forma, permitindo que minha cabeça fosse a primeira a virar fera.

A porta do quarto se escancarou e eu nem esperei mudar por completo antes de atacar. Eu mesma queria acabar com ele, e com a rainha feérica tirando seu ar, ele estava fraco demais para revidar. Engalfinhei Ansel pela nuca com minhas mãos já se tornando patas e abocanhei seu pescoço com a mandíbula de loba. Com um só puxão, rápido e certeiro, rasguei. Axil foi o primeiro a irromper pela porta, também na forma de lobo, e agora estava com os olhos arregalados diante de mim e do irmão, observando a cena. Cuspi a carne de Ansel no chão na frente de Axil, depois deixei seu corpo desabar no chão com um baque surdo. Me forcei a voltar à forma humana, não completando totalmente a mudança antes de cair também no chão aos pés de Axil e puxá-lo para meu colo.

Axil gemeu, esfregando o focinho em meu pescoço.

— Estou bem — sussurrei.

As três rainhas estavam paradas na porta, olhando para nós.

— Está ferida? — perguntou Madelynn.

Olhei para ela e balancei a cabeça.

— Vamos dar a vocês um tempo a sós — disse a rainha dragão. — Estaremos no corredor.

A porta se fechou e Axil e eu nos vimos a sós com o cadáver de seu irmão. Depois de um minuto inteiro de abraço, com o coração batendo feito louco contra seu corpo de lobo, o empurrei com cuidado e me levantei. Enquanto Axil começava sua transformação de volta à forma humana, fui até algumas gavetas na parede oposta, tirei dela algumas roupas e as deixei aos pés de Axil. Então, fui ao banheiro e lavei o sangue do rosto e da boca, esfregando os dentes com uma escova.

Eu não conseguia acreditar que tinha acabado de matar o rei lobo.

O irmão de Axil.

Quando finalmente saí, Axil estava parado, olhando para mim, com uma calça de cintura baixa do irmão, curtas demais, e uma túnica, também justa demais.

— Me... desculpa — falou.

Avancei sem pressa para seus braços, e ele me abraçou com força, enquanto eu processava tudo o que tinha acabado de acontecer.

— Ele tocou em você? Me diga a verdade — rosnou Axil.

Balancei a cabeça, olhando para ele.

— Não, mas se tivesse, teria importância? Ele está morto.

Os olhos azuis de Axil estavam entremeados de amarelo.

— Claro que teria importância. Eu mijaria no cadáver dele e depois o daria a um urso.

Dei uma risadinha, sentindo o clima melhorar, apesar do comentário macabro.

— Ainda dá para fazer isso. Ele era um lunático e um sádico.

Viramos para olhar o rosto roxo e sem vida do rei Ansel, com a garganta rasgada.

— Você recuperou seu poder? É rei de novo?

Eu não sabia como isso funcionava. Antes, irmãos tinham que transferi-lo um para o outro por meio de sangue. Mas agora...

Axil fez que sim, embora parecesse desconcertado.

— O que foi? Está bravo porque o matei? Sei que ele era seu irmão, mas...

Ele respirou fundo e se aproximou de mim, suspirando em meu pescoço e enviando arrepios ao longo da minha espinha.

— Deve haver dois herdeiros vivos da linhagem real, caso contrário...

A porta se abriu, interrompendo suas palavras. Axil deu um passo até parar na minha frente para me proteger.

Eram dois conselheiros reais, dois lobos, vestidos de vermelho e parados à porta aberta, olhando para o corpo do rei Ansel no mais absoluto choque.

— Quem fez isso? — perguntou o mais velho de barba grisalha.

— Eu — mentiu Axil.

Meu olhar foi para o corredor e vi as três rainhas esperando atrás dos homens.

O conselheiro suspirou.

— Deveria tê-lo mantido vivo e preso. Agora terá que enfrentar o desafio.

Desafio?

Axil deu de ombros.

— Ele era perigoso demais para continuar vivo.

O conselheiro fez um gesto com a cabeça como se concordasse.

— Pois bem, farei um anúncio para a alcateia — informou, em seguida olhou para mim. — Seu alfa e amigos estão assediando os guardas da entrada, perguntando sobre seu paradeiro. Vou avisar para eles que está bem e que Axil retomou o trono.

Caramba, fiquei meio surpresa com a reação casual à notícia de que Ansel havia acabado de ser assassinado. Por outro lado, se eles tinham visto uma parte mínima do que tinha acontecido nas últimas 24 horas, sabiam e concordavam que Ansel era perigoso demais para viver.

— Qual é o desafio? — perguntei assim que um dos conselheiros saiu para avisar a alcateia.

Eu sabia que Eliza, Cyrus e meu irmão mais novo estavam preocupados, mas não ligava para isso no momento.

O conselheiro remanescente pigarreou e manteve a cabeça erguida.

— Axil terá que lutar abertamente contra cada membro da alcateia que desafiar sua capacidade de liderança. Quando não há mais dois herdeiros de sangue real, é o mais forte quem deverá liderar.

— Axil é o mais forte — rosnei, sentindo minha loba ser atiçada.

Axil esticou o braço e entrelaçou os dedos nos meus.

— Está tudo bem, amor.

Só que não estava. Ele ainda estava fraco e ferido por ter sido pendurado em um gancho o dia todo. Olhei para o corpo de Ansel, horrorizada ao descobrir que, ao matá-lo, eu tinha levado Axil a ter que lutar para manter seu direito de nascença. Eu sabia sobre a questão dos dois herdeiros, mas não havia pensado muito bem antes, nem entendia as repercussões da morte de um deles.

— Ele precisa de uma refeição decente e uma boa noite de descanso antes de lutar — declarei ao conselheiro, o desafiando a contestar.

Mas ele me deu um breve aceno de cabeça.

— Anunciaremos que as lutas do desafio começam amanhã de manhã.

Meu coração se partiu naquele momento. Estávamos tão perto, tão perto do nosso felizes para sempre. Assim como tive que lutar para estar com ele, agora ele teria que lutar para resguardar sua posição como rei.

Quando o conselheiro saiu, as três rainhas entraram, parecendo tristes com as últimas notícias.

— Lamento haver um atraso em nosso combinado — disse Axil. — Amanhã, depois de reconquistar meu posto de rei, prometo cumprir minha parte no acordo e lutar ao lado de vocês na guerra.

Guerra? A guerra para a qual as rainhas pediram ajuda a Ansel?

Olhei perplexa para Axil, que acariciou a palma de minha mão com o polegar.

A rainha de Obscúria está atacando os povos feérico, élfico e dragão neste exato momento. Seremos os próximos se não ajudarmos a detê-la. Elas salvaram você. Devo tudo a elas. Eu nunca me cansaria de ouvir sua voz em minha mente e foi a confirmação de que ele tinha de fato recuperado os poderes de rei.

Concordei, depois encarei as três mulheres.

— Obrigada por... — Olhei para o cadáver de Ansel no chão, imóvel em uma poça do próprio sangue.

Madelynn deu um passo à frente.

— Claro. Não podíamos deixar que ele machucasse você.

Meu coração ficou inchado. Essas mulheres nem me conheciam, mas tiraram Axil da masmorra e o ar dos pulmões de um rei em exercício para evitar que eu fosse violentada.

— Podem dormir aqui? — perguntei. — Vamos providenciar uma boa refeição para vocês. Devem estar famintas após a viagem.

Nem Axil, nem eu, nem aquelas mulheres tínhamos comido.

Em vez disso, foram jogadas numa cela ao chegarem, o que não era jeito de receber convidados reais. Quando o ronco baixo de um estômago retumbou, a rainha élfica riu.

— Eu comeria alguma coisa.

Todos rimos e as três saíram do quarto. Axil me puxou para perto para que saíssemos também. Olhei para trás, mirando uma última vez o cadáver de Ansel Lunaferis. Se não tivessem me salvado, a situação teria sido *muito* desesperadora.

Agora eu tinha outras preocupações. Como meu homem ser morto no dia seguinte ao lutar para manter a coroa.

Pedimos que alguém fosse ver como estava a esposa de Ansel. Ela estava traumatizada, mas feliz por estar livre do controle mental e pronta para retornar imediatamente ao território da alcateia de Cristaluna, onde se sentia melhor.

Estávamos quase terminando o jantar quando as portas do salão se abriram. Eu tinha enviado um mensageiro para trazer meus irmãos, Eliza e Dorian para uma visita.

Assim que entraram, me levantei e corri até eles. Eliza me puxou para um abraço apertado e Oslo me espremeu, agarrado a minhas costas.

— Ficamos tão preocupados — confessou minha amiga.

Me afastei e afaguei o cabelos de Oslo. Seus olhos estavam marejados e ele não conseguia nem falar.

Cyrus pôs a mão no meu ombro.

— É bom te ver bem. — Fiz um gesto com a cabeça. Dorian foi o último. Ele simplesmente olhou para mim com curiosidade. — Você me envelheceu uns dez anos, garota.

Abri um sorriso e o abracei. Ele enrijeceu por um instante, mas depois bateu três vezes com força em minhas costas e eu me afastei.

— Já ficaram sabendo que... — comecei, mas Eliza me interrompeu:

— Que Ansel está morto e que amanhã cedo Axil vai ter que lutar para manter a condição de alfa?

— É, ficamos sabendo — disse Dorian, depois olhou para as outras pessoas no salão.

Claro. Uma notícia dessas se espalha.

— Pessoal, esta é a rainha dos elfos, Kailani, a rainha feérica, Madelynn, e a rainha dragão, Arwen — apresentei a meus amigos e familiares as rainhas com quem tivemos o prazer de passar a última hora, jantando e nos conhecendo.

Então todos se juntaram a nós em volta da comprida mesa e Dorian pigarreou, olhando para Axil.

— Milorde, posso falar abertamente sobre o desafio de amanhã?

Fiquei tensa. Eu não queria falar sobre o assunto, muito menos sobre a participação de Axil, mas não via outra maneira.

— Claro, Dorian, respeito seu conselho — assegurou Axil.

Dorian era alfa há muito tempo, desde que eu era uma garotinha, e fiquei feliz por Axil reconhecer sua sabedoria e experiência.

— Pelo que ouvi no acampamento, terá cinco desafiantes, talvez seis.

— Seis?! — exclamei.

Axil tomou um gole lento de água e não disse nada.

— Mas o único com quem terá que se preocupar é Brutus — continuou Dorian.

— Ele não era o alfa da Ivanna? — perguntei.

— Sim, ele é mais fera do que homem e pior do que o rei Ansel foi no que diz respeito à honestidade — disse Dorian.

Axil inclinou a cabeça.

— Ouvi dizer que ele come coração de urso cru no café da manhã, na forma humana, só para fazer a alcateia dele temê-lo.

Comer coração cru na forma humana? *Que nojo.* Como todo lobo, eu adorava carne, mas comer coração cru sem se transformar era uma demonstração de poder.

— Deveria lutar com ele primeiro, enquanto está descansado — acrescentou Cyrus, mas Dorian o interrompeu.

— Era sobre isso que eu queria avisar. Seus conselheiros definiram a ordem por sorteio. Brutus será seu último oponente do dia.

Meu coração afundou até o estômago. Dei uma olhada pela mesa para ver a reação de meus amigos, novos e antigos.

Péssima ideia. Todos tinham a mesma expressão de pena que se tem quando alguém vai morrer.

— Ele pode usar o poder de rei? — Já sabia a resposta mesmo antes de perguntar.

• 146 •

— Não — disse Dorian.

Axil olhou para meu alfa, do outro lado da mesa.

— Agradeço o aviso. Vou guardar minha energia para a luta final.

Não.

Seis duelos com alfas em um dia? Tinha que existir uma regra sobre isso. Quando uma lágrima escorreu do meu olho e caiu sobre a mesa, a enxuguei depressa, mas a rainha Kailani percebeu.

Ela fingiu dar um grande bocejo e esticou os braços para cima.

— Nossa, estou exausta. Seria bom a gente descansar um pouco.

Madelynn entendeu aonde ela queria chegar.

— Esgotada.

Ela se levantou e a rainha dragão fez o mesmo. A rainha Arwen olhou para Axil.

— Vamos ficar para as lutas amanhã e depois partir para darmos as notícias aos nossos maridos.

Pois é, ela ficaria porque não sabia nem se ainda teria um rei e um exército para ajudar na guerra. Se Axil morresse, eu duvidava que Brutus aceitaria levar nosso povo para tamanha incerteza.

O salão foi se esvaziando. Depois que meus irmãos e Eliza me deram mais um abraço rápido antes de partirem, fiquei a sós com Axil pela primeira vez desde que ele havia renunciado ao trono só para ficar comigo.

Ele devia me amar tanto para ter feito aquilo! Sentindo o coração explodindo de amor de repente, me levantei e atravessei o salão até estar diante dele. Axil arrastou a cadeira para trás e me sentei em seu colo, de frente para ele. Ele escorregou as mãos por baixo da minha túnica para acariciar minhas costas e eu sussurrei em seu ouvido:

— Não posso te perder.

Suas mãos pararam, e eu me afastei e o olhei. Havia tanta paixão naquele olhar que me consumiu.

— Zara, esperei *anos* para finalmente ter você. Não vou deixar nada separar a gente. Nem mesmo a morte.

Era assim que funcionava? A morte não o reivindicaria por misericórdia por nós dois? Não custava sonhar. Axil precisava de alguém que o apoiasse, uma mulher que ficasse a seu lado e acreditasse nele.

— Que bom — respondi, me aproximando e deslizando a língua por seus lábios. — Porque ainda não te beijei o suficiente para ver você morrer.

Axil rosnou, segurando firme meu traseiro e se levantando comigo nos braços. Ele foi até a beirada da mesa e me sentou nela. Seus lábios encontraram os meus e então ele me devorou. Cada pedacinho de meu corpo foi beijado naquela mesa. Ele jogou os pratos sujos de comida no chão, sem se importar com a bagunça que estava fazendo. Naquele momento, permitimos que o amor consumisse nós dois, mente, corpo e alma.

Eu era dele e ele era meu. Se ele morresse no dia seguinte, eu não teria outros depois dele. Não fazia sentido comparar qualquer homem com o que me tinha nos braços agora. Eles nem se comparavam, não eram nada.

Assistir impotente a um lobo dilacerar o homem da sua vida foi a coisa mais angustiante que já tive que fazer. Agora eu sabia como Axil devia ter se sentido quando me viu fazer o mesmo na semana anterior. Era sua quinta luta e, embora vitorioso, estava machucado. Eu não entendia por que ele não tinha permissão de travar uma luta por dia ou algo mais razoável, mas suponho que se quisessem que o mais forte liderasse o povo, aquela seria a maneira de Axil provar isso.

Lutar contra seis alfas em um dia e viver para contar a história.

A Guarda Real tinha formado um semicírculo ao fundo, sem dúvida se perguntando a quem estaria jurando lealdade no final do dia.

Eu estava quase no mesmo lugar em que Axil esteve quando me viu lutar, junto a seu trono vazio. As rainhas de Avalier ficaram a meu lado, enquanto eu apertava a mão de Eliza, com medo, e Axil despedaçava o pescoço do adversário.

Mais uma luta, disse para mim mesma, então dei uma olhada no gigante que seria o último a enfrentar Axil. Brutus era mais largo que Axil e devia ser mais alto também. Seus braços eram cheios de pequenas cicatrizes que pareciam ser de faca, e sua cabeça era raspada. Ele estava de pé observando Axil tentar acabar com a vida do alfa de Cânion do Sol Poente.

Quando Axil abocanhou o pescoço do lobo, me preparei, mas uma grande sombra sobrevoou todos nós. Cada pessoa na multidão levantou o rosto e apontou para alguma coisa no céu, então a sombra bloqueou o sol.

Girei o corpo e vi um dragão preto colossal descendo das nuvens. A Guarda Real correu para pegar os arcos, mas a rainha dragão avançou.

— Ele está comigo — assegurou.

Fiquei admirada com a dimensão do dragão que pousou na grama com um homem ocupando uma sela em seu lombo.

O rei dragão estava ali.

Um gemido de Axil chamou minha atenção de volta para a luta, virei o rosto bem a tempo de ver o lobo de Sol Poente que ele havia imobilizado passar a garra direto no olho de Axil, praticamente o arrancando da órbita.

Não!

Axil cambaleou para a frente e deu fim ao lobo, abrindo sua garganta com uma mordida certeira, mas meu coração foi à garganta quando ele olhou para mim com um dos olhos fechados.

Ele havia perdido a visão de um olho.

Não.

Não.

Não.

Era uma sentença de morte, ainda mais tendo que enfrentar Brutus em seguida. Quando olhei para o velho alfa de Ivanna, ele estava sorrindo de orelha a orelha.

— Muito bem, última luta do dia. Vamos em frente.

Brutus entrou no ringue, seguido por mim, com um rosnado subindo pela garganta. Ele estava ignorando completamente o dragão que tinha acabado de pousar no gramado e o olho machucado de Axil. Era uma covardia, e eu precisava proteger meu homem.

— O rei precisa de água e se reunir com seus treinadores — gritei, ganhando tempo.

Treinadores? Tecnicamente ele nem tinha um, mas Dorian e Cyrus poderiam fingir que lhe davam conselhos táticos para podermos examinar seu olho e lhe dar uma chance de recuperar o fôlego. Se parássemos por tempo suficiente, talvez o olho pudesse se curar naturalmente. Talvez não tivesse sido tão ruim. Talvez…

— O que está acontecendo aqui? — perguntou alguém atrás de mim.

Eu tinha me esquecido do rei dragão. Se ele queria ser recebido cheio de gentilezas, tinha escolhido uma péssima hora.

Dorian e Cyrus foram para o centro do ringue para ver como Axil estava e eu me virei para o marido de Arwen.

Ele era uma montanha, dono de um porte mais como o dos lobos do que os esbeltos feéricos e os elfos. Seus olhos estavam arregalados para o lobo de Axil todo ensanguentado no meio do ringue, claramente chocado ao ver seu velho amigo, e rei, naquele estado.

Um dos conselheiros de vermelho se aproximou do rei dragão e estendeu a mão.

— Rei Drae Valdren? Chegou num momento inoportuno...

— *O que* está acontecendo aqui? — exigiu saber o rei dragão outra vez, enfrentando o conselheiro lobo sem titubear como um alfa faria.

Gostei que ele estivesse criando cena, porque isso dava mais tempo para Cyrus e Dorian cuidarem de Axil, então não falei nada.

O conselheiro pigarreou.

— Se não houver dois herdeiros de sangue real, o rei precisa lutar com quem o desafiar. Ansel Lunaferis foi morto ontem à noite, portanto, o rei Axil deve lutar para manter o posto como nosso líder.

Drae pareceu não gostar de saber que seu velho amigo precisava lutar para usufruir de um direito de nascença. Logo me senti culpada por colocá-lo naquela posição ao matar Ansel. Talvez tivesse sido melhor apenas tê-lo prendido...

Foi quando um elfo loiro, alto e esbelto se aproximou do rei dragão e coçou o queixo, olhando para mim. Era o homem que tinha cavalgado nas costas do rei dragão. Kailani foi até ele e beijou seu rosto.

Claro, o rei elfo.

— Mas vocês *têm* dois herdeiros — afirmou o rei elfo.

O conselheiro revirou os olhos.

— Do que você está falando, elfo? Acabou de chegar aqui. Como eu disse, Ansel foi morto ontem à noite, agora só um lobo carrega a linhagem Lunaferis...

O rei elfo se aproximou do conselheiro e ergueu o queixo. Seu poder disparou pelo ar e chegou até a acariciar minha pele.

— Vocês têm *dois* se incluírem o que está crescendo na barriga dela. — Ele apontou para mim, e foi como se eu tivesse ficado sem ar.

— Impossível! — esbravejou o conselheiro. — É proibido o rei ter qualquer relacionamento com uma candidata nos Duelos Reais.

• 151 •

Opa. Eu precisaria falar a verdade.

Mas não seria alguma artimanha? Ele não tinha como saber que eu estava grávida tão cedo. Aliás, eu estava *mesmo* grávida? Minha menstruação deveria começar em uma semana, e só dormimos juntos duas vezes. Meu coração batia forte como o de um animalzinho apavorado, mas uma esperança também se inflamou dentro de mim. Mesmo que fosse mentira, era uma boa mentira. O amigo de Axil era astuto, e isso poderia impedir a próxima luta.

— Já dormimos juntos desde que cheguei aqui na semana passada — declarei, apesar dos suspiros chocados a meu redor.

Não era bem o comportamento de uma rainha, mas, se era para ajudar naquele truque, eu não ligava.

Qualquer coisa para evitar que Axil tivesse que lutar contra Brutus com um olho só.

— Mentira! — gritou alguém da alcateia de Cristaluna. — Ele está tentando fugir da briga com Brutus.

O rei elfo olhou para o homem que gritou.

— Sou Raife Luminare, rei dos elfos e o maior curandeiro já visto. Posso detectar vida na barriga de uma mulher antes mesmo que ela perceba. — Seu tom de voz estava firme e ameaçador.

Calafrios percorreram todo o meu corpo. Então *era* verdade? Eu estava mesmo grávida? Meus olhos se encheram de lágrimas. Eu queria tanto que fosse verdade.

Os lobos a nossa volta arfaram, alguns aplaudiram de entusiasmo. Axil era amado pelo povo e eu sabia que eles queriam que ele continuasse seu reinado se possível.

— Prove que é o rei dos elfos! Nunca vimos o senhor. Caso contrário, pode ser um truque! — gritou alguém.

Bem quando me perguntei como, em nome do Criador, Raife faria isso, o elfo acenou com a cabeça, caminhando até Axil, que continuava na forma de lobo.

Axil estava deitado em uma poça de sangue, com Cyrus e Dorian debruçados sobre ele para examiná-lo. Havia feridas por todo o meu amado, e estava claro que seu globo ocular e sua pálpebra haviam sido perfurados e rasgados.

• 152 •

O rei elfo se ajoelhou diante dele, Cyrus e Dorian saíram para lhe dar espaço.

Raife olhou para Axil com um sorriso.

— Olá, velho amigo.

O rei elfo pôs a palma da mão sobre o olho de Axil e emitiu uma luz roxa, deixando toda a multidão, inclusive eu, boquiaberta. Então ele franziu o cenho e semicerrou os olhos. Me perguntei se o processo de alguma forma o machucava também.

Observamos maravilhados, um ou dois segundos depois, o rei elfo afastar a mão, revelando que o olho de Axil estava curado. Ele piscou para Raife com um sorriso lupino no rosto. Então o elfo deixou o ringue e parou ao lado da esposa e Dorian assobiou para chamar a atenção das pessoas.

— Aí está nossa prova. Temos dois herdeiros! E isso significa que Axil continua sendo o legítimo rei! — anunciou.

— Não! — contestou Brutus, se lançando para Axil e virando lobo em pleno salto, na transformação mais rápida que já vi.

Olhei para a Guarda Real, ainda nas laterais do ringue e mais próxima de Axil.

— Protejam o rei! — gritei, correndo até meu companheiro, mas longe demais para impedir o ataque.

Meu coração foi para a garganta ao ver Axil mostrar os dentes, afrontando o golpe do lobo de Brutus. Eles se chocaram, rosnando, então a Guarda Real atacou. Não havia páreo para os implacáveis lobos da Guarda Real da Montanha da Morte. Eles atuavam como um só, investindo sobre Brutus em formação de alcateia. A poeira subiu, obscurecendo minha visão, e o som de carne sendo rasgada reverberou. Nacos de pele e carne eram arremessados do meio da algazarra. Não aguentando mais, disparei para a nuvem de poeira, mas alguém me segurou por trás.

— Deixa comigo — disse Madelynn no meu ouvido, seguida por um vento forte que passou tirando a nuvem de terra do caminho.

Quando vi que Axil não havia saído de onde estava momentos antes, suspirei de alívio. A Guarda Real tinha aniquilado Brutus na frente dele.

Estava acabado. Foi como tirar um peso das costas ao ver que meu amor estava vivo e ainda era o rei lobo.

Assim que ele começou a voltar à forma humana, Cyrus se aproximou e lhe entregou uma calça. Depois Axil veio em minha direção e, quando nossos olhos se encontraram, meu coração explodiu, porque ele olhou para minha barriga e sorriu.

Uma criança.

Olhei para o rei elfo, que fez um gesto com a cabeça, como se afirmando ser verdade, não uma farsa para salvar o amigo do desafio.

Corri para Axil, ignorando a carnificina e proibindo que ela estragasse aquele momento para nós. Havíamos feito uma vida juntos, uma vida que nasceria do nosso amor, carregando a luta que foi para nos reencontrarmos e, enfim, ficarmos juntos.

Colidi contra ele, seus braços me envolveram e ele me levantou, sorrindo.

— Valeu a pena esperar por você, meu amor — sussurrou em meus lábios.

A multidão aplaudia ao redor, e eu sorri enquanto o beijava, adorando como nosso povo estava do nosso lado.

Alguém atrás de mim pigarreou, Axil me colocou no chão e nos viramos para o rei dragão.

— Odeio ter que interromper, Axil, mas nosso querido amigo Lucien está segurando um exército inteiro sozinho. Sua ajuda seria muito valiosa.

O rei dragão bateu com o dedo na têmpora para indicar o dom que Axil possuía de controlar as pessoas. Eu sabia que esse poder era um bem inestimável em tempos de guerra, mas, tendo acabado de experimentar o efeito, não estava interessada em ver Axil usá-lo em outras pessoas tão cedo.

Axil se afastou de mim e puxou o rei dragão para um abraço, dando dois tapinhas enérgicos em suas costas.

— Que bom te ver, irmão.

Raife também se aproximou e também o abraçou. Todos os olhos estavam voltados para o meu companheiro. Será que ele cumpriria sua parte no trato, convocando nosso povo para uma guerra a fim de ajudar os amigos?

Eu esperava que sim. Devíamos tudo a eles, e Axil era um homem de palavra.

O rei lobo olhou para o líder da Guarda Real.

— Prepare as tropas para a guerra. Metade de cada família com mais de dezesseis anos deve se voluntariar, homem ou mulher, não me importa.

Calafrios percorreram meus braços. Estava acontecendo. Eu nunca havia passado por uma guerra, mas já tinha ouvido falar das crueldades da rainha de Obscúria. Além disso, eu tinha me afeiçoado a Kailani, Madelynn e Arwen. Devíamos nossa vida a elas, e se não travássemos aquela guerra agora, Zafira estaria batendo a nossa porta no futuro.

— A rainha de Obscúria declarou guerra a todas as criaturas mágicas! — anunciou Axil para a multidão reunida. — Vamos mostrar a ela que lobos não podem ser domesticados!

Rugidos e uivos eclodiram em apoio, depois a multidão se dispersou para desmontar o acampamento.

Quando o alfa dava uma ordem, ninguém discutia. Esse era o costume dos lobos.

No entanto, uma mulher deu um passo à frente, sem sair para guardar sua tenda com o resto, e eu sabia que a reconhecia de algum lugar.

Ah, claro. A esposa de Brutus.

— Zara pretendia desistir. Ela não pode ser rainha — disse a mulher.

Todos pararam o que estavam fazendo e se viraram para ela. Depois de reprimir um rosnado, me aproximei dela.

— Foi para salvar uma irmã de alcateia — murmurei entre os dentes cerrados, então olhei para a multidão e ergui os braços. — Qualquer mulher que se acha mais forte do que eu, desafio aqui e agora! — bradei, cerrando os punhos.

Eu destruiria qualquer uma para ficar com Axil.

Um silêncio pesado se propagou e, embora permitindo que minha raiva pela mulher me atingisse, forcei minha loba a se manter calma. Eu precisava parecer estar no controle.

Para minha surpresa, Eliza entrou no ringue e meu coração afundou. Ouvi alguns suspiros das outras mulheres.

Fiquei mais magoada do que furiosa por vê-la me desafiar. Por quê?

— Liza — comecei, mas ela caiu de joelhos diante de mim e abaixou a cabeça.

Agora entendi. Ela, como a última campeã viva dos Duelos Reais, estava enviando uma mensagem para as outras. Senti um nó se formar na garganta.

Amara, da minha alcateia, foi a próxima a entrar e a se ajoelhar. Depois outra, e outra, até que duas dúzias de mulheres estavam de joelhos diante de mim. Apesar da emoção, engoli em seco e levantei o queixo.

Axil se aproximou de mim e olhou para cinco conselheiros reais que observavam a demonstração de submissão de lobas que eram tudo menos submissas.

— O que dizem meus conselheiros? — perguntou Axil e eu me preparei.

Eles se entreolharam e, um por um, concordaram.

— Axil Lunaferis continua sendo o rei e Zara Lua de Sangue é a rainha escolhida pelo povo — declarou um deles.

As mulheres se levantaram e Eliza correu para me abraçar. Retribuí o abraço e desejei que finalmente pudéssemos comemorar. Alívio e emoção me arrebatavam em igual medida, mas havia um pressentimento ruim.

A guerra.

Eliza me soltou, e eu olhei para trás e vi que o rei e a rainha dragão já estavam nas formas de dragão com selas trançadas nas costas, esperando.

O tempo era curto e as celebrações teriam que esperar.

Estava na hora.

Minha capacidade como rainha seria testada muito em breve.

Não houve tempo para uma cerimônia de casamento. Eu não precisava, de qualquer maneira. Axil era meu e eu era dele. Fui declarada rainha pelo conselho, não havia necessidade de vestidos elegantes e festas. Eu nunca quis nada disso, eu só queria ele. Éramos aceitos pelo nosso povo como companheiros e monarcas, e isso era tudo o que importava para mim.

Havíamos deixado o líder da Guarda Real de Axil no comando dos esforços de guerra. As tropas de lobos deveriam vir em nosso auxílio imediatamente, mas não podíamos esperar para viajar com eles a pé. O rei feérico precisava de nós agora mesmo. Axil tinha me contado sobre Lucien e sua estimada amizade e aliança com os reis de Avalier naquele verão no acampamento, quando tínhamos quinze anos. Sobre como, uma vez por ano, ele ia a um retiro para passar um tempo com os três e fortalecer seu vínculo. E embora parecessem ter se afastado há um bom tempo, agora era como se nem um dia tivesse sido perdido entre eles.

Observei com alegria Raife e Axil colocarem o papo em dia enquanto voávamos no rei dragão. A nosso lado, Kailani e Madelynn viajavam em cima de Arwen.

— Casado. Nunca pensei que veria esse dia — confessou Axil para Raife, apesar do barulho do vento forte.

Raife sorriu.

— Não tem como deixar uma mulher como Kailani escapar.

Ele olhou através das nuvens para a esposa, e eu não pude deixar de espelhar seu sorriso. Gostei logo de cara de Raife: qualquer homem que falasse com tanto amor da esposa era um homem bom na minha concepção.

— Então, o que... — começou Axil quando um frio glacial se abateu sobre nós. De repente, nos vimos no centro de uma tempestade de neve surgida do nada.

Eu sabia que o rei do inverno era conhecido por ter um poder extraordinário que não conseguia controlar, mas agora eu estava vendo isso em primeira mão. Pelos meus cálculos, ainda estávamos em Arquemírea, território élfico, onde não nevava naquela época do ano — ou nunca. Raife parecia preocupado, franzindo a testa.

— A guerra deve ter piorado nas poucas horas desde que partimos — observou.

Conforme o rei dragão mergulhava baixo, atravessando as encorpadas nuvens carregadas de neve, uma visão horrível despontava. Milhares de soldados, a perder de vista, tentavam se infiltrar em Arquemírea.

Havia um paredão de gelo que crescia ao longo da fronteira e bloqueava o avanço dos homens.

Guerreiros élficos corriam para enfrentá-los, suas flechas navegavam sobre o paredão e empalavam os soldados de Obscúria.

— Me abaixe! — gritou Madelynn para Arwen, que desceu em direção ao exército de Obscúria.

Drae seguiu a esposa e, de repente, estávamos no meio da guerra.

— São tantos — observei, sem fôlego. Axil estendeu a mão e entrelaçou os dedos nos meus enquanto observávamos a carnificina em primeira mão. Cadáveres se espalhavam por ambos os lados da fronteira, os guerreiros de Obscúria usavam engenhocas de metal brilhantes nos pulsos e alguns lançavam vento e fogo como se fossem feéricos.

Madelynn havia nos contado sobre como a rainha de Obscúria tinha se apropriado de poderes mágicos, mas até agora eu não havia visto a prova com os próprios olhos.

— Não — rosnou Axil, e arrepios percorreram meus braços.

Quando segui sua linha de visão, meu coração foi para a garganta. *Um lobo.*

Era menor que um lobo de verdade, menos atlético e corria com o lado de Obscúria.

— Eles roubam nossa magia, mas ela não é tão boa ou eficaz para eles — explicou Raife.

Fervendo de raiva, foi então que pude testemunhar toda a dimensão do poder incrível de Madelynn.

Primeiro veio seu grito de guerra, depois uma parede de vento atingiu a ofensiva de Obscúria, lançando corpos no ar como folhas, arremessando-os a centenas de metros de distância. As árvores foram quebradas ao meio e a grama foi arrancada da terra. Ela tinha esvaziado quase cem metros da fronteira sem prejudicar o paredão de gelo ou um único guerreiro élfico.

— De nada, Zafira! — gritou de cima de Arwen. Eu a olhei com admiração. Essas mulheres, essas rainhas com as quais eu agora me igualava em status, eram inspiradoras.

— Ela é incrível — falei.

— Deve ser mais poderosa que Lucien, mas não diga para ele que falei isso — respondeu Raife, sorrindo.

Sobrevoamos mais combates e massacres, abrindo caminho para Fadabrava, conforme Madelynn ajudava a equalizar a guerra do alto. No entanto, quanto mais nos aproximávamos da fronteira do castelo de Obscúria, mais as coisas pareciam sombrias do nosso lado. Raife empalideceu ao ver os corpos dos elfos abatidos, bem como os dos feéricos. Parecia que o inimigo havia de alguma forma ultrapassado a escorregadia muralha de gelo de seis metros.

— Como conseguiram? — perguntei, espiando pela lateral do dragão e depois para baixo para ver mais de perto.

— Alguns deles podem voar e... — As palavras morreram na garganta de Raife ao vermos uma criatura de Obscúria saltar pela lateral sobre a barreira com facilidade e aterrissar em Arquemírea.

Meus braços se arrepiaram.

Não. Impossível. Eles foram quase todos exterminados.

A criatura correu até a guerreira elfa mais próxima a uma velocidade que mal dava para acompanhar e a segurou pela cabeça para abocanhar seu pescoço. Ao vê-lo beber o sangue da elfa, cerrei os punhos.

Mortosianos.

— Que o Criador nos ajude — arfou Raife. — Os mortosianos estão do lado de Obscúria. — Sua voz estava oca, em choque.

— Não — disse Axil, com um espanto evidente no tom de voz. —
Eles são neutros. Não lutam numa guerra há eras.

Era verdade que os habitantes de Mortósia eram párias reclusos
entre todos os povos de Avalier, mas à medida que mais e mais deles
ultrapassavam a barreira, percebemos que não eram mais neutros.

Os mortosianos eram sanguessugas que andavam eretos como
homens e ainda assim podiam saltar 30 metros e partir as costas das
pessoas ao meio com um só estalo. Eu odiava admitir que estava tomada
pelo medo.

Eu jamais tinha lutado contra um mortosiano ou visto um. Apenas
tinha ouvido histórias sobre eles e pensava que não podiam sair à luz do
sol, o que claramente era boato. Uma mortosiana de longo cabelo negro
olhou para Drae e se agachou. Em poucos segundos, ela saltou como se
estivesse voando! Se lançou direto para nós quando Drae soltou uma
baforada de fogo e a fez despencar com um baque.

Meu coração disparou ao observar toda a cena. Me voltando para
Axil com os olhos arregalados, peguei sua mão.

— A gente tem que ajudá-los.

Elfos inocentes estavam sendo massacrados.

Axil concordou, e quando se debruçou sobre a beirada da sela, entendi o que estava prestes a fazer. Eu nunca o tinha visto usar seu poder
de rei, e depois de ver Ansel usá-lo de forma tão cruel, fiquei nervosa.
Mas se ele pudesse impedir que os sanguessugas matassem mais elfos,
eu seria totalmente a favor.

Drae desceu até o solo e eu me preparei, sem saber se Axil levantaria
as mãos ou gritaria uma ordem, mas não. Ele apenas olhou para as
dezenas de mortosianos que avançavam. Um por um, tropeçaram, então
ficaram rígidos feito soldados, e eu soube que Axil tinha assumido o
controle sobre eles. Depois, marcharam sem entusiasmo até a arma
ou objeto pontiagudo mais próximo e se empalaram. Estremeci com a
visão, mas também aprovei.

Era guerra, e quando se estava em guerra, valia tudo.

Raife deu um tapinha nas costas de Axil em agradecimento, e
Axil acenou com a cabeça. Foi uma das coisas mais sombrias que eu já

tinha visto, fazer alguém abrir mão da própria vida... mas eles fizeram a escolha deles e nós tínhamos que reagir. Até o fim.

Depois de cuidar dos mortosianos, Drae nos levantou e adentrou Fadabrava, onde a temperatura despencou. Blocos grossos de neve caíam do céu e me fizeram apertar as capas de pele em volta do corpo.

Logo pousamos diante de um gigantesco castelo branco, coberto de neve.

Estávamos na famosa Corte do Inverno.

Madelynn saltou de cima de Arwen e disparou para dentro, pelo visto em busca do marido. Segui Raife, que guiou Axil e eu pelos degraus da frente, repletos de soldados, até a entrada.

Assim que cruzamos a porta, senti o calor de uma lareira, e fiquei grata. Vi Madelynn, abraçando um homem feérico muito alto e bonito, com cabelo preto como breu. Eles se afastaram quando nos viram. Lucien Almabrava deu uma rápida olhada em Axil e em mim, depois sorriu.

— Você veio.

Talvez fosse imaginação minha, mas as pupilas de Lucien pareciam nubladas como a neve. Ele de alguma forma controlava a tempestade que caía do outro lado daquelas paredes.

Axil deu um passo à frente e abraçou o amigo.

— Claro que sim, você mandou a caixa. Não tive escolha.

Lucien riu, e Arwen, Drae e Kailani se juntaram a nós.

— Os mortosianos se juntaram à luta? — perguntou Raife, a nosso lado.

Lucien parecia estressado, esfregando as têmporas.

— Logo depois que você decolou, recebemos a primeira onda deles. Demorei para compreender o que estava vendo.

O rei dragão soltou um assobio baixo.

— Como foi que Zafira convenceu o povo mortosiano a lutar contra nós.

— Quem liga? A questão é: como vamos derrotá-los? — perguntou Arwen, se dirigindo ao marido.

Todos se viraram para Axil, inclusive eu.

— Consegue controlar todos eles? — perguntou Lucien.

Axil balançou a cabeça.

— Um exército inteiro? Não sei se minha mente pode fazer isso sozinha.

— Entendo — disse Lucien, parecendo perturbado.

— Sozinho? — perguntei, me dando conta de que Axil usou essa palavra específica.

Ele olhou para mim com cautela, quase como se não quisesse que eu tivesse destrinchado suas palavras.

— Eu poderia, por um curto período, dividir o poder do rei com outro lobo dominante.

Outro lobo dominante. Eu.

— Então vamos fazer isso — respondi sem titubear.

Ele balançou a cabeça.

— E se você se machucar ou...

Ele olhou para minha barriga. Eu queria puxar Raife de lado e perguntar se era mesmo verdade, se eu estava mesmo grávida, mas não havia tempo. Talvez tivesse sido apenas uma distração da parte dele.

— Você mesmo disse que sou forte e que qualquer filho que fizermos será igual — afirmei.

Ele suspirou e inclinou a cabeça.

— Tem certeza de que consegue lidar com isso?

— Absoluta.

Raife esfregou as mãos, ansioso.

— Se conseguirem dividir o peso de conter os mortosianos, vamos salvar milhares de vidas. Vai ser só até entrarmos lá e matarmos a rainha. — Ele lançou um olhar esperançoso para Axil.

Axil olhou para mim de novo, como se precisasse da minha confirmação de que desejava mesmo fazer aquilo. Estendi o braço e apertei a mão dele, tendo uma ideia.

— Aposto que podemos modificar algumas selas de cavalo para que se ajustem as nossas formas de lobo.

Éramos menores que cavalos, mas não tanto.

Os olhos de Lucien brilharam.

— Qual é a sugestão?

Dei a todos na pequena reunião um sorriso malicioso.

— Eu e Axil vamos cavalgar juntos, com um de vocês nas nossas costas. Vamos usar nosso poder para impedir qualquer ataque e levá-los direto até a rainha.

Drae arfou de leve.

— Brilhante. Isso! E eu e Arwen podemos circular do alto para afastar possíveis ataques aéreos.

— Eu quero fazer isso — disse Raife de repente, chamando a atenção de todos.

— Fazer o quê? — perguntou Lucien.

O curandeiro normalmente pacífico cerrou os punhos.

— Quero rasgar a garganta dela e sussurrar os nomes da minha família no ouvido dela antes que ela queime no fogo de Hades.

Nossa. Era um boato bem conhecido que a rainha de Obscúria tinha matado toda a família dele, mas eu meio que não havia acreditado até agora.

Axil pôs a mão no ombro de Raife e apertou.

— Você pode vir comigo.

— Eu e Madelynn vamos cuidar das tropas na linha de frente. Congelo qualquer um que passar — disse Lucien.

Madelynn concordou, se aproximando do marido.

— E eu vou montada em Zara — declarou Kailani, olhando em seguida para mim. — Tudo bem? Conheço bem o reino de Obscúria. Cresci lá — acrescentou, um pouco envergonhada.

Abri para ela um sorriso tranquilo.

— Perfeito.

Eu sempre dava carona para Oslo e os amigos dele na minha forma de lobo, às vezes três deles ao mesmo tempo. Minha loba era dez vezes mais forte do que eu. Eu ficaria mais lenta do que o normal, mas tudo bem: era minha força mental que precisaria estar na melhor forma para controlar as pessoas contra a vontade delas.

De repente, uma babá se aproximou trazendo dois bebês, um em cada braço, e eu suspirei.

Eram tão perfeitos e minúsculos.

Com sorrisos largos, Drae e Arwen pegaram um bebê cada e os apertaram junto ao peito, distribuindo beijos em seus rostinhos.

— Elas são fofas — observei para Arwen, que olhou para mim radiante. Gêmeos também eram comuns entre os lobos. Às vezes trigêmeos.

Isso me fez refletir sobre a vida que crescia em mim e se estava de fato comprovado.

— Será que podemos conversar por um instante, Raife? — perguntei, indicando com a cabeça um ponto a alguns passos de distância, perto da lareira.

Ele fez que sim e me seguiu.

Assim que ele estava diante de mim, pus a mão sobre minha barriga lisa.

— Estou *mesmo* carregando um bebê? Não vou ficar brava se tiver sido um truque. Afinal, isso salvou a vida de Axil.

Ele sorriu para mim.

— Está. É muito cedo, mas vejo como um pequeno lampejo de luz dourada em seu ventre. — Ele deu uma olhada na minha barriga, não dava para acreditar o quanto seu dom de cura era extraordinário a ponto de detectar uma vida antes mesmo de a mãe detectar. — E não creio que o uso de quaisquer dons mentais interfira na gravidez nesta fase.

Pisquei para não deixar cair as lágrimas que encheram meus olhos.

— Obrigada.

Então retornamos para nos juntar aos outros. Eu sabia que Axil devia ter ouvido tudo, considerando a audição apurada que tinha e a curta distância entre nós e ele. Quando voltei para seu lado, ele passou a mão pela minha barriga e sorriu para mim.

— Certo. Vou precisar de um tempo para treinar Zara — avisou.

Lucien parecia estar metade conosco e metade com a tempestade lá fora.

— Quando seus lobos chegam? — perguntou, distraído.

— Pode levar dois dias ou mais com um contingente tão grande, mas posso reunir uma força de elite menor aqui em poucas horas se Arwen e Drae estiverem dispostos a voar com eles — disse Axil, olhando para o rei e a rainha dragão.

Marido e mulher trocaram olhares e concordaram.

— Podemos voar a noite toda, comportando de duas a quatro pessoas cada, até termos o suficiente.

Foi um alívio. Se conseguissem trazer a Guarda Real para cá, aqueles mortosianos não teriam chance.

Raife pigarreou.

— Agradeço que tenha convocado todo o seu exército para nós, Axil, mas se o seu poder for grande o bastante, talvez não precisemos deles. Podemos terminar isso amanhã de manhã.

— Zero pressão — disse Axil, rindo de nervoso.

Raife deu um tapinha nas costas de seu querido amigo.

— Vi o que você fez lá atrás com os mortosianos. Foi incrível. Só precisamos disso numa escala maior.

Axil se virou para mim.

— Então, se nos derem licença, Zara precisa treinar.

Saímos da sala rumo a uma pequena biblioteca. Gostei de ver como Axil parecia saber para onde estava indo, mostrando que já esteve ali antes, provavelmente quando criança.

Ele olhou em volta, pelo visto dominado por lembranças, depois para mim.

— Sabe como é exercer seu poder dominante e encarar outro dominante nos olhos?

Confirmei com a cabeça. Como mulher em uma alcateia de homens fortes, eu vivia precisando fazer aquilo.

— Bem, controlar outra pessoa contra a vontade dela é muito parecido com isso. Mas em vez de manter contato visual, você... — Ele apertou os lábios, olhando para as filas de livros ao longe, pelo visto sem palavras. — Você mantém em mente a imagem do que deseja que façam e... *impõe* isso a eles. Você deve envolvê-los até que sejam forçados a obedecer — terminou, depois balançou a cabeça. — Desculpe, nunca tive que explicar isso para outra pessoa. Meu pai ensinou para mim e Ansel quando éramos mais jovens.

— Tudo bem. Acho que entendi. É como mentalizar uma pessoa se ajoelhando e ela se ajoelhar?

— É, mais ou menos. Quer experimentar em mim primeiro?

Arregalei os olhos. Controlar Axil? Contra a vontade dele? Parecia errado, mas eu também sabia que ele era a melhor pessoa em quem praticar.

— Hã, claro — concordei, hesitante.

— Você não vai me machucar — garantiu, colocando o braço sobre o meu. — Não tire os olhos dos meus.

Eu tinha amigos submissos, que afirmavam ser desconfortável fitar um dominante daquele jeito, explicando que quando fixavam os olhos no alfa por muito tempo, seu estômago se revirava todo.

Mas eu não. Isso me emocionava. Meu coração batia forte de ansiedade, pensando em quanto tempo eu poderia aguentar.

— Terei que trazer você para a alcateia da Montanha da Morte — declarou.

Mesmo sabendo que era inevitável, meu coração ficou um pouco apertado com a ideia de deixar Dorian, Amara, meus irmãos... Eliza. Eles não seriam mais minha família de alcateia. Mas Axil era minha família agora, bem como a criança em meu ventre, e eu teria que me juntar à Montanha da Morte para ser de fato a rainha dos lobos.

— Tudo bem — concordei, estendendo o pulso virado para cima.

Fixei o olhar no de Axil com bravura, apertando o maxilar, enquanto ele arrastava um dedo em forma de garra pelo meu braço e tirava sangue. O domínio do rei alfa era diferente de tudo o que eu poderia descrever para alguém de fora. Ao olhar para ele agora, eu entendia que ele poderia me derrotar em combate, que poderia assumir o controle da minha vontade, mas também que me protegeria a todo custo, que eu podia depender dele para qualquer coisa. Era assim o verdadeiro domínio em uma alcateia. Meu líder, meu protetor, meu companheiro.

Quando ele encostou o pulso ensanguentado no meu, arfei.

— Zara Lunaferis... — Ele me deu seu sobrenome, e eu tive que suprimir um gemido de surpresa. Parecia tão certo. — Reivindico você para a alcateia da Montanha da Morte e compartilho este fardo com você. A magia dos meus antepassados.

Suspirei ao me sentir sendo arrancada de meu irmão, Dorian, Eliza e todos das Terras Planas. Foi como descobrir que alguém que sempre

• 166 •

esteve lá desaparecesse de repente, substituído por outras pessoas: Axil e todos os lobos da Montanha da Morte. Então senti sua magia e vi que não estava preparada para o zumbido quente que correu pelas minhas veias e chegou ao peito. Estremeci quando a magia entrou toda em mim e se instalou sob a pele.

— Sentiu?

Engoli em seco e fiz que sim. Foi aflitivo, como estar compartilhando o corpo com outra pessoa. Minha loba estava lá, e de repente havia mais uma. A magia.

Então me dei conta de que estive olhando nos olhos dele o tempo todo e sem dificuldade.

— Você será mais dominante enquanto estiver com o poder — avisou ele, se afastando cinco passos de mim e abaixando os braços. — Agora me faça ajoelhar.

Engoli em seco, tentando me concentrar.

— Ajoelhe-se! — gritei com veemência, mas nada aconteceu.

Axil balançou a cabeça.

— Não precisa dizer em voz alta. Ansel fazia isso para se exibir. Se concentre na visão, me visualize ajoelhado, então convoque sua magia e… *lance* em mim.

Tudo bem.

Fechei os olhos e imaginei o rei dos lobos baixando a cabeça e se ajoelhando na minha frente. Então senti a magia ganhar vida dentro de mim. Abri os olhos e impus essa visão sobre ele como se estivesse lançando uma rede de pesca para capturá-lo.

Ele estremeceu por um instante, depois caiu de joelhos, com a cabeça baixa.

Arfei, soltando o controle que tinha sobre ele, e ele olhou para mim com um sorriso.

— Você nasceu para isso.

Meu coração batia forte com o poder disparando por mim.

— Você sempre teve isso? — perguntei, olhando para minhas mãos como se fossem armas.

— O fardo de um rei lobo: saber quando usá-lo e quando se abster. Uma coisa que meu irmão nunca aprendeu — rosnou a última parte.

◆ 167 ◆

— Como usar isso em várias pessoas? — perguntei, pensando no exército de mortosianos sanguessugas que estávamos prestes a atacar.

Axil suspirou e se aproximou.

— Com muita habilidade. — Ele estendeu a mão e acariciou a lateral da minha bochecha. — A maioria dos homens gostaria de esconder a mulher dele e protegê-la de tanto perigo, mas sei como você é forte — afirmou, com os olhos amarelos radiantes. — Sei que podemos vencer esta guerra juntos.

Sua confiança em minhas habilidades me fez sorrir.

— Dito isso...

Me preparei para ouvir que eu deveria ficar em casa porque estava fraca, ou grávida, ou as duas coisas.

— Que tal eu me preocupar em subjugar as massas, e você apenas abrir caminho por elas para podermos levar Raife até a rainha?

Ele não queria que eu me esforçasse muito, e eu compreendia.

— Sem ofensa ao rei elfo, mas ele não é um curandeiro em vez de um lutador?

Eu odiava questionar seu querido amigo, mas será que o homem conseguiria matar a infame rainha Zafira de Obscúria?

Axil me deu um sorriso lupino.

— Raife poderia partir uma flecha a um quilômetro de distância.

Tudo bem, então era óbvio que eu tinha julgado mal o grande curandeiro e me esqueci completamente dos famosos Flechas Reais élficos.

— Mesmo sem o arco? — perguntei.

Era duro admitir que eu tinha um certo preconceito, tomando os elfos como guerreiros fracos em comparação com o povo-dragão ou feérico.

— Zafira matou toda a família dele. Envenenou todo mundo na frente dele. Nada é mais forte do que o ódio que ele sente por essa mulher. Ele vai arrancar o coração dela com a mão, se for necessário.

Concordei em aprovação. Esse, sim, parecia meu tipo de guerreiro.

— Então estou pronta. Vamos nessa.

Fiquei ereta e toda orgulhosa. Queria que Axil soubesse que eu estava com ele, como sua companheira, sua rainha, não importava o que acontecesse.

Ele riu.

— Calma lá. Vamos praticar um pouco mais primeiro.

◆ ◆ ◆

Quatro horas depois, após um farto jantar e perto das duas da manhã, todos os reis e rainhas de Avalier se curvaram diante de mim no salão principal. Eu tinha praticado por mais de duas horas, e Arwen e Drae haviam acabado de voltar da segunda viagem. Agora tínhamos uma dúzia de guardas de elite se atualizando sobre a guerra com o comandante de Lucien.

— Que divertido — confessei.

— É, acho que ela dominou a habilidade, Axil. Meus joelhos estão doloridos — reclamou Arwen de brincadeira, então soltei o controle sobre todos eles.

Um por um, eles se levantaram e me avaliaram.

— Vai dar certo — disse Raife com entusiasmo. — Se ela conseguir me deixar perto da rainha, vamos acabar com isso.

Lucien e Madelynn estavam com a cabeça longe, embora fisicamente presentes e usando seus poderes para controlar o clima lá fora.

— Tem mais deles — observou Madelynn com uma voz estranha. — Mortosianos. Precisamos atacar logo, assim que amanhecer, pois receio que se deixarmos que eles se acumulem... — Sua voz foi sumindo.

Lucien concordou, olhando para longe.

— É agora ou nunca. Vamos dormir algumas horas e depois nos preparamos para sair. — Ele gesticulou para mim e Axil.

Sempre fui fascinada pelo poder que os feéricos detinham. Poder controlar a própria natureza era incrível.

— Meus homens estão se inteirando da situação. Vou avisá-los que partimos a cavalo ao amanhecer — declarou Axil.

Dei uma olhada em Raife e fiquei alarmada por ele estar sorrindo de orelha a orelha.

Kailani pigarreou.

— Querido... qual é a graça?

Ele sacudiu a cabeça, desfazendo o sorriso.

— Ah, nada, só pensei na rainha morrendo de falta de ar e fiquei emocionado. Acho que não vou conseguir nem dormir.

Kailani olhou para todos nós com os olhos arregalados e deu um tapinha no ombro dele.

— Vamos guardar esses pensamentos sinistros para nós mesmos, meu bem.

O grupo todo caiu na gargalhada. Raife devia ser o único ali animado de verdade para a manhã seguinte.

17

Devo ter dormido só umas duas horas, mas foi o suficiente. Depois de terminar o café da manhã, com o céu ainda escuro, seguimos para os estábulos.

O fabricante das selas usadas no rei e na rainha dragão tinha conseguido reformar algumas selas de cavalo para Axil e eu. Havíamos finalizado o plano e foi decidido que Axil levaria Raife e eu levaria Kailani. Enquanto isso, Arwen e Drae voariam, nos vigiando de cima, e Madelynn ficaria em solo, usando seu vento para repelir qualquer ataque ao Castelo do Inverno, onde sua irmã mais nova e os gêmeos de Arwen e Drae estavam sendo protegidos.

A nosso redor estariam os exércitos de Avalier misturados ao povo-dragão, elfos e feéricos. Além de, claro, nosso exército real de lobos de elite. Se a guerra durasse dias, os lobos fariam uma demonstração de força ainda mais sólida. Dez mil dos mais fortes, juntos dos outros. O posicionamento dos mortosianos tinha sido uma surpresa, mas nada que não pudéssemos resolver juntos. Eu me sentia confiante.

Era um ótimo plano, quase perfeito se tudo corresse nos conformes.

Me virei para Axil para perguntar uma coisa, mas vi a cor sumir de seu rosto. Ele olhava longe, parecendo estar perdido nos próprios pensamentos.

— Axil?

Seu olhar se voltou para o meu e ele engoliu em seco. Estávamos no estábulo de um celeiro, prestes a nos transformar em lobos e a colocar as selas. Ele atravessou o celeiro e pegou meu rosto entre as mãos trêmulas.

— Meu amor, um de meus conselheiros me deu uma notícia preocupante. — Sua voz falhou, e algo dentro de mim se quebrou.

Não era bom. Fosse o que fosse, não era nada bom. Axil tinha uma ligação mental constante com seus conselheiros; fazia parte de sua magia de alfa. Não importava a distância ou a forma, eles conseguiam se comunicar.

E pelo seu semblante, o conselho tinha acabado de revelar algo realmente terrível.

— Não — choraminguei, indisposta a saber o que o havia deixado daquele jeito, como se tivesse visto a própria morte.

Lágrimas encheram seus olhos e seu lábio inferior tremeu.

— Ontem à noite, a rainha Zafira enviou um exército de invasores mortosianos para Lunacrescentis. Ela devia estar observando...

— Axil, fala logo! — gritei, com um soluço já se formando na garganta.

Ele soltou um suspiro trêmulo e me olhou bem nos olhos, os seus ainda cheios de lágrimas.

— Cyrus foi morto e Oslo foi levado.

Nada no mundo poderia ter me preparado para aquelas palavras. Minhas pernas enfraqueceram, desabei e tudo ficou escuro.

◆ ◆ ◆

Acordei nos braços de Axil alguns instantes depois. Raife estava ali com uma luz roxa se projetando da palma da mão para meu rosto, enquanto eu piscava depressa.

Por que eu estava caída no chão do celeiro? Então, ao me lembrar do que Axil tinha me contado, a mais pura tristeza me rasgou.

Chorei e rolei para o lado enquanto minha loba assumia o controle. Eu não conseguiria ser forte, não na forma humana, era demais para suportar.

Cyrus. Meu doce irmão mais velho. Meu treinador. Um marido. Um pai.

Não. Não podia estar acontecendo.

Mas estava.

Acolhi com satisfação a dor que o estalar de ossos e a ruptura de músculos provocaram. Foi bom na hora. Eu queria sentir a agonia, melhor do que me sentir vazia. Como se um enorme buraco tivesse sido escancarado em meu peito.

Levantei a cabeça e libertei um uivo angustiante. Não pude deixar de me perguntar se, graças ao vínculo da alcateia, eu teria sentido a morte de Cyrus se Axil não tivesse me reivindicado na noite anterior. Algo forte como uma morte podia ser percebido por todos os integrantes da alcateia. Talvez tivesse sido uma bênção eu não ter sentido.

Esperei que Axil me tomasse nos braços, tentasse me acalmar com palavras, mas em vez disso, foi Raife quem se ajoelhou diante de mim, segurou com delicadeza as laterais do meu rosto de loba e me forçou a olhar em seus olhos.

— Sei como se sente — disse com calma, os olhos brilhando de raiva. — Eu *odeio* saber exatamente como você se sente, mas eu sei. Zafira matou minha mãe, meu pai e todos os meus irmãos de uma só vez. Esperei *anos* pela vingança.

Minha loba ganiu enquanto sustentava seu olhar. Naquele momento, senti que ele era o único no mundo que me entendia, que compreendia o que eu estava passando.

— Mas você não precisa esperar anos pela sua vingança, Zara. Pode obtê-la agora e salvar seu irmãozinho antes que ela o mate também.

Oslo. À menção de seu nome, fiquei de pé, forçando Raife a soltar meu rosto. A única coisa que afastava o peso e a escuridão da minha dor foi pensar no meu irmão caçula.

— Pronta? — perguntou Raife.

Concordei com prontidão. Se a rainha de Obscúria tinha raptado Oslo, ela estava prestes a descobrir que se meteu com a mulher errada.

Na mesma hora, as portas do celeiro foram abertas e Kailani entrou correndo, sem fôlego.

— Ouvi falar que seu irmão mais novo foi levado. Sei onde a rainha o esconderia e como entrar no castelo.

Tudo isso tinha acabado de se tornar uma missão de resgate.

Olhei para Axil, que pareceu indeciso por um momento. O rapto de Oslo mudava tudo — precisávamos salvá-lo primeiro.

— Vamos — concordou.

Kailani foi na frente, prendendo depressa as selas em nossas costas. Se ela tinha crescido na cidade de Obscúria e conhecia a área como a palma da mão, eu precisava de sua ajuda para resgatar Oslo. Ela era a nossa melhor aposta para nos infiltrarmos no castelo.

— Cadê suas roupas para depois da transformação? — perguntou Kailani. Indiquei uma pilha de roupas no canto. Ela as recolheu, guardou na bolsa e pulou nas minhas costas sem medo.

Quando olhei para Axil, ele falou em minha mente usando nosso recente vínculo de alcateia. *A gente pode se comunicar na forma de lobo. Deixe a parte mais perigosa comigo e Raife, e foque apenas em resgatar Oslo.*

Sim, respondi.

Com isso, saímos do celeiro e pisamos no solo nevado. Nosso pequeno contingente de Guardas Reais de lobos nos esperava em formação em V. Axil fez um gesto para eles quando passou e todos se alinharam atrás de nós. Tentei não deixar a mente viajar e me perguntar o que eu poderia ter feito de diferente para salvar Cyrus. Na noite anterior, Arwen e Drae haviam feito tantas viagens para trazer a Guarda Real. Era quase como se os mortosianos tivessem esperado os dois terminarem para atacar. A crueldade planejada fez uma chama de raiva explodir dentro de mim.

Fazia horas que estava nevando e um frio permanente permeava o ar, algo esperado na porção de inverno do reino feérico. Já que meus pelos de loba eram grossos e vivia nevando nas Terras Planas, isso não me incomodava. A única coisa em que eu pensava era em meu irmão caçula. Eu havia perdido meus pais e agora Cyrus. Não podia perdê-lo também.

Levamos cerca de uma hora até a fronteira. Os povos feérico, elfo e dragão fizeram um trabalho maravilhoso ao formar uma frente unida contra o exército de Obscúria. Vi feéricos ao lado de elfos, todos trabalhando juntos. Era uma cena linda, dadas as circunstâncias, e me orgulhei de como meu povo também estava a caminho para dar uma mãozinha.

Ciente de que Kailani se segurava à sela com firmeza, eu corria à toda velocidade com Axil e Raife bem ao lado. Quando chegamos ao paredão de gelo na fronteira, me preparei.

Os mortosianos que passavam por cima do muro eram alvejados pelos Flechas Reais élficos.

Como vamos fazer?, perguntei para Axil, me sentindo oprimida de repente.

Pessoas morrendo a torto e a direito, os mortosianos sanguessugas bloqueavam a passagem. Eu teria dito que voar seria a melhor opção, mas quando olhei para cima, vi o brilho de asas de metal. O céu estava cheio delas. A rainha de Obscúria e suas máquinas pareciam não conhecer limites.

Eu e a Guarda Real vamos abrir caminho para você, disse Axil e eu confiava nele o suficiente para acreditar em sua palavra. Minha mente estava em meu irmão agora, o resto era secundário.

Aguenta firme, Oslo, pensei. Se aquela maluca fizesse mal a um fio de cabelo dele, eu a esfolaria viva, assim como a todos os filhos dela. Eu não ia jurar que permaneceria razoável no respeito a minha família. Quando alguém fazia mal aos que eu amava, minha honra caía por terra e eu não seguia regras. Era meu jogo agora e eu pretendia vencer. No final, ou eu estaria morta no chão, ou a cabeça da rainha estaria presa a uma estaca na praça central da Cidade de Obscúria.

Sem meio-termo.

Soltei um grunhido e saí correndo, seguida por Axil. Ganhamos velocidade e então, como se lendo os pensamentos um do outro, saltamos juntos a gigantesca parede de gelo e pousamos no meio do caos. A Guarda Real fez o mesmo e se instalou a nosso lado, se espalhando para nos flanquear.

Soldados de Obscúria e mortosianos foram logo voltando a atenção para nós, e me preparei para o pior.

Mas nada aconteceu.

Ao vê-los congelados como estátuas de mármore, soube, na mesma hora, que Axil os estava controlando.

— Agora! — gritou Raife e uma saraivada de flechas saiu das árvores, perfurando os soldados imobilizados no peito.

Enquanto isso, nossa Guarda Real saltou de suas posições e rasgou o pescoço dos mortosianos.

Tudo acontecia tão rápido que era difícil processar.

— Vá! — instou Kailani, me chutando de leve com os calcanhares, como se faz a um cavalo, me tirando do transe.

Disparei do meio da algazarra e atravessei a floresta em direção ao centro e ao castelo da Cidade de Obscúria mais além. Quando uma forte lufada de vento passou por nós, presumi que fosse Madelynn por um instante, até que vi um humano de orelhas curtas correndo em nossa direção com os braços esticados.

Ele tinha poderes do vento!

Mantive a calma, usando o poder do rei lobo que Axil havia compartilhado comigo, e imaginei o homem congelando, com os joelhos ficando rígidos. Então lancei o poder sobre ele. De repente, o homem tropeçou e caiu, duro como um tronco de árvore cortado.

Bom o bastante.

Tentando permanecer fora de vista, continuei, disparando por entre as árvores na direção em que Kailani gentilmente me induzia a tomar. Avancei pela floresta, congelando mais um ou dois soldados que surgiram no caminho, até que de repente me deparei com um grupo de mortosianos. Estavam parados em volta de um mapa, discutindo estratégias de batalha, quando saltei do matagal e parti com tudo para cima deles.

Eram mais de uma dúzia e saltaram para trás, assustados, alguns sibilando. Derrapei até parar diante do grupo e Kailani praguejou. Senti o poder do rei correr em minhas veias, mas antes que pudesse me concentrar para usá-lo, os mortosianos atacaram.

Eles eram tão rápidos. Num piscar de olhos, já estavam em cima de nós.

Temi primeiro por Kailani. Eu não conhecia suas habilidades, então corri para o lado para evitar dois dos sanguessugas, mas me vi de frente para um terceiro. Ele pulou nas minhas costas, bem onde Kailani estava, e me preparei para o quarto que já vinha na minha direção, mas rasguei sua perna com as presas. Senti um corpo voar de cima de mim, aterrissando na minha frente, mas fiquei aliviada ao ver que não era a rainha. Era um mortosiano, com uma adaga cravada no peito.

Congelem, pensei, lançando a intenção como se lança uma rede. As criaturas diminuíram a velocidade, mas não pararam.

Então me lembrei do conselho de Axil sobre ter menos a ver com palavras e mais com visualização, só que isso era impossível em meio ao pânico! Imaginei todos os mortosianos de repente apertando o próprio crânio, acometidos por uma dor terrível e caindo um por um, suplicantes, de joelhos.

Arfei com a sensação de que havia feito alguma coisa sombria, mas outra vez Kailani me instou com os calcanhares.

— Vá! — exclamou.

Corri, mas a sensação doentia de que não era melhor que Ansel me perseguiu. Por que me sentir mal por machucar alguém que estava tentando me matar? Era meu lado dominante. Parecia errado controlar alguém daquele jeito, mas no momento era necessário. Axil tinha razão, esse poder era mais um fardo do que uma bênção.

Dessa vez fui mais devagar, rastejando pela floresta e observando os grupos de soldados de Obscúria. Ao ver a silhueta do castelo surgindo no horizonte, minhas forças foram renovadas, e corri com ainda mais determinação.

— Perto da muralha oeste tem um bueiro. Vamos entrar na cidade por ali, se possível — avisou Kailani.

Era de manhã cedo. Guardei para mim o medo de sermos vistas e atingidas por uma flecha. Era melhor avaliar a situação quando chegássemos lá. Avancei devagar na direção indicada, parando apenas ao ouvir um galho estalar atrás de mim.

Sou eu, veio a voz de Axil a minha mente. Então o vi.

Ele estava correndo a meu lado com Raife ainda firme em suas costas. Estavam cobertos de terra e sangue e marcados pela batalha, mas, fora isso, pareciam bem.

E a Guarda Real?, perguntei, aliviada por ele não estar ferido.

Estão ajudando na linha de frente. Vou deixar Raife lá dentro e tomara que ele mate a rainha e acabe com isso antes que mais pessoas morram. Raife olhou para a esposa.

— Os bueiros?

— Se possível — respondeu ela.

Abrimos caminho pela floresta, atentos para mais soldados que se dirigiam para a linha de frente. Toda a guerra parecia estar se acumulando na fronteira entre Fadabrava e Arquemírea.

• 177 •

Havia alguns mortosianos disseminados e soldados de Obscúria aqui e ali, mas nada que não pudéssemos dar conta. Quando finalmente chegamos ao lado oeste da muralha que cercava a cidade, meu coração afundou.

Mais de 50 homens andavam no topo munidos de arcos e flechas e prontos para defender sua terra. Seria impossível passar por todos eles. Será que Axil poderia impor sua vontade sobre tantos? Provavelmente... mas por quanto tempo? E se pelo menos uma pessoa disparasse o alarme, haveria mais deles do lado de dentro, não é? Sem palavras e perdidos nos próprios pensamentos, nos escondemos atrás de um arbusto.

Kailani desceu de cima de mim e começou a soltar minha sela, e eu a olhei perplexa, mas ela se virou e disse ao marido:

— Precisamos de uma distração. Atraia os homens para o lado norte da muralha para que eu e Zara possamos entrar.

Isso foi bem engenhoso. Suas ideias eram boas.

Posso fazer isso. Leve Raife caso veja a rainha. Só acabem com isso logo, pediu Axil apenas para meus ouvidos, mas fiquei aflita ao pensar no risco que ele correria por mim, por Oslo. E se o matassem?

— Preciso que volte para a forma humana para caber no bueiro — disse Kailani, olhando para mim e deixando a pilha de roupas junto as minhas patas dianteiras.

Dei uma olhada em Axil, tentando não demonstrar meu medo por meio do nosso vínculo. *E se você acabar machucado?*

Ele olhou para mim com olhos azuis brilhantes. *E se eles estiverem fazendo mal a Oslo agora mesmo?*

A suposição me dava um nó na garganta.

Não posso viver com isso, Zara. Ele é parte sua e, portanto, é parte minha. Vá buscá-lo que eu cuido de tudo aqui.

Dei alguns passos, me livrando da sela pesada, e acariciei seu pescoço com meu focinho. *Eu te amo,* choraminguei. *Agora. Sempre. Até o fim dos tempos.*

Ficamos daquele jeito por um tempo, enquanto Raife e Kailani esperavam que nos despedíssemos. Senti a importância e o peso do que ele havia dito. Oslo poderia estar sofrendo naquele exato momento.

Quando senti que tinha me despedido direito, comecei minha transformação. Em poucos segundos, já na forma humana, me agachei e beijei a testa do lobo de Axil.

Então me levantei, tomando cuidado para continuar atrás dos arbustos, e fui até Raife. Ele me encarou, sem saber o que Axil e eu disséramos um para o outro.

— Axil vai distraí-los sozinho. Você vem com a gente e, se encontrarmos a rainha, vamos acabar com ela. E damos fim à guerra.

Raife sorriu, aprovando, mas o sorriso desapareceu quando olhou para o velho amigo. Um só homem contra 50 não era uma luta justa.

Ao ouvir o estalo de folhas sendo esmagadas, olhei para a direita e fui logo apertando o cabo de minha faca, mas parei ao ver uma cabeleira ruiva e abundante.

Madelynn saltou para nossa pequena alcova encoberta no mato e abriu um sorriso torto para Axil.

— Precisa de ajuda? Sempre quis montar num lobo.

O alívio me percorreu, puxei a rainha para um abraço, apertando-a com força.

— Obrigada — sussurrei. Eu mal conhecia aquela mulher, mas ela era uma feérica muito poderosa e talvez a única capaz de ajudar Axil a derrotar tantos homens e mantê-lo vivo.

Ela me abraçou com força, acenou e, sem mais alarde, ocupou a sela nas costas de Axil, então olhou para Kailani, Raife e eu.

— Ouvi dizer que vai ventar muito hoje. — Deu piscadela e com isso Axil disparou, correndo para o campo aberto enquanto um redemoinho gigante ganhava força acima da extremidade norte do portão.

— Como eu amo essa garota — confessou Kailani.

— Eu também — admiti.

Então Raife ficou bastante quieto, respirando fundo e puxando uma flecha de sua aljava. Ele a encaixou no arco e olhou para nós.

— A rainha de Obscúria está atrás daquela muralha. Posso sentir. E eu não vou embora sem ver a ponta desta flecha cravada no coração dela.

Tinha chegado a hora da vingança. Quando Zafira levou meu irmão mais novo, não imaginava com quem estava mexendo.

Graças à comoção causada por Madelynn e Axil na extremidade norte da muralha, conseguimos entrar no bueiro e sair na cidade sem ninguém ver. Nem eu nem Kailani tínhamos que esconder as orelhas pontudas, então apenas Raife precisou disfarçar o cabelo branco comprido e as orelhas pontudas com um chapéu enquanto caminhávamos pela cidade dos humanos.

Ouviam-se gritos e sobressaltos ao longo da muralha superior do castelo e os moradores corriam às pressas, fechando seus estabelecimentos, enquanto soldados montavam em cavalos e partiam para a guerra. Espelhamos a movimentação frenética de todos, correndo pela cidade em direção a uma área industrial.

— Qual é a amplitude de seus poderes agora? — sussurrou Kailani. — Consegue fazer alguém destrancar uma porta ou nos dar as chaves?

O pânico me dominou ao pensar que recuperar meu irmão poderia depender de executar bem um poder que só fazia um dia que eu possuía.

— Duvido, mas eu poderia congelá-los até você roubar a chave — respondi com honestidade.

— Pode funcionar.

— Acha que a rainha está fazendo experimentos nele? — perguntou Raife à esposa enquanto corríamos até algumas construções gigantescas. Suas palavras me fizeram tropeçar, mas tive que controlar as emoções e continuar seguindo os dois, mesmo temendo a resposta de Kailani.

— Acho que sim. Imagino que ela queira a magia de lobo dele — respondeu, aumentando meu pânico. — *Ou* ela sabe que ele é irmão da nova rainha dos lobos e o quer como refém. Nesse caso, ele estaria na masmorra.

Tudo bem, isso era ainda mais aterrorizante.

Mantendo a cabeça baixa, entramos e saímos de diversas ruas até chegarmos a um grande prédio de tijolos com janelas de vidro colossais. Dois guardas patrulhavam a entrada, cada um segurava uma arma do tipo arpão que refletia a luz.

Kailani olhou para mim.

— Hora do show.

Fiquei a postos enquanto ela atravessava os portões e se aproximava dos homens. Eles apertaram as armas e as levantaram um pouco ao vê-la se aproximar, então me concentrei em congelá-los para evitar qualquer movimento adicional. Eu os imaginei duros como estátuas e usei a magia do rei para lançar minha intenção sobre eles. Seus braços e pernas pararam de se mexer, mas também não conseguiam mais falar.

Kailani olhou para a esquerda e para a direita, tentando ver se havia alguém, e encaixou os dedos no cinto de um dos guardas, de onde tirou um molho de chaves.

Ela as guardou no bolso e olhou para mim.

— Faça com que eles caminhem até a lateral do prédio com a gente.

Fazê-los caminhar?! Eu não sabia se era capaz disso. Já dava para sentir a resistência deles, como se alguém estivesse me empurrando de volta. Conservando meu poder, os imaginei caminhando. Os guardas avançaram, esbarrando em Kailani e a fazendo gritar de susto.

Sorrimos sem jeito para algumas pessoas que olharam na nossa direção. Os guardas pareciam estar empalados, andando a passos irregulares e espasmódicos.

Raife se apressou até um deles e passou o braço pelo do homem para firmá-lo. Kailani fez o mesmo com o outro. A cena não parecia nada natural e daria aos passantes a impressão de que eles estavam embriagados.

— Desculpe — sussurrei enquanto nos afastávamos da frente do prédio e seguíamos para a lateral, onde não havia ninguém. Estávamos agora protegidos pela sombra da estrutura e inteiramente escondidos pela cerca.

Ao notar os olhos arregalados dos guardas, me senti um pouco mal por controlá-los daquele jeito. Mas fui logo superando a culpa, me lembrando de que eles poderiam estar protegendo o prédio para onde meu irmão foi levado.

Kailani olhou para mim e bateu na cabeça de um dos guardas com uma pedrinha que vinha escondendo. Assim que o homem caiu no chão, ela fez o mesmo com o outro. Raife olhou para a esposa com admiração antes de os dois amarrarem depressa as mãos dos guardas para trás.

— Pois bem, não temos muito tempo. Vamos dar uma olhada lá dentro e, se Oslo não estiver lá... é porque o prenderam na masmorra — disse Kailani.

Franzi o cenho.

— A operação aconteceu ontem à noite. E se eles ainda estiverem voltando a pé?

Axil recebeu a notícia logo depois que tinha acontecido, e Lunacrescentis ficava a pelo menos um dia de viagem a pé...

— Eles têm humanos com asas de metal. Tenho certeza de que o trouxeram para cá. Ele é um alvo de valor inestimável — insistiu.

Engoli em seco, indisposta a acreditar que eles já estavam com meu irmãozinho e que poderiam estar fazendo experimentos nele.

Com as chaves em mãos, Kailani correu para a porta lateral e a destrancou. Fiquei grata por como ela parecia conhecer o prédio. Raife e eu entramos logo em seguida e percebi que estávamos num corredor aberto com as portas fechadas. A rainha elfa entrou em uma sala à direita e saiu vestindo um jaleco branco.

— Cabeça baixa, paciente — disse, entregando a Raife o outro jaleco e uma prancheta.

Ah. Entendi. Eu atuaria como se fosse uma paciente daquele... lugar, fosse lá o que fosse. Um local onde tomavam nossa magia? A ideia me dava arrepios, mas seria uma boa desculpa caso alguém nos visse.

Ouvimos algumas vozes adiante, e Kailani passou a mão pelo meu cotovelo e eu levei os braços para trás, fingindo estar algemada. Então nos conduziu com confiança, com mais coragem do que eu havia notado quando a conheci. Eu tinha me enganado ao tomar sua gentileza por fraqueza e submissão e estava grata por tê-la comigo agora que não me sentia nada confiante.

Entramos em uma sala onde duas pessoas vestindo jaleco estavam preparando chá e conversando à vontade. Quando Kailani passou, mal olharam em nossa direção. Foi só quando entramos em outro corredor que uma delas nos chamou.

— Ei, para onde está levando essa paciente? — questionou a mulher.

Kailani congelou, sem olhar para trás.

— Sabe em que sala está Oslo Lua de Sangue? O menino lobo de Lunacrescentis? — perguntou.

Meu coração disparou e começou a martelar com a ousadia da pergunta.

— Quem? — respondeu a mulher de jaleco. — Não tem lobos aqui no momento.

Fiquei ao mesmo tempo aliviada e preocupada. Onde ele estava, então?

— Ei, quem é você? — interrogou a mulher.

Eu me virei, lançando minha magia sobre ela e seu colega e congelando os dois no meio do caminho.

— Ele não está aqui — gemi, enquanto Raife e Kailani amarravam os médicos.

Kailani parecia apreensiva.

— Então só há outro lugar onde ele estaria. Vou ter que te levar para o castelo.

Ela fez sinal para voltarmos por onde viemos, e meu coração partiu. Queria tanto que Oslo estivesse ali. Queria tanto que tivesse sido mais fácil.

Saímos para o ponto onde tínhamos deixado os dois guardas, que continuavam ali, inconscientes. Kailani ficou de roupa íntima e vestiu o uniforme de guarda. Raife fez o mesmo, prendendo o cabelo num coque e o cobrindo com o capacete.

— Qual é o plano, meu amor? — perguntou a ela, amarrando o arco nas costas.

Ela olhou para ele.

— Vamos prendê-la e levá-la, dizendo que capturamos a rainha dos lobos.

Raife pareceu surpreso.

— Eles podem matá-la. Ou retirar a magia dela.

Kailani engoliu em seco.

— Sei disso, mas é a única forma de colocá-la lá dentro. O palácio está sob vigilância constante e, se não formos reconhecidos e presos ao entregá-la, teremos sorte.

— Então vão em frente — ordenei.

Eu não me importava com o que acontecesse comigo, só precisava de meu irmão.

Raife se virou para mim.

— Você tem o poder do rei agora. Se Zafira te colocar numa de suas máquinas, ela também terá. Ela poderia controlar todo mundo. Não podemos deixar isso acontecer.

— Se ela me colocar em alguma máquina, vou transformar meus dedos em garras e rasgar minha própria garganta antes de entregar minha magia para ela. Juro.

Kailani pareceu horrorizada com minha sugestão, mas Raife concordou como se estivesse satisfeito. Eu sabia o custo do que carregava e entendia que isso jamais poderia cair nas mãos do inimigo. Minha esperança era que não chegasse a tal ponto.

— Vou entrar no castelo e proteger você — avisou Raife.

Eu sabia que era uma promessa vazia. Ninguém poderia me dar aquela garantia, mas apreciei mesmo assim. Minha mente divagou para o que Axil e Madelynn estariam fazendo agora. Será que recuaram? Estavam feridos? Entraram nas muralhas da cidade para nos procurar? Seria uma loucura. Eu só esperava que eles estivessem vivos.

Kailani balançou a cabeça.

— Depois de todo o trabalho que fizemos para unir o reino na guerra, não acredito que cabe apenas a nós três fazer isso.

Raife acenou com a cabeça.

— Eu sempre soube que caberia a mim matar Zafira. — Ele enfiou a mão no bolso e tirou um pequeno frasco transparente, e eu franzi a testa. — Veneno incolor e inodoro. Desde os meus quatorze anos venho sonhando em ver Zafira sufocando com isso.

Meio mórbido, mas eu aprovava totalmente.

— Se ela estiver aí, vá em frente. Não se preocupa comigo. Eu pego meu irmão.

Kailani me puxou para um abraço e deu um beijo recatado no marido. Nós três sabíamos que a probabilidade de sobrevivermos não era muito grande.

— Combinado. Zara vai resgatar Oslo, Raife vai tentar matar a rainha e eu vou ficar à disposição caso um de vocês não consiga e eu precise terminar o trabalho — anunciou.

Sorri ao me dar conta de como ela tinha me conquistado.

Kailani tirou as algemas do uniforme de guarda para prender meus pulsos na frente do corpo. Então Raife e ela me conduziram, de cabeça baixa, para fora da área cercada rumo à rua principal. As vias estavam bem vazias, visto que todos tinham corrido para suas casas, aparentemente devido à comoção nos portões da frente.

Caminhamos por mais algumas ruas antes de virarmos à direita. Quando levantei a cabeça, me vi diante de um palácio gigante com grandes colunas na frente. Meu estômago deu um nó com a altura. Havia mais de duas dúzias de guardas armados da cabeça aos pés ao lado de cada coluna. O vento passou por nós, e eu me perguntei se era fruto de Madelynn e Axil, lutando lá na frente.

Quando chegamos ao primeiro guarda na escadaria do palácio, meus nervos estavam à flor da pele. Eram pessoas demais para tentar deter se as coisas corressem mal. Ele viu quando nos aproximamos e quebrou a formação para nos abordar antes que pudéssemos avançar mais.

— São novos aqui? Não mantemos prisioneiros aqui, a menos que a própria rainha ordene — falou o homem para Raife. — Devem ir para a prisão na rua Primavera.

Raife estendeu a mão e segurou meu queixo com brutalidade, me forçando a olhar para o guarda.

— Você é burro ou o quê? Esta é a rainha de Lunacrescentis. Acabamos de capturá-la tentando se infiltrar pela muralha oeste.

Forcei um grunhido rouco de lobo para provar a afirmação de Raife. O soldado empalideceu quando viu meus pulsos algemados. Ele levou uma das mãos às costas, tirou outro par de algemas e me puxou do domínio de Kailani. O segundo conjunto de algemas se fechou em volta da minha pele e eu soube, ao sentir o toque do material, que algo estava errado. Minha loba de repente parecia estar... distante.

— Não se usa algemas humanas em adeptos de magia — sibilou para Kailani e Raife. Com uma chave, ele abriu as algemas anteriores e deixou apenas as novas.

Algemas humanas. Isso significava... que as novas eram feitas especialmente para usuários de magia?

Tentei convocar minha loba, só um pouquinho, para ver se conseguiria. Nada.

Toda consumida pelo pânico, tentei então usar o poder do rei, forçando o homem diante de mim a tirar as algemas.

Nada.

— Não! — choramiguei, torcendo os pulsos e olhando para Kailani com horror.

Dava para ver o medo dela sob a fachada, mas ela estava escondendo, fazendo sua parte.

— Engano meu. Devemos deixá-la com o líder da guarda na masmorra? — perguntou Kailani.

O homem de cabelo loiro e curto diante de nós olhou Kailani de cima a baixo.

— Acha que dá conta de fazer isso? — questionou, insinuando como ela claramente tinha errado na escolha das algemas.

Num movimento rápido, Kailani chutou meu joelho, e eu caí no chão com um grito. Depois que Raife enganchou o braço sob minha axila esquerda, Kailani fez o mesmo com a direita para que os dois pudessem me arrastar.

— Dou conta. — Ela soprou um beijo para o guarda, que sorriu.

Deixei as pernas moles para serem arrastadas, enquanto Raife e Kailani me levavam pelos degraus da frente do castelo.

Ao passarmos por mais duas dúzias de guardas, rezei para ninguém reconhecer o magnífico arco dourado do rei elfo preso às costas. Havia outros guardas ali também armados com arcos, mas eram pretos e feitos de um aço pesado.

Parecemos demorar uma eternidade para chegar às portas do castelo e entrar. Quando passamos pela entrada, vimos que estava ainda mais movimentado do que o exterior. Soldados corriam, e davam ordens, e convocavam reforços para a muralha frontal.

Madelynn e Axil estavam fazendo da vida deles um verdadeiro Hades.

Isso me fez sorrir.

Kailani nos conduziu por um corredor e logo nos vimos a sós, descendo uma escada de pedra.

— Desculpe, Zara. Machuquei seu joelho? Entrei em pânico — sussurrou Kailani enquanto me ajudava a ficar de pé ereta para que eu pudesse andar.

Balancei a cabeça.

— Você foi ótima. Não estou machucada e, se tivesse, me curaria rápido, então pode ficar tranquila.

Era verdade. Ela tinha conseguido nos colocar lá dentro, e isso já foi um milagre.

— Aquele beijo soprado foi mesmo necessário? — perguntou Raife. Deu para notar seu ciúme, o que me fez sorrir de leve.

— Acho que foi. Consegui trazer a gente para cá, não consegui?

Quando chegamos aos últimos degraus, o cheiro úmido de uma masmorra mofada invadiu meus sentidos. Além de outra coisa.

Oslo.

Seu cheiro estava fraco, mas estava ali.

— Meu irmão — murmurei.

Kailani segurou meu braço com força e olhou para o marido.

— Vá se vingar, meu amor. Vou ajudar Zara e te encontro fora da muralha.

Raife parecia espantado, como se não acreditasse que aquele dia realmente tivesse chegado. Ele estava ali, no castelo da própria rainha de Obscúria.

Ele concordou e se inclinou para beijá-la.

— Eu te amo — sussurrou, desaparecendo escada acima em seguida.

Kailani começou então a puxar minhas algemas, rosnando de desespero.

— Não sei bem o que elas são ou como funcionam. Não consigo tirá-las.

— Eu não ligo. Me leve até meu irmão. Ele está com medo, posso sentir o cheiro.

Entramos no corredor e viramos numa sala mais ampla, cercada por celas em formato circular. À primeira vista, todas pareciam ocupadas. Quando vi meu irmão, cabisbaixo e joelhos junto ao peito, gritei:

— Oslo! — Comecei a correr até ele, mas Kailani me puxou com força. Os dois guardas no meio da sala circular levantaram a cabeça.

— Quem é? — perguntou um deles, tirando a faca do cinto.

— Zara Lua de Sangue, rainha dos lobos — anunciou Kailani com orgulho.

O homem se aproximou de mim e olhou para meus pulsos, aparentemente para verificar minhas algemas. Então olhou para a cela de Oslo.

— Aquele ali que acabou de entrar é filho dela?

Kailani deu ombros.

— E eu vou lá saber? Acabei de encontrá-la na muralha. Imagino que a rainha a queira trancada aqui.

Meu filho. Eu parecia tão velha assim?

— Acertou. — Uma poderosa voz feminina invadiu a sala e Kailani ficou pálida como se tivesse visto um fantasma.

Senti meu próprio medo crescer à medida que a rainha de Obscúria em pessoa entrava. Eu não precisava saber como ela era para saber quem era. Ela exalava poder. Usando couro vermelho da cabeça aos pés, andava como uma alfa, com o queixo erguido e o olhar fixo no nosso.

— Algeme-a. Ela não é da guarda e é *muito* poderosa — ordenou ao guarda enquanto fitava Kailani.

Enquanto o guarda se atrapalhava para tirar as algemas do cinto, Kailani ficou furiosa e partiu para cima da rainha, apertando os lábios e tirando o ar da sala. Não entendi o que estava acontecendo, mas talvez fosse o poder dela. Não importava o que fosse, eu atacaria Zafira a seu lado. Nós duas com certeza podíamos derrubá-la. Mesmo estando na forma humana e com as mãos algemadas para trás, eu era boa de briga.

Num segundo eu estava me voltando para Zafira, no outro, um funil de vento me pegou e me lançou contra a parede oposta. Oslo gritou ao me ver bater a cabeça na pedra e cair no chão, confusa.

A rainha estendeu as mãos e o funil de vento se espalhou pela sala enquanto ela soltava uma risada insana. Ela tinha poder dos feéricos?

Kailani estava no chão a meu lado e o guarda já estava algemando seus pulsos. Tudo aconteceu tão rápido que mal entendi o que Zafira tinha acabado de fazer. Ela lançou uma bomba de vento em nós. A rainha de Obscúria sorriu.

— Sabem, um dia me dei conta de que eu não queria exatamente livrar o reino de todos os usuários de magia. — Então começou a nevar na sala. Ela estava exibindo seu grande leque de poderes, e eu me senti mal, sabendo que ela havia roubado aquilo de pessoas boas. — Eu só queria ser uma — acrescentou, e um clarão de luz ofuscante pulsou pelas paredes, me forçando a fechar os olhos.

Ouvi passos se aproximando e senti seu cheiro bem a meu lado, mas tudo estava preto. Ela tinha me cegado — eu esperava que temporariamente.

— Mas ainda havia um presente que eu esperava muito adquirir — sussurrou em meu ouvido, acariciando depois minha bochecha e pressionando os dedos quentes na lateral de meu rosto. — Uma poderosa loba alfa.

Virei a cabeça para a direita, abocanhei o máximo de seus dedos que pude e mordi.

Com força.

O sangue quente e acobreado jorrou sobre minha língua, enquanto meus caninos cortavam fora um de seus dedos. Seu grito, de gelar o sangue, reverberou por toda a sala.

Cuspi o dedo no chão, rindo feito louca na esperança de que ela temesse que eu fosse perturbada. Cyrus aprovaria.

— Meu dedo! — esbravejou num grito gutural. — Chamem um curandeiro.

Conforme minha visão retornava devagar, algumas silhuetas começaram a dançar diante de meus olhos. Me preparei para a retaliação. Uma figura escura veio na minha direção e, antes que eu pudesse decifrar o que era, senti um golpe na lateral da cabeça. E, uma vez mais, a escuridão tomou conta de mim.

— Zara. — A voz doce de Oslo me resgatou das profundezas da inconsciência e me fez piscar até abrir os olhos. Minha visão havia retornado, mas uma dor de cabeça intensa latejava na base do crânio. Meu irmão mais novo me olhava assustado. — Tem sangue saindo da sua cabeça.

Então Kailani ficou à vista, parecendo desgastada. Seu cabelo estava desgrenhado, como se alguém tivesse tentado arrancá-lo, e havia um corte no lábio.

Ela tateou minha nuca com os dedos, me fazendo sibilar.

— Já parou de sangrar — disse ela para Oslo. — Ela vai ficar bem. Sua espécie se cura naturalmente, sem necessidade de curandeiros na maioria das vezes.

Ele acenou com a cabeça, parecendo mais seguro. Então Kailani olhou para mim, sorrindo como uma boba.

Olhei ao redor para observar o que nos rodeava, procurando um possível motivo para aquela satisfação. Nada. Estávamos confinados numa cela, e as pessoas das celas vizinhas nos olhavam com curiosidade.

— Qual o motivo da felicidade? — perguntei.

Ela tentou conter o sorriso, mas assim que o desfez, ele simplesmente voltou.

— Você arrancou o dedo dela com uma mordida! — exclamou finalmente, depois caiu na gargalhada. — Você é louca? Tipo, foi incrível. Devia ter visto a reação dela. "Meu dedo! Meu dedo! Encontrem meu dedo!" — imitou Kailani e eu também comecei a sorrir.

Olhei para Oslo, que também curvou os lábios de leve.

— Você acertou em cheio — disse ele. Me sentei devagar, avaliando os danos. Além do ferimento na cabeça, o resto parecia em ordem. — Mas você a deixou furiosa. Ela poderia ter te matado.

Balancei a cabeça.

— Zafira mostrou o que quer: meu poder. E ela não vai me matar até conseguir.

— Sua irmã tem razão. Ela quer os poderes de nós duas, aí não vai matar a gente.

— Zara. — A voz de Oslo falhou. — Preciso te contar uma coisa.

Eu não tinha como fazer isso agora. Não com ele.

— Eu sei — respondi, esticando a mão para afagar seu cabelo. — E não podemos pensar nisso agora porque precisamos ser fortes, tá bem? Cyrus gostaria disso.

Os olhos de Oslo se encheram de lágrimas ao ouvir o nome de nosso irmão mais velho, mas ele concordou. Eu desmoronaria mais tarde — tanto Oslo quanto eu. Axil nos ajudaria a juntar os pedaços, mas agora eu só conseguia pensar em levar meu irmãozinho para um lugar seguro.

— Psiu — chamou alguém da cela ao lado.

Quando levantei o rosto, vi uma feérica de aparência ágil, com longo cabelo loiro, orelhas pontudas e as unhas cheias de crostas de terra. Ela parecia estar ali já há algum tempo. Ao sinal para que eu me aproximasse, me levantei, tomando um segundo para que a tontura diminuísse, e me aproximei. Kailani fez o mesmo. Quando estávamos bem pertinho de seu rosto, ela apontou para as barras de metal entre nós.

— Quando eles arrastaram a mim e minha irmãzinha para cá pela primeira vez, não tinham mais algemas de supressão mágica como as que vocês estão usando. — Ela apontou para nossas mãos, algemadas na frente do corpo.

Concordei com a cabeça, curiosa para saber aonde ela queria chegar com isso. Ela olhou para o meio da sala, onde dois guardas conversavam, despreocupados, sem prestar atenção em nós.

— Consegui usar minha magia de fogo do povo-dragão e a magia de gelo dos feéricos do inverno para quebrar uma das barras daqui.

Ela apontou para nós. Quando olhei para baixo, ela puxou a barra e revelou uma lacuna de tamanho decente. Então foi logo a reencaixando

• 191 •

antes que um dos guardas pudesse olhar. Ao observar mais de perto, notei que a barra estava simplesmente encaixada entre os suportes superior e inferior, mas não presa.

— Fiz o mesmo na janela. — Com as mãos algemadas diante do corpo, ela inclinou a cabeça para a abertura na extremidade superior de sua cela. — Minha irmã mais nova é do tamanho do seu irmão. Ela fugiu e eles nem perceberam.

Prendi a respiração quando entendi o que ela queria dizer. A lacuna não era grande o suficiente para um adulto, mas uma criança pequena poderia passar com alguma ajuda.

— Você é meio dragão, meio feérica? — perguntou Kailani.

A mulher fez que sim, o que explicou tudo. Fogo e gelo. Bastante fogo e gelo em uma noite quebraria o metal como os ferreiros faziam.

— Obrigada. — Um nó se formou na minha garganta, tomada de emoção.

— Sua irmã estava nessa cela? — perguntou Kailani.

A mulher confirmou com a cabeça.

— Fizemos tudo à noite, quando o guarda estava dormindo, mas receio que vocês não tenham tanto tempo se a rainha de Obscúria quer sua magia. Eles vão torturá-lo até vocês cederem.

Ela tinha razão. E era muito inteligente.

— O que sugere? — perguntei. Ela claramente estava ali por mais tempo do que eu e pensava rápido.

Ela olhou para a cela logo atrás.

— Vou pedir às pessoas trancadas do outro lado da sala que criem uma distração dentro de dez minutos. Quando os guardas correrem para aquele lado, seu irmão entra em ação.

Concordei e apertei seus dedos através das barras. Ela não tinha ideia do presente que estava me dando: não ter que temer alguém torturando Oslo se eu não cumprisse o que a rainha queria.

— Obrigada — repeti.

Ela me devolveu um sorriso fraco.

— Precisamos nos unir.

Com isso, ela se afastou e atravessou a cela até o feérico na cela ao lado. Ela sussurrou, ele concordou, atravessou a cela e passou o recado para o prisioneiro ao lado. Dava para ver agora que a mensagem chegaria até o outro lado da sala e que, em dez minutos, teríamos nossa distração.

Agora eu precisava preparar meu doce irmãozinho para sair dali e ir para um lugar seguro. *Sozinho.*

Fui até Oslo e o observei, enquanto ele olhava para mim com olhos amedrontados. Sempre fui tão gentil com ele, vivia o mimando e tranquilizando. Mas eu não podia mais fazer isso; ele precisava ser forte agora.

Apoiei as mãos algemadas em um de seus ombros, o olhei nos olhos e vi muito de nossa linda mãe neles. Mantive a voz baixa.

— Em dez minutos, haverá uma distração do outro lado da sala que vai chamar a atenção dos guardas. Aí vamos abrir um espaço pequeno o suficiente entre as barras para você sair da cela e entrar na próxima...

— Ele começou a protestar, mas o interrompi com um olhar incisivo.

— Depois nossa nova amiga vai te levar até a janela dela, onde outra barra será removida e você vai sair. Assim que estiver lá fora, corra para o bueiro na muralha leste. É uma tampa de metal no chão, perto da horta comunitária. Entre, passe por baixo da muralha e saia da cidade.

— Você também vem, né? — perguntou ele, com tanta inocência que meu coração se partiu.

Balancei a cabeça.

— Sou grande demais. Mas você já tem doze anos. Precisa começar a ser forte.

Quando vi seu lábio inferior tremer, quis puxá-lo para o peito e abraçá-lo, mas mantive uma certa distância.

— Quando sair do bueiro do outro lado dos portões, quero que se transforme em lobo. Evite as áreas de combate. Siga no sentido sudoeste até Fadabrava, mas, se precisar se desviar de alguma batalha, continue em frente e dê meia-volta depois. Diga ao rei feérico que é meu irmão. Ele vai te proteger.

Seu peito subia e descia enquanto ele me encarava. Foi a primeira vez que Oslo sustentava meu olhar por tanto tempo. E foi o primeiro sopro de esperança que tive de que ele seria forte o bastante para fazer aquilo.

— Você é um lobinho, pode se esconder nos arbustos e... — Minha voz falhou e tive que engolir um soluço ao lembrar que Cyrus estava morto e Oslo era a única família que me restava, além de Axil e nosso filho ainda não nascido. Eu o sacudi de leve. — Eu te amo demais, Oz! Você vai ter que ser forte e fazer isso por mim, combinado?

Ele rosnou. Um rosnado baixo e firme de dominante.

— Eu consigo — garantiu.

Eu o puxei para mim. Apertei com força contra o peito e absorvi seu cheiro como se fosse a última vez que o veria. Porque poderia ser.

— Você também vai sair, não vai? Depois? — murmurou em meu ouvido.

Afastei o rosto e lancei um olhar cúmplice para ele.

— É de mim que estamos falando — respondi, confiante, embora não sentisse confiança alguma.

Foi quando percebi que ele não estava usando algemas. Provavelmente não temiam que um magricela daquele se transformasse em lobo e machucasse alguém. Eu, no entanto, estava, o que me tornava tão inútil quanto um humano, mas eu não diria isso a ele.

A comoção começou no outro extremo da sala, com gritaria e briga, fazendo os guardas dispararem para lá.

Estava na hora.

— Eu te amo, Oslo. Você é um garoto tão bom. Papai e mamãe ficariam muito orgulhosos. — Tentei me manter forte, mas as lágrimas rolavam pelo meu rosto.

— Eu também te amo, Zara — disse ele, secando o próprio rosto.

Droga. Naquele momento, rezei para o Criador, o que quase nunca fazia, e pedi proteção para meu irmão mais novo.

— Psiu — chamou a mulher.

E eu soube que não tínhamos muito tempo. Kailani posicionou o corpo de frente para o conflito no outro extremo da sala, mas contra as grades para esconder o que estávamos prestes a fazer. Depois que a híbrida de dragão e feérica removeu a barra sem dificuldade, Oslo olhou para mim uma última vez. Abri um sorriso encorajador e ele virou o corpo de lado e deslizou pelas grades. Já estava na metade do caminho quando sua orelha ficou presa e sibilou. Após eu lhe dar um empurrão forte, ele passou para a outra cela. A mulher reencaixou a barra depressa, depois o empurrou pela cela. Enquanto isso, me virei para ver os guardas apartarem a briga, ambos com a atenção toda tomada.

Meu coração batia forte. Olhei para trás e vi que a mulher já havia empurrado meu irmão até a janela, e ele já estava puxando a barra do meio, passando os braços para o outro lado. Tudo o que pude fazer então foi torcer para não haver ninguém patrulhando do outro lado daquele muro. Estávamos num subsolo, então, se Oslo conseguisse continuar agachado quando saísse, escaparia sem ser visto. Ele pareceria humano para qualquer passante, então o jeito era torcer pelo melhor ou enlouquecer de preocupação.

Quando um dos guardas saiu da cela onde havia começado a briga, agora encerrada, e foi até o centro da sala, me preparei.

Dei uma olhada por cima do ombro e notei que a mulher ainda estava empurrando meu irmão pela janela. Era um espaço extremamente apertado e ele estava tendo que rastejar sobre os cotovelos para passar.

Tentei pensar em como fazer o guarda desviar o olhar, mas não me vinha nada. Qualquer gesto meu só chamaria a atenção dele para nossa direção.

— Ei! — gritou um homem em uma das celas do lado esquerdo da sala. O guarda se virou para ele, e o homem abaixou as calças e mostrou o traseiro, pressionando-o contra as grades e gritou: — Vão se danar, seus sanguessugas vendidos!

O guarda puxou um bastão e disparou, batendo com força nas barras, e o homem tropeçou para a frente, rindo.

— Já chega! — gritou o guarda. — Ou serão todos mortos!

Olhei de volta para a janela bem a tempo de ver a mulher recolocar a barra com as mãos trêmulas e algemadas, depois olhar para a frente como se nada tivesse acontecido. Dava para ver os pés de Oslo ficando cada vez menores conforme ele fugia.

As lágrimas se acumularam em meus olhos, mas me forcei a contê-las.

Ele estava seguro. Agora era hora de lutar.

Me aproximei das grades e pressionei o rosto contra o metal, olhando para o homem que havia ajudado a distrair o guarda. Eu lhe dei um aceno de cabeça na esperança de transmitir minha gratidão, e ele acenou de volta em solidariedade.

Kailani então veio para o meu lado e deitou a cabeça no meu ombro — o equivalente a um abraço. Ou o melhor que podíamos fazer, já que estávamos algemadas.

— Você tem família? — perguntei.

— Só minha tia. Não tenho irmãos e meus pais já morreram — respondeu com naturalidade.

— Os meus também. Oslo era... ele é tudo o que tenho.

Ela me cutucou e me forçou a encará-la. A tranquilidade em seus olhos me trouxe paz.

— Depois que a gente sair daqui, você, Madelynn, Arwen e eu vamos para um retiro anual para as esposas. Como os homens faziam quando eram mais novos — declarou.

Sorri.

— Ah, é?

— Conheço um spa élfico que oferece as melhores massagens, e eles têm banhos de lama e todos os doces que alguém poderia sonhar em comer.

— E o que os homens vão fazer sem a gente? — perguntei, brincando com a fantasia dela, criada para me distrair.

— Cuidar das crianças e do fogão, é claro — respondeu, me fazendo cair na gargalhada.

Mas logo voltei a ficar séria.

— Como foi que chegamos a este ponto? Uma guerra. Parece tão... errado.

Ela olhou para os guardas.

— Ódio. Divisão. Se as pessoas se concentrassem no que têm em comum ou em como poderiam ajudar umas às outras em vez de em como são diferentes, isso resolveria muitos problemas.

Muito bem-dito.

— Kailani? — Ela olhou para mim com o semblante agora sério. — Zafira matou meu irmão mais velho e raptou meu irmão mais novo. Não posso deixá-la viver. Talvez eu precise perder a própria vida para matá-la, então, por favor, peça perdão para o Axil.

Seu olhar foi para meu ventre, onde uma criança crescia. Mas eu não queria pensar nisso agora. Só queria vingança. Um tambor de guerra vivia retumbando em meu peito, uma sede que não poderia ser saciada até que a cabeça de Zafira estivesse separada do corpo.

Kailani concordou.

— Se te colocarem na máquina que rouba sua magia, terá uma pequena janela de tempo, pois eles vão tirar suas algemas. Só assim você vai poder usar seu poder para tentar derrotá-los.

— Obrigada.

Então ficamos em silêncio, sentadas contra as grades, esperando o próximo passo. Em algum momento alguém viria levar uma de nós ou as duas. E de fato, depois de várias horas, vieram. Minha dor de cabeça estava completamente curada quando o guarda chegou.

— Para onde está nos levando? — perguntou Kailani enquanto nos retiravam da cela.

— Cale a boca — disse o guarda, espiando dentro da cela e piscando depressa. — Cadê o garoto?

— Quer que eu responda ou devo calar a boca? — ironizou Kailani.

Ele deu um tapa forte no rosto dela, fazendo um novo corte em seu lábio.

— Já o levaram! — gritei.

Ele olhou para mim.

— Para onde? Quem levou?

Kailani estava com a mão no rosto.

— Como é que vamos saber? Não trabalhamos aqui. Um guarda o levou para o laboratório.

Ele rosnou e apontou a ponta afiada de uma faca para meu pescoço.

— Ande logo, e nada de gracinhas, ou vou começar a usar esta faca.

Fiz o que o guarda pediu, sentindo que era um bom sinal meu irmão não ter sido levado de volta para a masmorra desde que havia partido.

Será que ele já estava livre? Do lado de fora dos portões? E Axil? Senti nosso vínculo, mesmo que encoberto por toda a ansiedade pelo meu irmão, e pude sentir que ele ainda estava vivo. Eu saberia se meu companheiro estivesse morto, não é?

Fomos arrastadas escada acima, depois por um corredor até um grande salão de jantar. Do lado de fora, havia mais dois guardas em posição. Um deles se afastou e se aproximou de Kailani.

• 197 •

— Eles estão prontos — disse ao guarda que nos havia levado.

Eles?

Quando as portas se abriram, me preparei para o que estava prestes a ver. A rainha de Obscúria estava sentada à cabeceira de uma grande mesa com um mortosiano de aparência majestosa ao lado. Eu não sabia nada sobre a realeza de Mortósia, mas o homem transmitia poder e influência. Sua jaqueta preta de gola alta emoldurava seu rosto pálido e ele me encarou com um olhar do qual não gostei nem um pouco. Um olhar feroz, como um animal faminto.

Os dois nos observaram conforme entrávamos e a rainha me deu um rosnado. Dei uma olhada em sua mão enfaixada e sorri.

— Pode ficar com o poder de lobo dela, Regis, mas quero a rainha élfica — declarou.

Regis olhou para mim e semicerrou os olhos.

— Esta é a esposa de Axil Lunaferis? — perguntou ele e meu estômago embrulhou. Eles sabiam o nome dele.

— Acredito que os chamam de companheiros, mas sim — respondeu Zafira.

Então fomos conduzidas à mesa, onde havia dois lugares reservados em frente à rainha e ao homem. Kailani e eu trocamos um olhar.

Qual era o plano? Nos alimentar e depois roubar nossa magia? Por quê? Para brincar com a gente?

Justo quando eu estava começando a me perguntar se deveríamos nos sentar ou não, o guarda me empurrou para uma das cadeiras, e me vi então diante do homem que Zafira havia chamado de Regis, e que presumi ser o rei dos mortosianos.

— O que quer para o jantar? Sangue com sangue de acompanhamento? — perguntei, sarcástica.

Ele olhou para a rainha, que acenou com a cabeça.

— Viu? O gênio dela é forte. Esse tipo tem os melhores elixires mágicos.

Engoli em seco. Se Kailani estivesse certa, eu teria apenas alguns segundos do momento em que tirassem minhas algemas até me colocarem na máquina. E se eu não pudesse revidar, já havia prometido a Raife que não vacilaria. Não havia como eu dar a ela aquele poder. Eu arrancaria meu próprio coração antes que acontecesse.

Um garçom entrou com três pratos de comida e os colocou diante da rainha, Kailani e eu. Diante do rei de Mortósia, ele deixou uma taça com um líquido vermelho-escuro.

Regis olhou enojado para o garçom.

— Prefiro direto da fonte. — Então se voltou para a rainha. — Posso? — perguntou, mas com os olhos cravados em mim.

Quando Zafira concordou, congelei.

— Fique à vontade.

Kailani se remexeu a meu lado.

— Isso não vai afetar a transferência de energia? — perguntou Kailani, nervosa, e logo percebi que era para ganhar tempo.

— Não — decretou a rainha.

Antes que eu me desse conta, o mortosiano estava a meu lado, segurando meu rosto entre as mãos. Me sacudi para revidar, mas sua boca já estava no meu pescoço. Senti um pequeno beliscão na pele, depois uma onda de náusea me dominando enquanto ele sugava.

— Pare com isso! — gritou Kailani, se agitando a meu lado, mas o guarda a segurou firme no lugar.

Os sons de sucção no meu pescoço estavam me dando vontade de vomitar, mas não tanto quanto o leve zumbido de prazer que vibrava logo abaixo da minha pele. Ele tinha lançado algum tipo de feitiço que me fazia achar que estava gostando. Com um movimento de cabeça, bati o crânio no dele, e ele se afastou de mim, rindo.

Assim que soltou meu pescoço, o prazer desapareceu, dando lugar a uma pulsação baixa.

Zafira deu uma mordida em seu bife, sorrindo.

— Saborosa?

Regis se levantou.

— Ah, você não faz ideia. E não só isso, ela está ligada ao companheiro. Deu para senti-lo. Longe, mas deu.

Congelei e engoli em seco. Ele *sentiu* os vínculos da alcateia? Então me acalmei e tentei contato com Axil. Dava para senti-lo vivo e ansioso, mas ali. Será que aquele rei havia sentido o mesmo? Não era certo, mas eu também não imaginava que tipo de poder os mortosianos possuíam.

Regis foi até o prato da rainha e pegou a faca dela.

— Estou imaginando... será que o companheiro dela vai sentir se eu machucá-la?

Kailani e eu tentamos nos levantar, mas os guardas nos mantiveram firme no lugar. Meu coração batia descontrolado no peito, mas eu não podia fazer nada para impedir aquilo.

A rainha acenou com a cabeça e estendeu a mão enfaixada, mostrando o dedo, que agora era um coto ensanguentado sob uma gaze branca.

— Eu exijo vingança, meu amor.

Meu amor?

Num piscar de olhos, ele saiu do lado dela e minha mão já estava sendo puxada sobre a mesa de jantar, com os dedos sendo abertos.

— Não! — gritou Kailani, batendo as costas contra a cadeira.

Quando o rei mortosiano segurou a faca acima de meu mindinho, me vi estranhamente imóvel, me resignando a meu destino. Cyrus tinha me ensinado que ferimentos doem mais quando se resiste a eles.

Controle onde machucam você.

Fechei os outros dedos e, de bom grado, ofereci o mindinho para o homem, enquanto olhava para Kailani na tentativa de transmitir que tudo estava bem. Lágrimas escorriam pelo seu rosto e então... de repente, as portas do salão de jantar se abriram e um jovem entrou cambaleando, com a mão no pescoço. Seu rosto estava roxo e uma espuma branca borbulhava de seus lábios. Regis e Zafira ficaram imóveis.

— Quem é ele? — perguntou Regis, perplexo.

O garfo de Zafira caiu no prato com um tilintar e sua mão começou a tremer.

— Meu provador de comida.

Ela apertou os lábios de repente e levou a mão ao pescoço em preparação. Olhando para Kailani, ela se levantou de um salto.

— Você pode me salvar! Regis, ela pode me salvar!

Agora a rainha estava tossindo e pigarreando sem parar. Ela tropeçou para frente, caindo sobre a mesa enquanto respirava com dificuldade, depois rolou de costas, olhando para o teto.

Num piscar de olhos o mortosiano soltou a faca — e meu dedo — e foi para Kailani, pressionando agora a lâmina na garganta dela. Ele era tão rápido que chegava a ser enervante. Um adversário digno se tivesse sido uma luta justa.

— Salve-a — ordenou, olhando em seguida para os guardas. — Tirem as algemas dela!

Os lábios da rainha já estavam roxos, com uma saliva branca se derramando por eles enquanto ela mal respirava.

Kailani ficou de pé, olhou de cima para Zafira e sorriu.

— Prefiro morrer a salvá-la. Pode me matar agora mesmo e acabar com isso.

Fui tomada de puro orgulho. Kailani *era* uma alfa, sem nenhum medo da morte.

Regis rosnou, pronto para fazer precisamente o que ela havia pedido, mas consegui me levantar e acertar a cabeça do guarda atrás de mim. Um assobio de flechas foi logo atravessando o salão, depois o baque horripilante de suas pontas sendo cravadas em carne.

Pisquei algumas vezes e recuei ao ver o rei mortosiano cair para trás, com três flechas no peito e uma na lateral da cabeça.

Depois de mais dois baques, os guardas caíram, cada um com uma flecha no coração.

As cortinas se moveram na parede oposta e de repente Raife estava diante de nós, com o arco em riste.

— Você estão bem? — perguntou, mas sem tirar os olhos da rainha. Ela mal respirava, só contorcia o corpo e convulsionava diante de nós enquanto arranhava o próprio rosto, já roxo.

Nós duas fizemos que sim, e eu me abaixei para pegar uma pequena chave ornamentada presa ao cinto do guarda, que usei para abrir as algemas de Kailani. Ela em seguida abriu as minhas.

Raife se inclinou para a frente e apontou a flecha para a garganta da rainha. Ela tinha adquirido todos aqueles poderes e ainda assim estava fraca demais até para usar um contra ele.

— Isto é pela minha família — disse ele, a observando se contorcer e ofegar, sofrendo imensamente.

Zafira arregalou os olhos ainda mais.

— E meu irmão — acrescentei.

Kailani chegou perto dela e se abaixou até seu ouvido.

— E todas as outras pessoas arruinadas pela sua existência.

Com uma última contração, a rainha ficou imóvel, os lábios cobertos por crostas brancas, o rosto roxo e os olhos esbugalhados. Foi uma cena horrível, mas nem assim me senti satisfeita. Peguei a faca e a cravei em seu peito, bem onde ficava o coração.

— Só por precaução — anunciei.

Raife largou a flecha no chão, desabou contra a parede e suspirou, parecendo aliviado. Durante anos, ele havia sonhado com aquela vingança. Eu não fazia ideia do que aquilo tinha feito com ele, mas teria me devorado viva. Saber que voltaria para casa só para ver o cadáver de Cyrus me arruinava, mas o que havia acabado de acontecer me trazia pelo menos algum consolo.

— Não quero arruinar o momento, mas em tempos de guerra, se levarmos a cabeça da rainha ao general dela, ele terá que pedir um cessar-fogo. Pessoas estão morrendo na linha de frente, então... — Kailani olhou para o marido.

Raife concordou e puxou a espada da bainha. Enquanto decepava a cabeça de Zafira, Kailani desviou o olhar. Ele então passou os dedos pelo cabelo da rainha morta e deixou o salão comigo e a esposa ao lado. E eu, agora livre das algemas, convoquei o poder que havia pegado emprestado de Axil.

Se alguém tentasse alguma coisa, eu o faria se ajoelhar.

Raife ergueu o queixo e soltou um grito de guerra antes de sair pelas portas da frente do castelo de Obscúria.

Os guerreiros empoleirados nos degraus olharam para ele, espantados, e quando viram a cabeça de sua líder, ficaram boquiabertos. Eles sacaram as armas, mas usei meu poder para imobilizá-los com um só comando.

— A guerra acabou! — anunciou Kailani. — A rainha está morta e, como tal, devem se render e abrir os portões!

Relaxei meu poder sobre as duas dúzias de homens. Um deles deu um passo à frente, se virou para outro e concordou.

— Chame o general Ibsen.

O guarda saiu e esperamos enquanto outro guarda corria até o portão da frente. Todos pareciam confusos quanto ao que fazer. Sua líder estava morta, eu podia controlá-los e a guerra entre nossos povos havia chegado ao fim.

Meros instantes depois, os portões principais de Obscúria se abriram e dezenas de lobos entraram correndo. Sorri ao ver a Guarda Real de meu povo chegando, liderada por Lucien. Pelo visto, tinham vencido nas linhas de frente e partido rumo ao castelo. As pessoas recuaram com medo e os guardas largaram as armas. Examinei cada um que entrava, incluindo Madelynn e...

Assim que vi Axil na forma humana, de mãos dadas com meu irmãozinho, comecei a correr.

— Axil! Oslo! — gritei, pisando forte enquanto diminuía a distância entre nós.

Meu irmãozinho se soltou de Axil e correu para me cumprimentar, colidindo contra mim com um abraço apertado. Ele estava coberto de terra e galhos, mas parecia ileso. Axil veio logo em seguida. Ele me puxou para seus braços, espremendo Oslo entre nós, capturou minha boca num beijo e depois pôs a mão em meu ventre.

— Você está bem? — perguntou.

Fiz que sim.

Agora eu estava. A rainha tinha morrido e a pequena família que me restava estava sã e salva.

A hora seguinte foi um pouco caótica. Mandei Oslo de volta para o castelo de Lucien com alguns guardas de confiança para que ficasse com os gêmeos de Arwen até tudo se resolver. Cansados, os soldados de Obscúria observavam os reis e rainhas de Avalier se reunirem na frente dos degraus do castelo. Eles haviam sido desarmados pelos lobos e solicitados a esperar ao lado. A cabeça da rainha foi exibida numa estaca no centro da cidade para todos verem. A guerra havia acabado e não toleraríamos nenhuma revolta. Arwen e Drae tinham acabado de chegar e agora estávamos todos reunidos.

O general Ibsen tinha se rendido e saído em busca do herdeiro mais velho de Zafira. Pelo visto, ela os mantinha separados dentro do próprio reino.

Havíamos tocado o sinal que indicava a rendição, e os combates nas fronteiras também cessaram. Libertamos os prisioneiros da masmorra e todos os cidadãos da cidade foram instruídos a esperar em casa. Havia um toque de recolher em vigor; queríamos o menor número possível de pessoas nas ruas, no caso de algum incidente com o novo rei de Obscúria.

Estávamos prestes a contar ao filho de Zafira que tínhamos matado sua mãe e que a guerra contra nosso povo havia acabado. Se ele não prometesse uma aliança conosco, o mataríamos também. Segundo Drae, ela tinha mais seis filhos vivos, portanto, mataríamos cada um até que um deles assinasse um tratado de paz com a nossa espécie e interrompesse o conflito.

Depois de horas, finalmente dois homens atravessaram os portões abertos, cada um montado em um cavalo.

Um era o general Ibsen, o outro era um homem que presumi ser o novo rei de Obscúria. Quando ele se aproximou, o observei. Era alto e musculoso — mais que os elfos, menos que os lobos. Seu cabelo escuro e ondulado tinha um caimento elegante que ia até o queixo definido, e seus olhos eram castanho-escuros. Fiquei satisfeita ao ver nele uma gentileza que faltava à mãe. E era difícil negar sua beleza.

Ele desceu do cavalo e ficou diante de nós oito com sua armadura de batalha metálica com o brasão de Obscúria, limpa e pelo visto não utilizada. Estava claro que ele não esteve no campo de batalha ultimamente e talvez só estivesse usando aquilo por mera formalidade. Ele olhou uma vez para a cabeça da mãe na estaca, mas não vi nenhuma emoção. Ou ele era bom em escondê-las, ou simplesmente não ligava para a morte dela.

Depois de inclinar a cabeça em sinal de respeito, ele nos olhou nos olhos.

— Sou o príncipe Callen. Me disseram que minha mãe foi morta e que nos rendemos. — Ele parecia profissional e duro por fora, sem demonstrar emoção, o que eu respeitava.

Drae deu um passo à frente, pois concordamos que ele falaria em nosso nome.

— Você é o *rei* Callen agora. Se quiser. Exigimos apenas que assine um tratado de paz de cem anos para nunca mais iniciar uma guerra contra nossos reinos.

Callen pareceu considerar as palavras de Drae, olhando para os soldados leais da mãe ali por perto.

— E se eu *não* assinar?

Tudo bem, não era um bom sinal.

— Vamos matar você e passar para o próximo herdeiro da sua linha de sucessão até que um concorde.

Callen parecia já estar esperando aquela resposta.

— Certo, então vamos levar essa negociação lá para dentro? — perguntou com um levantar de sobrancelhas.

Havia algo em seu rosto, algo que dizia que ele tinha mais a dizer, mas não queria fazer isso na frente dos soldados da mãe.

Drae inclinou a cabeça.

◆ 205 ◆

— Não é uma negociação, mas claro.

Com isso, Axil e eu fomos na frente até o castelo, agora ocupado por lobos no lugar do povo de Obscúria. Havia um guerreiro lobo em posição diante de cada corredor e porta.

Quando Callen entrou, tratou de se dirigir ao salão de jantar, mas estendi a mão para impedi-lo.

— Não vai querer ver o que tem lá.

O corpo sem cabeça da sua mãe, quis acrescentar.

Parecendo entender, ele se afastou da porta do salão de jantar e foi para outra. Entramos em um grande escritório com uma mesa ampla e uma cadeira atrás dela.

Callen foi para trás da mesa e se sentou enquanto nos posicionávamos ao redor.

Assim que Kailani fechou a porta e nos vimos a sós, Callen soltou um longo suspiro.

— Peço desculpas pela minha aparente relutância em assinar o tratado. Tive que bancar o reticente para os apoiadores da minha mãe.

Drae acenou com a cabeça.

— Então vai assinar?

Callen passou os dedos pelo cabelo.

— Claro, mas pode ser que eu não acorde amanhã, se fizer isso. Minha mãe era extremista; não concordávamos em nada. E os homens dela são leais aos ideais dela.

Suas mãos tremiam um pouco, e meu coração ficou manso. Ele de fato temia pela própria vida, estava claro.

— Você tem um exército só seu? — perguntou Drae.

Ele esfregou as têmporas.

— Eu não os chamaria exatamente de exército, mas tenho vinte homens leais num forte a cerca de uma hora a leste daqui.

Drae trocou um olhar com Lucien, que baixou a cabeça para concordar. Lucien então olhou para Axil e Raife, e foi como se todos compartilhassem algum entendimento não dito.

Então Drae pigarreou.

— Se assinar o tratado agora, manteremos trezentos de nossos homens postados aqui até que possa fazer a transição para uma nova liderança. Terá que eliminar quem é leal aos ideais de sua mãe e quem melhor serviria você.

Callen parou e ficou boquiaberto.

— Vocês fariam isso?

— Queremos que seja uma paz duradoura e faremos o que for necessário para tal — acrescentou Raife.

Era uma ótima ideia, e seria ainda mais duradoura se ele conseguisse se livrar dos seguidores da mãe.

Callen olhou para o rei elfo e engoliu em seco.

— Lamento... pelo que minha mãe fez com suas famílias e seu povo.

Um pedido de desculpas? Por essa eu não esperava. Tomadas de poder como a que estava acontecendo costumavam ser muito mais tensas.

— Você era próximo dela? — perguntei, tentando avaliar como aquele ser humano normal e aparentemente gentil tinha nascido do ventre de Zafira.

Ele soltou uma risada.

— Ela não era capaz de proximidade. Ou amor. Não, eu e meus irmãos ficamos com ela até os sete anos. Depois fomos mandados para outro lugar e criados por uma babá. Nenhum de nós tem o mesmo pai. Ela só queria herdeiros para continuar a linhagem. Meu irmão mais velho era o único de quem ela era próxima, mas ele foi morto.

Meu coração ficou apertado. Ficar com a mãe só até os sete anos e depois viver sozinho? Que horror. Pensei em Oslo e em como ele era ingênuo e doce aos sete anos. Ele precisava tanto de amor e segurança na época.

— Seus outros irmãos vão tentar assumir o controle? — perguntou Raife.

Dava para notar a preocupação em sua voz.

Callen soltou um suspiro trêmulo.

— Eu... sinceramente não sei. Não somos próximos. Ela nos manteve separados. Duvido que alguém queira a responsabilidade. Temos as próprias terras para administrar e temos uma riqueza independente. Não possuímos nenhuma aspiração de governar um reino.

Axil, que eu sabia que entendia bem como uma linhagem também era um fardo, pegou minha mão.

— Você é casado? Tem filhos? — perguntou Drae.

Ele balançou a cabeça.

— Tenho uma mina de minério lucrativa, não tenho tempo para esposa.

Arwen riu.

— Bem, agora que é rei, isso significa casar e ter filhos.

De repente, havíamos começado a dar conselhos àquele jovem sobre como governar.

Então ele pareceu atordoado.

— Acho que sim.

Ele parecia tão sobrecarregado que tive pena, mas precisávamos garantir que a transição fosse tranquila e que Obscúria nunca mais tomaria o poder.

— Tenho uma ideia — propus, fazendo todos olharem para mim. — Rei Callen, esta é a sua chance de mudar as coisas, torná-las melhores do que eram antes. — Ele acenou com a cabeça em concordância. — E se, com a assinatura do tratado de paz, concordasse em escolher uma esposa de um de nossos reinos?

A sala caiu num silêncio atordoado. A mãe dele era uma purista, entusiasta da rivalidade entre humanos e nós, seres mágicos. Então, quando ela não conseguiu obter o que tínhamos naturalmente, ela roubou.

— Isso enviaria uma mensagem a seu povo de que o novo reino de Obscúria é de inclusão. E não é só mais um tratado de paz vazio com a nossa espécie, mas sim um tratado de casamento com gerações de herdeiros — acrescentou Drae, aparentemente encantado com minha ideia.

Callen engoliu em seco, como se a simples ideia de se casar com uma mulher que se transformasse em animal o aterrorizasse.

— Perdoe minha ignorância, pois moro numa montanha e não viajo muito. Eu poderia ter... filhos saudáveis com alguém de outra espécie?

Kailani riu.

— Claro! Seus filhos seriam metade humanos, metade seja lá o que for sua esposa. Eles teriam algumas das habilidades dela, quaisquer que fossem. Eu sou metade elfa.

Callen relaxou ao ouvir aquilo. Tive que lembrar que, como ele vivia isolado nas montanhas, devia se alimentar só de mentiras sobre nosso povo por toda a vida.

— Foi só uma sugestão — observou Drae. — Mas pode ser demais para...

— Não. Acho que é uma boa ideia. Um casamento para unir nossos reinos. Eu ficaria honrado em escolher uma esposa de qualquer um de seus reinos — garantiu diplomaticamente, mas ainda dava para ouvir o nervosismo em sua voz.

Me perguntei se era porque ele havia concordado em escolher uma esposa que carregasse magia, ou porque teria que se casar. Ele era muito bonito e jovem e tinha acabado de admitir que era rico. Na certa poderia ter qualquer mulher que quisesse onde morava, mas agora teria que abdicar disso, se tornar rei e mudar toda a sua vida da noite para o dia. Era coisa demais para processar.

Drae pegou o tratado pré-escrito e o abriu sobre a mesa.

— Certo. Bem, se assinar aqui, podemos anunciar seu desejo de se casar enquanto nossos homens continuam postados aqui, caso a reação seja negativa.

Ele pegou pena e tinta.

— Agradeço. Não imagino que a notícia será bem recebida.

— Talvez se surpreenda — ofereceu Kailani. — Cresci aqui e sei que muitas pessoas só faziam o que sua mãe mandava porque tinham medo dela, não porque concordavam.

Drae abriu a mão sobre o tratado, impedindo Callen de assinar.

— Não quer ler primeiro? Também requer a destruição de todas as máquinas de roubo de magia de sua mãe.

Callen estremeceu.

— Eu odiava aquela invenção. Já vão tarde. Só quero ver nossas terras em paz.

Drae levantou a mão e Callen assinou, enquanto cada um de nós suspirava de alívio.

Estava feito e, a meu ver, Callen parecia estar no caminho certo para ser um rei decente.

Um por um, apertamos sua mão. Tive que admitir que ele havia conquistado meu respeito. Ele passaria por dias difíceis dali em diante, mas, com uma mãozinha, parecia estar à altura da tarefa.

— E odeio acrescentar, mas sua mãe se aliou ao povo de Mortósia, então matamos o rei deles também. Ele está no seu salão de jantar — revelei, estremecendo.

Ele arregalou os olhos.

— Mortósia?

Então eu tinha razão: ele não esteve no campo de batalha. Aquela armadura era pura exibição.

— Pode haver retaliação por isso. Recomendo reunir um conselho para te orientar — sugeriu Lucien.

— Preciso de uma bebida — disse Callen, arrancando de todos uma gargalhada.

Drae deu um tapinha no ombro do novo rei de Obscúria.

— Vai ficar tudo bem, jovem rei. Basta fingir que sabe o que está fazendo até que de fato saiba o que está fazendo.

— Anotado — respondeu Callen, apesar do sorriso triste.

Com isso, partimos. Eu nem sabia sobre essa guerra duas semanas antes, mas tinha chegado ao fim e agora só nos restava enterrar nossos mortos e remendar nossos corações.

Minha barriga já estava apontando um pouco da gravidez. Dois meses tinham se passado desde o fim da guerra. Havíamos decidido nos reunir em Arquemírea com todos os reis e rainhas de Avalier para realizar uma cerimônia em memória dos mortos da guerra. Enterrei meu irmão Cyrus no dia em que voltamos e logo mergulhei em uma depressão que durou uma semana. As únicas coisas que me tiraram daquele estado de espírito foram Oslo, Axil e o bebê.

Acariciei a barriga, chupando o pedaço de gengibre para controlar o enjoo que minha dama de companhia havia cortado para mim naquela manhã. Eliza foi a meu lado na carruagem, enquanto Oslo cavalgava ao lado de Axil. Meu marido estava ensinando a Oslo todas as coisas viris que alguém precisava saber para ser um alfa e um líder. Desde que Oslo tinha fugido da masmorra em Obscúria, demonstrava grande domínio e parecia estar se encontrando.

Axil disse que em mais três anos daria a Oslo um posto no exército para começar a aprender o básico, e que um dia meu irmão seria um bom comandante.

— Tia Liza... — disse Eliza, voltando minha atenção para o presente.

— O quê?

— Estou testando os nomes que o bebê vai usar para me chamar. Eliza é muito comprido.

Sorri para minha irmã de alcateia. Embora Axil tivesse me reivindicado para a Montanha da Morte e Eliza ainda fosse das Terras Planas, tínhamos um vínculo que ainda podia ser sentido como se fôssemos da mesma alcateia. Ninguém conseguia explicar. Era um laço inquebrável, forjado com confiança e uma dívida de vida de ambas as partes.

— Tia Liz — encurtei ainda mais.

Eliza sorriu

— Adorei.

Eliza tinha florescido na alcateia das Terras Planas. Embora não fosse dominante o suficiente para ocupar meu lugar, era a sexta, o que não era pouca coisa. Estava morando na casa em que cresci e ajudando a cuidar da viúva de meu irmão e dos meus sobrinhos, que ele havia deixado para trás. Eu os visitava uma vez por mês.

— Amara me contou que você tem passado longas noites com Shane sob as estrelas — comentei com uma voz melosa. — Que história é essa?

Eliza bufou.

— Uma senhora deve ser discreta.

— Então tem amassos envolvidos! — acusei.

Ela começou a rir e a ficar com as bochechas vermelhas, o que me fez sorrir também. Sua risada era contagiante e eu era tão grata por, contra todas as probabilidades, nós duas termos saído vivas dos Duelos Reais.

Diminuímos a velocidade e Axil enfiou a cabeça na carruagem.

— Chegamos.

Eu não estava acostumada a andar de carruagem, mas agora que era uma rainha e estava grávida, Axil disse que trenós de lobo não eram apropriados ou seguros.

Assim que descemos, Oslo desmontou do cavalo e me deu a mão.

— Eles vão gravar o nome do Cyrus numa árvore ou algo assim? — perguntou.

Alisei seus fios soltos.

— Não sei. Provavelmente não.

Os elfos tinham pedido para assumir a tarefa de homenagear os caídos. Foram 537 corpos recuperados da guerra. Feéricos, dragões, elfos e lobos. Eu não sabia que tipo de homenagem fariam, mas Kailani parecia muito entusiasmada com o evento na última carta que me havia escrito.

Estava escurecendo, o sol já se punha no horizonte. Os elfos tinham deixado bem claro que o início da homenagem deveria ocorrer ao pôr do sol.

• 212 •

Centenas de pessoas tinham viajado de todo o reino para comparecer. Vi Madelynn na multidão com Lucien, acenando para mim. Quando chegamos até eles, ela me puxou para um abraço apertado.

— Você já está de barriga! — cantarolou para minha barriga e eu sorri para ela. Axil e Lucien trocaram tapinhas nas costas, depois Kailani apareceu diante de nós.

— Vamos, ou vocês vão acabar perdendo! — avisou, me puxando pela mão e guiando Oslo e eu para o espaço aberto preparado para o evento.

Ficava na base de uma bela montanha e, no centro da campina, havia um lindíssimo e gigantesco salgueiro.

Diante da árvore estava Raife, vestindo uma elegante túnica pratea-da. Kailani me puxou, abrindo caminho pela massa. Ela sabia o quanto a perda de meu irmão tinha me abalado, e foi muito gentil da parte dela ter dedicado tanto tempo àquela cerimônia para os mortos.

Raife pigarreou e gesticulou para a esposa.

— Gostaria de homenagear minha rainha, minha esposa, meu amor, Kailani. A ideia foi dela e foi ela quem se reuniu com os artistas e acompanhou todo o projeto.

Todos aplaudiram, inclusive eu, deixando Kailani vermelha.

— E um grande agradecimento a todos os artistas das redondezas que trabalharam incansavelmente e tornaram este monumento possível. — Com mais um gesto de Raife, no mínimo 50 artistas saíram da multidão e se reuniram diante de nós.

Aplaudimos entusiasmados, enquanto eles se curvavam, aceitando o elogio com gratidão. À medida que debandavam para as laterais, abrin-do outra vez a clareira, notei que o salgueiro tinha folhas, flores ou algo assim. Elas brilhavam sob a luz fraca como se fossem feitas de metal.

— A guerra de Obscúria tirou muito de nós — recomeçou Raife. — Mas agora esperamos um reinado de paz no qual tentaremos encontrar consolo. — Ele apontou para a árvore. — Que as almas dos mortos estejam com o Criador para sempre. Agora peço para que se aproximem. Quando o sol se pôr, terão uma surpresa.

A multidão avançou e eu apertei a mão de Oslo e me aproximei. A cada passo que dávamos em direção à magnífica árvore, mais os objeto de metal brilhavam. Não eram flores, eram borboletas! Pequenas esculturas penduradas na árvore, e o corpo de cada uma era formado por um lindo cristal.

Fui até uma delas para admirar o elaborado desenho da asa. Ali, gravada na parte externa em uma caligrafia minúscula e perfeita, havia uma frase.

Em homenagem a Tomas Colt.

Senti um nó se formar na garganta.

Li outro.

Homenageamos Cassady Readers.

Kailani apareceu a nosso lado e indicou um galho perto do tronco da árvore. Havia uma borboletinha dourada, e gravada na asa as palavras: *Em homenagem a Cyrus Lua de Sangue.*

Oslo deu uma olhada e começou a esfregar os olhos marejados. Mesmo me esforçando, também não consegui conter as lágrimas. Em geral eu as chamaria de fraqueza e tentaria não demonstrar emoção, mas meu irmão valia cada lágrima derramada.

— É tão lindo — desabafei.

Kailani, que observava minha reação, deu um tapinha nas minhas costas.

— Olhe. — Quando ela apontou para o centro da borboleta, tive que piscar algumas vezes para ter certeza de que não estava vendo coisas.

O sol havia nos deixado e agora os cristais no centro das borboletas brilhavam! No início era quase imperceptível, mas à medida que o céu escurecia, todas as borboletas adquiriam um lindo tom de roxo.

Por todo lado, conforme a árvore se iluminava como a lua, as pessoas arfavam de surpresa para as mais de 500 borboletas iluminadas.

— Esses cristais nunca se apagam! — anunciou Raife. — São carregados pela luz solar e brilharão todas as noites, até o fim dos tempos! Assim como as lembranças daqueles que caíram estarão sempre conosco.

Algumas pessoas começaram a soluçar. Puxei Oslo para meus braços e, de repente, Axil estava ali, nos abraçando. Era a homenagem perfeita para meu irmão. Sua luz jamais se apagaria, assim como minhas lembranças dele nunca me abandonariam.

Um ano depois

— Como alfa, você vai precisar encarar a morte e rir na cara dela — avisou Axil a nosso filho de três meses, Koa Cyrus Lunaferis, aninhado em seus braços.

Koa olhou para o pai com olhos azuis-claros e bolhas de saliva nos cantos da boca, me arrancando um sorriso.

— Ensinando para ele os costumes do lobo mau? — perguntei ao entrar.

Axil olhou para mim com adoração.

— O treinamento de um alfa começa cedo.

— Bem cedo mesmo. — Dei risada.

Parei ao lado dele para beijar seu rosto.

— Tem certeza de que vocês vão ficar bem sem mim por três dias?

— Está brincando? Koa tem duas amas de leite, a maluca da tia Liz, e eu tenho uma equipe inteira do palácio. Vamos ficar bem. Divirta-se com suas amigas.

Kailani havia organizado o primeiro dos nossos retiros anuais de rainhas. Passaríamos três dias em uma conhecida fonte termal élfica nas montanhas. Apenas eu, Kailani, Madelynn e Arwen.

Sorri para ele e uma das babás entrou a fim de levar Koa para mamar. Agradeci, dei um beijo de despedida no bebê e olhei para Axil. Às vezes eu não acreditava que tínhamos conseguido. Que conheci meu companheiro aos quinze anos e, contra todas as expectativas, estávamos ali, um diante do outro, marido e mulher.

• 215 •

— Estive pensando — disse Axil, estendendo a mão e me puxando para mais perto, colando meu corpo no dele. — Koa precisa de uma irmãzinha — sussurrou em meu pescoço e eu comecei a rir.

— Koa ainda mama no peito! A irmãzinha pode esperar. — Dei um tapinha em sua mão, que subia pelas minhas costas.

Ele fez beicinho, projetando o lábio inferior.

— Não é por isso que você tem dois seios? Pode alimentar dois de cada vez. Arwen faz isso.

Soltei uma risada alta e despreocupada e não pude deixar de sentir um quentinho no coração.

— Então você quer uma filha? — perguntei, mudando de repente para um tom de voz sedutor e semicerrando os olhos.

Ele engoliu em seco e fez que sim. Passei um único dedo no cós de sua calça e seus olhos se fecharam. Eu não me cansava de fazer amor com Axil. Ele conhecia cada pedacinho de meu corpo, tudo que me dava prazer.

— E se a gente acabar tendo outro menino? — perguntei, roçando os lábios em sua mandíbula.

— Vamos continuar tentando até eu ter uma filha corajosa e linda como a mãe — sussurrou.

Sorri e me afastei para tirar a túnica.

— E se a gente precisar ter uma dúzia até ter uma menina?

Ele olhou para mim e sorriu.

— Não consigo pensar em nada melhor do que ter uma dúzia de filhos com você, meu amor.

Caindo de joelhos, ele foi beijando minha barriga e o calor desceu de meu peito até o ponto mais sensível. A expectativa me percorreu. Desde o nascimento de Koa, nossas relações sexuais andavam escassas. Ficávamos acordados até tarde com as mamadas e os choros de fome; era difícil arranjar tempo para esse tipo de coisa.

Axil lambeu a costura da minha calça e engoli em seco quando ele a desamarrou e deixou o tecido cair no chão.

— Vou me atrasar para a carruagem rumo a Arquemírea. — Bufei.

Ele olhou para mim com os olhos amarelos.

— Não estou nem aí.

Sorri para seu lobo.

Oi, como é bom ver você.

Eu adorava quando Axil ficava forte e dominante na cama.

— Acho bom você fazer valer a pena, então, Axil Lunaferis.

Com isso, ele me levantou e me jogou por cima do ombro, arrancando um gritinho meu no caminho para nosso leito conjugal.

Quando ele me jogou no colchão, pude ver seu rosto transbordando de desejo enquanto ele me olhava.

— Está me desafiando, é?

Sorri ao ver seu lobo de volta e ele se abaixou para ficar com o corpo sobre o meu.

Havíamos conseguido. Contra todas as probabilidades, encontramos o nosso final feliz, e eu era obrigada a concordar com Axil: a espera valeu a pena.

◆ ◆ ◆

Cheguei atrasada ao retiro, mas ninguém pareceu se importar. Os próximos três dias seriam repletos de massagens, máscaras de argila e lama e tempo juntas. Quando cheguei, fui levada aos alojamentos do spa élfico que Kailani havia providenciado e, assim que entrei na luxuosa sala, vi as três rainhas diante de uma travessa de frutas secas e queijos. Arwen se virou para mim, com a barriga grande de uma nova gravidez.

Meu queixo caiu.

— Você não me contou! — Corri até ela e de repente Kailani se virou também, exibindo sua protuberância, embora menor que a de Arwen.

Meus olhos se arregalaram.

— *Todas* vocês estão grávidas? — gritei de emoção, abraçando as duas.

— Queria surpreender vocês. — Arwen deu um tapinha na própria barriga. — Achamos que são gêmeos de novo.

Isso me assustaria, mas ela parecia aceitar com a maior serenidade.

— Espero que os meus não sejam gêmeos — confessou Kailani.

Madelynn se aproximou e sorriu, dando tapinhas em sua barriga lisa.

— Ainda não estou grávida. Queremos tirar um ano viajando. — Então me puxou para um abraço.

— Ótima ideia. Venham visitar a gente em Lunacrescentis — pedi.

— Como está o pequeno Koa? Te acordando a noite toda? — perguntou Kailani.

Ficamos ali conversando por horas. Falamos sobre família, nossas esperanças e sonhos, coisinhas irritantes que nossos maridos faziam. Tudo. Era tão bom relaxar e conversar com outras mulheres e líderes fortes. Essas mulheres tinham se tornado aliadas fiéis e amigas leais no último ano. Kailani e Raife até nos visitaram no nascimento de Koa, caso houvesse alguma complicação. Arwen e Drae voavam com as gêmeas uma vez por mês para brincar com Koa, e Madelynn e eu forjamos uma amizade íntima por meio de cartas. Ela tinha uma irmã mais nova, da idade de Oslo, e dividíamos o fardo que era proteger e cuidar de nossas famílias.

— Ei — disse Madelynn, tomando um gole de vinho. — A gente devia mandar nossos filhos a um retiro anual, como faziam nossos maridos. Aí vão permanecer fortes e unidos à medida que nossos reinos crescem.

— Sim! — concordou Arwen.

— Sem dúvida — disse Kailani.

Concordei com um sorriso, mas um pensamento me ocorreu. Convidaríamos os futuros herdeiros de Obscúria? A rainha estava morta, e seu filho mais sensato, Callen, tinha assumido o comando e estava para se casar em breve. No entanto, as máquinas destruídas poderiam ser reconstruídas. Reunir todos os filhos do reino em um retiro anual garantiria uma paz duradoura.

— E a gente pode fazer um convite permanente aos futuros herdeiros de Obscúria — acrescentei.

As três ficaram quietas, parecendo pensar no assunto.

— Isso! Adorei a ideia — disse Madelynn, colocando mais um pedaço de fruta na boca.

Por fim, Kailani acenou em concordância.

— Concordo. Você é tão sensata, Zara.

• 218 •

Dei risada e Arwen levantou o copo de suco para mim.

— Zara tem razão. O futuro de Avalier depende da convivência entre todos os reinos, incluindo Obscúria.

— Principalmente Obscúria — acrescentou Madelynn, erguendo o copo também.

Depois de brindarmos, Arwen suspirou.

— E os herdeiros de Mortósia?

— Não é para tanto, né? — disse Madelynn à rainha dragão, fazendo todas nós cairmos na risada.

Conversamos por mais uma hora sobre a guerra e como as coisas estavam indo bem. Quando o sol começou a se pôr, Arwen se levantou com um sorriso alegre e correu até sua bagagem, largada num canto. Ela se abaixou, tirou do interior uma caixa de metal azul novinha e a colocou sobre a mesa de centro.

— O que é isso? — perguntou Kailani.

Arwen sorriu.

— Achei a caixinha de lembranças dos meninos uma ideia fofa. Acho que a gente deveria escrever cartas para nós mesmas e abri-las daqui a vinte anos, quando nossos filhos estiverem crescidos.

— Sim! — gritei, me levantei e peguei um pedaço de pergaminho e uma pena com tinta. As outras fizeram o mesmo e correram cada uma para um canto da sala.

Sentada com o pergaminho à frente, comecei a escrever.

Querida Zara do futuro,

Em 20 anos, você e Axil já vão ter uma dúzia de filhos e todos vão lutar para subir a posição mais dominante da alcateia. Sua vida foi difícil nos primeiros anos, perdendo seus pais tão cedo, perdendo Axil aos quinze anos, tendo que criar Oslo como um filho quando você mal era adulta. Depois veio a perda de Cyrus, que quase quebrou você. Mas tomara que agora você possa olhar para trás e sorrir, porque as coisas só podem melhorar. Você é mãe de um lindo menino, é companheira de um homem que te ama mais que qualquer coisa e, acima de tudo, você é forte. Aprendeu que não importa o que a vida te ofereça, é capaz de realizar as coisas mais difíceis. Então, se a vida te trouxer alguns percalços nos próximos 20 anos, só quero dizer uma coisa: não se preocupe. Você consegue.

Você é a mulher mais forte que conheço.

Com amor,

Zara

Levantei os olhos da carta, feliz em ver minhas amigas também sorrindo enquanto escreviam as delas. Então acrescentei uma última linha.

Ah, e nunca se esqueça... A vida é melhor quando compartilhada com amigos. Valorize todos eles.

Algo que esteve vazio dentro de mim desde que meus pais morreram foi preenchido naquele momento. Eu tinha tudo o que poderia desejar: uma família, amigas, um reino, um filho. Me sentia feliz e completa, e sabia que não importava o obstáculo que a vida colocasse no caminho, eu poderia superar.

Fim

Leia também:

ASSINE NOSSA NEWSLETTER E RECEBA INFORMAÇÕES DE TODOS OS LANÇAMENTOS

www.faroeditorial.com.br

CAMPANHA

Há um grande número de pessoas vivendo com HIV e hepatites virais que não se trata. Gratuito e sigiloso, fazer o teste de HIV e hepatite é mais rápido do que ler um livro.
FAÇA O TESTE. NÃO FIQUE NA DÚVIDA!

ESTA OBRA FOI IMPRESSA EM ABRIL DE 2025